W0379379

LAURENCE
PEYRIN

MISS
CYCLONE

Roman

CALMANN
LEVY

Du même auteur

La Drôle de vie de Zelda Zonk
Prix Maison de la presse, 2015
Éditions Kero, 2015 ; Pocket, 2016

Hanna
Éditions Kero, 2015 ; Pocket, 2017

© Calmann-Lévy, 2017

Couverture
Conception graphique : Constance Clavel
Photographie : © Sara Ferguson / Arcangel Images

ISBN 978-2-7021-6151-7

Pour mes enfants
Fanny, Iris, Louella,
Emma-Rose, Joshua, Mia

« Well we all shine on
Like the moon and the stars and the sun... »

John LENNON, *« Instant karma »*

PREMIÈRE PARTIE

8 décembre 1980

1

Angela Visconti et June Verhoeven étaient amies depuis le jardin d'enfants et, d'aussi loin qu'elles s'en souvenaient, chacune aurait préféré être l'autre – avoir les cheveux de l'autre, sa taille ou ses seins, la maison de l'autre, ou même sa mère.

On n'aurait pas pu faire plus différentes qu'Angela la petite Italienne et June la longue Hollandaise, et en vertu de cette théorie rabâchée qui exigeait que les opposés s'attirent, elles avaient l'une pour l'autre un attachement sans mesure et un intérêt sincère.

Angela et June poussaient en vrac dans une friche adolescente, l'une dépassant l'autre une saison avant d'être rattrapée la suivante, formant un attelage en perpétuelle évolution qu'on croisait dans les couloirs du lycée sans plus y prêter d'attention. Angela et June n'avaient pas ce besoin d'être en conformité propre à leur âge, et rien que pour cela les autres les respectaient. Elles traçaient leur chemin en dehors de toutes les querelles de clans et contournaient les amitiés aléatoires.

Mais bien sûr, sous cette apparente sérénité, Angela et June étaient comme toutes les lycéennes, bravant les tempêtes hormonales, rêvant d'un avenir radieux et doutant de tout : elles avaient seize ans.

Deux filles assises sur un rocher, au bout du bout de Brooklyn, un jour d'hiver face à l'immensité de l'océan. Deux petits points de rien du tout, en équilibre – voilà ce qu'elles étaient ce jour-là.

« On s'en fume une ?

— Tu en as ?

— Ben oui. »

June sortit un à un les livres de son sac, les posant en une pile parfaite sur le rocher, exerçant une pression experte sur les coins pour que pas un centimètre ne déborde.

Angela soupira : son amie était de ce genre-là, à faire des piles, des listes avec des mots soulignés, à aligner ses stylos dans le même sens et à retirer l'opercule de la pâte à tartiner jusqu'à ce qu'il ne reste plus le moindre filament d'aluminium sur le couvercle. Ce sens de l'ordre indiquait à coup sûr des penchants criminels, raillait Angela.

June extirpa du fond de son sac le paquet de Marlboro un peu aplati et le tapota soigneusement pour qu'il reprenne une forme convenable avant d'en faire dépasser une tige et de la tendre à son amie. Un vrai gentleman. Amusée, Angela secoua la tête et sortit un briquet de sa poche.

Les deux filles tirèrent tranquillement sur leur cigarette un petit moment, en silence, le nez planté sur l'horizon. L'océan était d'un gris triste, plombé par endroits de grains de sable en suspension, des remous savonneux venaient crépiter sur la roche argentée juste sous leurs pieds. L'eau bougeait à peine, par grosses masses feignantes ; on aurait dit un champ de baleines, se dit Angela. Revenue à sa préoccupation du moment, elle rompit le silence.

« Je vais fumer plus, dit-elle.

— Hein ? fit June, sortie de sa torpeur. Tu ne vas plus fumer ?

— Mais non. Je vais fumer *plus*. »

June eut l'air franchement soulagé. Abandonner leur cigarette quotidienne aurait été un coup de canif dans leur contrat moral, qui comprenait un nombre infini d'alinéas, dont l'un exigeait une dose de nicotine et quelques goudrons en sortant du lycée.

« Cool, dit June. Pourquoi cette bonne résolution ? On n'est pas encore le 1er janvier, mais moi ça me va.

— Pour maigrir.

— Quoi ?

— Il paraît que la clope fait maigrir.

— Ouais. Mais c'est pas la clope qui fait maigrir, c'est que si tu fumes toute la journée, eh ben t'as plus le temps de manger. »

Angela considéra un instant la thèse avec toute l'attention qu'elle méritait et haussa les épaules. Ça n'irait pas : elle adorait manger. Sa mère était la meilleure cuisinière du monde. C'était foutu : elle serait grosse, ensuite elle serait enceinte, et pour finir vieille et obèse – anatomiquement parlant, sa vie était toute tracée. Telle était sa préoccupation du moment.

« Tu n'es pas grosse, dit June en lui tendant de nouveau le paquet. Viens, on va marcher. »

Une nouvelle cigarette fichée entre les lèvres, Angela s'entraîna à garder l'équilibre sur un pied pendant que son amie rangeait ses livres avec méticulosité, la tranche vers le haut du sac, les titres dans le même sens. Les bras tendus pareils au balancier d'un funambule et les yeux fixés au loin, Angela faisait abstraction du rocher qui la portait, tentant de trouver une sorte de grâce dans son envol.

Mais ça ne marchait pas. Les braillements des cormorans se fichaient ouvertement d'elle, et son corps conservait sa pesanteur désespérante.

« Tu vas te casser la gueule », la prévint June.

Son amie ne pouvait pas mieux dire : Angela était en plein milieu d'un épisode dépressif. Selon différentes recherches scientifiques, très sérieuses, janvier était habituellement le mois le plus déprimant de l'année – elle avait encore entendu ça ce matin à la radio en prenant son petit déjeuner (un sacré bon petit déjeuner, d'ailleurs, avec du chocolat chaud bien sucré et des pancakes dégoulinant de *Golden Syrup*) –, et le fait qu'on ne soit qu'en décembre ne présageait rien de bon. Apparemment, la théorie sur janvier valait pour tout le monde, cependant Angela doutait qu'un Pygmée en pleine jungle ou qu'une vahiné mince et nappée de soleil ressentent la déprime hivernale aussi violemment qu'une ado en surpoids à Coney Island.

Coney Island, une île qui n'avait plus d'île que le nom. Par envie romanesque, Angela aurait aimé habiter une *véritable* île – même si celle-ci se trouvait à la pointe sud de Brooklyn et subissait les mêmes affres météorologiques que n'importe quelle ville du nord-est des États-Unis d'Amérique. Mais l'île était devenue péninsule, il y avait bien longtemps, après la guerre de Sécession, quand elle avait été reliée à la cité par une ligne de chemin de fer et de tramway. Elle avait dès lors perdu sa singularité.

Franchement, l'hiver était bien pire à Coney Island qu'à Manhattan, qui ne se trouvait pourtant qu'à quarante minutes de métro. À une distance aussi courte, ce n'était pas une question de climat, mais d'ambiance. On devenait schizophrène, à vivre ici.

L'été, Coney Island était la frange bleue de New York, la grande cité s'y étendait par capillarité – les bus blindés de touristes sur la route côtière, les voitures qui traversaient Brooklyn de haut en bas rejoignaient la station balnéaire qui s'épanouissait comme une fleur.

L'hiver, en revanche, c'était comme si Manhattan s'éloignait. Le barnum des fêtes de fin d'année se concentrait au cœur de la Grosse Pomme, tandis qu'à Coney Island on tirait les rideaux de fer des marchands de glaces et de paréos pour quelques mois bien mornes. La plage faisait grise mine. Et Angela aussi, cet hiver plus que les autres.

C'était une période difficile pour elle, l'une de celles où l'on est obsédé par son enveloppe corporelle – et ce qu'elle prétend montrer de vous aux autres en dépit de tout ce que vous êtes à l'intérieur. Angela était persuadée de ne pas être dans la bonne enveloppe. Elle se sentait fragile et gracieuse mais se trimballait des seins de matrone sicilienne et une paire de fesses qui semblait toujours à la traîne – point de vue évidemment déformé par le prisme psychédélique d'une adolescence où rien n'avait la bordure nette et définitive qu'elle aurait souhaitée.

Et puis elle détestait cette façon qu'avait sa mère, la tendre Irene, de la rassurer en lui attribuant toutes sortes d'adjectifs gourmands : *amaretta, biscotta, pannacotta*, tout y passait de la farandole pâtissière italienne. Et ses pincements de joue, ses agaceries maternelles… Angela y songea en passant devant le magasin de bonbons de sa mère, fermé comme les autres sur la plage. L'été, elle y aidait Irene, ce qui n'arrangeait pas son cas.

Angela posa un œil morne sur June qui la devançait de quelques pas en titubant ; apparemment, June essayait d'ôter ses chaussures sans se pencher.

June avait cette maigreur souple qui faisait la une des magazines, mais elle détestait ses os, chacun d'entre eux – ses rotules qui faisaient des poches aux genoux de ses pantalons, ses coudes pointus, ses omoplates qui lui semblaient craquer à chaque mouvement, comme un squelette ambulant.

« Viens, on se trempe les orteils ! »

June se tenait là, ses godillots à la main, son jean retroussé comme un pantalon de pêcheur. Ses pieds étaient si blancs qu'ils paraissaient transparents, comme les petits calamars des baraques de plage avant qu'on les jette dans la friture. Angela en frissonna.

June avait des coups de folie, comme ça, où elle semblait oublier le bazar que ça allait être après : les orteils gelés, le sable dans les chaussettes mouillées, une hérésie pour une tatillonne comme elle. Elle était imprévisible. Pour ça aussi, Angela aurait voulu être June, alors qu'elle se savait aussi énigmatique qu'une vitrine de charcutier traiteur.

En fait, la vie d'Angela était toute pareille à la promenade Riegelmann, allée piétonnière qui longeait les baies délimitées par des jetées rocheuses : droite, plate, tracée en dépit des accidents géologiques qui avaient dessiné une côte déchiquetée, pierreuse, sableuse, semblant toujours en mouvement.

Les jours d'Angela se ressemblaient, été comme hiver, sans relief particulier, les aléas de la vie maintenus à bonne distance par sa mère – Irene comme barrage émotionnel. On ne parlait pas de la mort prématurée du père à peine connu, de l'isolement affectif, des problèmes d'argent. Angela se levait tous les matins sur une table bien garnie et un sourire fané – le reste ne la regardait pas.

La promenade Riegelmann, avec ses cinq kilomètres de planches parfaitement ajustées, était connue pour être la plus longue au monde. Angela, elle, ne voyait pas plus loin que ses trente ans. Elle n'avait à se soucier de rien, ni à ressentir cette peur salutaire qui botte le train et vous fait réaliser de grandes choses – car là aussi tout était tracé.

Dans deux ans, elle épouserait Nick, qu'elle fréquentait depuis ses treize ans avec la bénédiction familiale. Elle finirait ses études afin de pouvoir se glorifier de quelque chose, obtiendrait un diplôme artistique, par exemple, rien qui l'oblige à travailler. Et, dans quatre ans – le 1er janvier 1985, précisément –, le père de Nick laisserait à son fils les commandes de son manège d'autotamponneuses à Astroland.

Du complexe de loisirs majeur qu'avait été Coney Island au début du siècle ne subsistait plus qu'un seul parc d'attractions sur Surf Avenue, en front de mer, mais la tradition foraine imprégnait toujours la ville. Et attirait suffisamment de monde en saison pour que le père de Nick lègue à son fils une affaire rentable. Angela pourrait assurer la postérité de la famille Spoleto sans se soucier du nombre de bouches à nourrir.

Angela aimait Nick, bien sûr, il était si beau avec ses boucles brunes coupées court, ses sourcils bien tracés et ses yeux bruns frangés de noir. Mais, d'une manière assez confuse, elle pensait parfois être passée à côté de quelque chose quand elle observait les emballements de June, ses yeux brillants et ses joues roses quand l'un des membres de l'équipe de football du lycée la draguait sans vergogne – et cela lui arrivait souvent.

Alors oui, Angela aurait souvent voulu être June mais, des jours comme celui-là – un ersatz de printemps où le soleil s'était vaillamment battu toute la journée pour leur rendre la vie un peu moins grise –, elle se disait qu'après tout son amie devait aussi aimer un tas de trucs chez elle : ses soutiens-gorge, son fiancé Nick, le magasin de bonbons d'Irene.

Ce lundi de décembre exceptionnellement doux, il flottait dans l'air marin une promesse de jours meilleurs. Angela se dit que, pour une fois, faire un truc bizarre ne lui ferait pas de mal : elle ôta ses chaussures, ses collants, souleva sa jupe en laine et courut dans l'eau, sous les cris joyeux de June et les braillements des cormorans.

2

La cité HLM Mayflower avait été bâtie sur le site de l'un des parcs d'attractions détruits dans les années soixante. Le père de Nick théorisait sur l'avènement de l'automobile qui avait éloigné la populace des fêtes foraines – assertion qui ne manquait pas d'ironie dans la bouche d'un gérant d'autotamponneuses. De l'avis général, l'air conditionné dans les cinémas avait aussi porté un coup fatal au poumon économique de Coney Island. L'été, il faisait une chaleur à crever sur les montagnes russes, alors pour s'amuser, mieux valait aller voir une comédie musicale au frais. Du coup, on avait détruit Dreamland, le Steeplechase Park et toutes les fêtes à Neuneu du coin pour y installer l'Aquarium de New York et y bâtir des HLM.

Le Mayflower était une cité récente, aux trois immeubles encore épargnés par les graffitis, rangés autour d'une cour bétonnée. L'été dernier, la municipalité avait fait remplacer le bac à sable qui puait l'urine par un revêtement en caoutchouc où dégringolait un toboggan en tubulaire rouge. La modernité hygiénique.

À côté, il y avait toujours la même cage à écureuils, repeinte en vert par les services techniques à chaque printemps. Un vrai casse-gueule d'où étaient tombés Angela à l'âge de six ans, puis Nick à huit. Tous les deux avaient eu droit à la même rangée de points de suture sous le menton, ce qui contribuait à sceller leur destinée commune. Le voisinage les trouvait très mignons – surtout quand ils étaient petits. Aujourd'hui, dans la montée d'escaliers B6 du Mayflower, Nick jouait les princes de la cité, et Angela se trouvait trop grosse.

Ils habitaient sur le même palier, au troisième étage. Leur vie maritale n'était encore séparée que par quelques mètres, qu'ils traversaient à n'importe quelle heure de la journée dans un sens comme dans l'autre, en baskets ou en chaussons, voire en pyjama. Pour le reste, aucune limite n'avait été franchie. Les parents étaient presque toujours là, et quand ils ne l'étaient pas, le poids des traditions italiennes était bien assez lourd pour les préserver de la luxure.

« M'man, je vais en face.

— Tes devoirs, *amaretta*.

— J'ai fini. Et puis j'ai pas cours demain matin.

— Et pourquoi ça ?

— La prof de sport a la grippe, un truc comme ça.

— Ne rentre pas trop tard quand même.

— Bien sûr, M'man. »

Angela aida sa mère à débarrasser la table, songeant que de toute façon elle dormirait bien avant son retour. Ce n'était d'ailleurs qu'une question de minutes, se dit-elle en la voyant bâiller au-dessus de l'évier en Inox. Oh, ce n'était pas qu'elle s'en réjouisse ou qu'elle cherche à la gruger sur les horaires, c'était un simple constat :

Irene Visconti était une femme fatiguée, et depuis si longtemps que c'était devenu sa nature, l'adjectif qu'on lui collait, comme d'autres étaient timides, expansifs ou même riches.

Angela traversa le couloir en chaussettes et survêtement léger, sentant le propre, les cheveux tirés en une queue-de-cheval encore humide de la douche.

Si l'appartement Visconti était froid et purement pratique, chez Nick c'était Hawaï. Son père avait *a priori* pris au pied de la lettre l'origine insulaire de Coney Island, et là-dedans c'était une débauche de coussins à ramages imprimés et rebrodés, de tentures colorées volant dans les courants d'air chaud – été comme hiver, la climatisation crachait ses 25 degrés –, et de plantes en pot luttant pour leur survie en milieu hostile. La décoration était un gigantesque malentendu : « Bienvenue à Palerme ! » braillait le père de Nick quand il accueillait de nouveaux venus dans l'immeuble. Né à Brooklyn, il n'avait bien évidemment jamais mis les pieds en Sicile et ne pouvait pas savoir que la flore locale était assez éloignée des hibiscus qui fleurissaient son appartement.

Ce décorum était paradoxalement l'habitat naturel de deux hommes, Nick et son père, Joey Spoleto, alors que le gîte fonctionnel d'en face était exclusivement féminin – Angela et sa mère, Irene Visconti.

Oui, parce qu'il y avait aussi ça, dans le parcours commun d'Angela et Nick – en plus de la cicatrice au menton : chacun avait perdu le parent du sexe opposé. Le père d'Angela était mort d'une maladie inconnue quand elle avait quatre mois, la mère de Nick était tombée du troisième étage en faisant ses vitres deux ans plus tard. Le drame avait eu un tel retentissement que l'office HLM avait dû installer des barres de protection rouges à toutes les fenêtres, si bien que de l'extérieur Mayflower ressemblait à une prison pour Playmobil.

Le père de Nick avait intenté un procès à l'office, qu'il avait gagné. L'argent dormait sur un compte, pour Nick et Angela plus tard. « L'argent de ta mère », disait Joey Spoleto en se signant.

Lorsqu'ils étaient petits, Nick et Angela trouvaient assez logique qu'Irene Visconti et Joey Spoleto refassent un jour leur vie ensemble, puis les émois de l'adolescence arrivant, ils avaient laissé tomber l'idée : ils se chargeraient du rapprochement familial eux-mêmes, à presque quarante ans Irene et Joey étaient bien trop vieux pour envisager un avenir amoureux – ensemble ou séparément.

La première chose que l'on voyait en entrant dans l'appartement, c'était la photo de la mère de Nick en maillot de bain, format poster, entourée d'un liseré noir. Mme Spoleto souriait, un ballon de plage multicolore entre les bras, sa poitrine replète reposant sur les tranches vertes et rouges du ballon, ses jambes gracieusement repliées sur le côté à la manière d'une nageuse des *Ziegfeld Follies* des années trente. Angela n'avait jamais saisi le comique de l'ensemble – le petit maillot de bain à pois roses débordant d'une impudique chair bronzée, et le ruban de deuil. Même à moitié nue, Mme Spoleto avait cette aura des morts qui la rendait impressionnante, pareille à une icône.

Ce soir de décembre, la deuxième chose qu'Angela remarqua en entrant chez Nick la désarçonna bien plus que l'image familière de la *pietà* en bikini. Là, sur l'amas de coussins exotiques, juste en dessous du mémorial, un garçon inconnu.

Elle faillit faire demi-tour – il était presque 21 heures, elle était en survêtement et chaussettes et n'avait pas la moindre envie de socialiser. Mais Nick la rattrapa au vol.

« Hep, où tu vas ? »

Sa poigne sur son bras était chaude et tendre, il souriait, dégageait un parfum mêlé d'agrumes et de nicotine, et Angela en conçut tout un tas de regrets.

« Je pensais qu'on regarderait la télé tranquilles, chuchota-t-elle, amère.

— Il va pas rester longtemps. Viens dire bonjour, c'est un super gars.

— Nick, je suis en pyjama, bordel. »

Nick haussa un sourcil blasé. « Qu'est-ce que ça fout ? »

Oui, au fond, qu'est-ce que ça foutait ? Angela était casée, n'avait pas besoin de faire de manières dès lors qu'elle ne se baladait pas à poil devant un étranger, lui signifiaient les grands yeux candides de Nick.

« Hey, mec, voilà ma nana ! »

Il avait bien évidemment pris les devants, à la Nick. Angela maugréa quelque chose à son intention qu'il n'écouta pas, et il l'entraîna vers le salon exotique. Punaise, quand il était comme ça, elle sortait presque de ses gonds. Hâbleur, macho et plein de comédie, en plus : les quelques mots qu'il avait prononcés, son vocabulaire forcé, trahissaient un désir d'en imposer à l'autre, là, sur le canapé – c'est donc qu'il était lui-même impressionné, devina Angela. Elle connaissait Nick par cœur.

Le type se déplia ; il mesurait deux mètres cinquante, c'était sûr. Angela eut l'impression rageante d'être cubique et compacte dans son survêtement gris béton. Un moellon. Et sa queue-de-cheval lui avait dégouliné dans le dos.

« Adam, je te présente Angie. Angie, c'est Adam. Adam Sinclair. »

Le dénommé Adam Sinclair s'avança, s'inclinant dans un salut désuet. De près, il ne faisait finalement qu'une tête de plus qu'Angela, mais comme Nick n'était pas aussi grand, et que Nick était son seul horizon et sa toise masculine, elle avait un peu le vertige devant cette nouveauté. Machinalement, elle recula d'un pas.

« Tu peux lui faire la bise », dit Nick à Adam.

Non, il ne peut pas, se dit Angela, se sentant brutalement dépossédée d'elle-même. Non mais qu'est-ce que c'était que cette espèce d'onction religieuse, cette magnanimité exercée au-dessus de son corps ?

« Je préfère serrer la main, si tu veux bien », dit l'autre.

Angela n'en fut pas mécontente. Adam avait l'air plus âgé qu'eux. Tout ce qu'elle enregistra de lui alors qu'il serrait sa main fut une ossature un peu dure, des sourcils noirs et épais, tout le contraire du visage ouvert de Nick. Il n'avait pas l'air *gentil*, se dit-elle simplement, sans que ce fût un jugement lapidaire ou une crainte particulière. Ses yeux francs la gênèrent, mais son sourire un peu timide adoucissait ses traits. Qui était donc ce type, cet Adam Sinclair ?

« Je suis étudiant, moi aussi », la secourut-il, voyant que Nick, occupé à envoyer valdinguer des coussins pour faire de la place, oubliait d'affiner ses présentations.

Elle lui sourit sans sourire, toujours aussi contrariée. La porte du réfrigérateur claqua et Nick revint de la cuisine avec trois canettes de Budweiser. « Ton père n'est pas là ? » fit mine de s'étonner Angela, mielleuse. Nick, gêné d'être pris en flagrant délit de dépendance adolescente, lui jeta un œil irrité.

« Non, il sert des bières au Cercle des Ours polaires. Et nous, on va pas se gêner pour s'en jeter une ou deux.

— Il faut que je rentre, Nick.

— Allez, Angie, bébé, assieds-toi cinq minutes. T'as pas cours demain matin. Fais pas ta méchante. »

Quand Nicholas Spoleto, le bel Italien de la montée B6 du Mayflower, la regardait comme ça, Angela ne se sentait plus du tout grosse, ni quelconque. Nick était magique. Il l'avait choisie *elle*. Au lycée, elle savait qu'elle faisait des envieuses – June ne s'était pas privée de l'alerter.

Elle resta donc, la première gorgée de bière lui piqua les yeux, elle ramena ses jambes sous elle au milieu des coussins – un peu comme Mme Spoleto, là-haut sur le poster mortuaire – et finit par se sentir bien, un peu partie. Il y avait du football à la télé. Les deux garçons discutaient *touchdown* et *field goals*, l'esprit du sport n'évoquait rien en elle, alors elle les écouta poliment en rêvant d'une cigarette avec June sur les rochers. Curieuse, elle observait Adam à la dérobée, lui trouvait un profil harmonieux et une face ombrageuse et se demandait ce qu'en aurait pensé son amie – une fois qu'elle aurait eu fini d'empiler les capsules de bière qui traînaient sur la table basse, évidemment. Dans ses grands emportements de cinglée, nul doute que June l'aurait trouvé magnifique. Angela pouffa au-dessus de sa bière.

« Adam est un grand frère, dit Nick.

— Le grand frère de qui ? » fit-elle, un peu à l'ouest.

Elle vit Adam ouvrir la bouche pour lui expliquer de quelle famille du Mayflower diable venait-il, mais ce fut la voix de Nick qui s'exprima.

« Tu sais, un de ces mecs de l'université qui viennent de Manhattan pour les journées d'orientation au lycée. Adam nous a expliqué, pour la fac de droit. Hein, Adam, tu es en quoi, deuxième année de droit ?

— C'est ça. Deuxième année à la NYU. »

Angela avala une gorgée de sa bière, puis s'étonna en toussotant :

« Mais Nick, qu'est-ce que ça peut te faire à toi ? Tu ne veux pas faire de droit, si ?

— Ben je sais pas, pourquoi pas ?

— Du droit, toi ? »

Elle éclata de rire. Nicholas Spoleto était notoirement incapable de rédiger une dissertation qui tienne debout, le seul livre qu'il avait jamais ouvert de son plein gré était l'album d'autocollants des Yankees et des Knicks, mais le monde enseignant s'en foutait, sachant très bien l'héritage qui l'attendait. Il touchait sa bille en mathématiques et, de l'avis général, c'était bien suffisant pour gérer la comptabilité d'un manège d'autotamponneuses à l'abri de la fortune posthume de sa mère.

Légèrement ivre, Angela rit sans pouvoir s'arrêter, tentant d'entraîner Nick qui faisait un peu la gueule. Non mais franchement, lui qui connaissait par cœur la moitié des répliques du *Parrain* et qui s'était un bon moment rêvé en Michael Corleone, devenir juge, avocat ou on ne savait pas quoi… « Objection, Votre Honneur ! » dit-elle en levant l'index. Adam eut l'air franchement amusé, et Nick finit par arrêter de bouder.

Angela voyait bien ce qui le fascinait chez cet étudiant plus âgé : géographiquement d'abord, Manhattan, la grande ville, les taxis qu'on appelle en levant la main au milieu de la rue, les gangs qui sévissaient encore vers Times Square et flattaient ses fantasmes à la Corleone. Humainement ensuite, l'aînesse, l'éloquence, l'art de s'imposer à une classe de banlieusards de Coney Island, dont certains n'étaient pas commodes du tout.

Et puis aussi, Nick avait un rang à tenir, au lycée comme au Mayflower : il se voyait comme une sorte de syndic, quelqu'un par qui on devait passer. À ce titre, il recevait chez lui les nouveaux du quartier et les oubliait dans la foulée.

Avec Adam, cela semblait différent. Nick avait oublié de jouer les marioles. Et comme lui, Angela commençait vraiment à apprécier cette soirée inopinée. Si June avait habité dans le quartier, elle lui aurait demandé de venir. Le seul truc qui l'ennuyait était de ne pas pouvoir fumer – même en ouvrant toutes les fenêtres l'air froid fixerait l'odeur de la nicotine comme du thermocollant sur tout ce bazar de coussins, de tentures et de voilages.

« Qu'est-ce que c'est que les « Ours polaires » ? demanda Adam, qui lui non plus n'avait pas l'air pressé de partir.

— On voit bien que t'es pas d'ici, toi. Le Cercle des Ours polaires, c'est des mecs qui se baignent dans l'océan en hiver. Pas la peine de te dire comment c'est glacé. C'est des fous. Alors c'est sûr qu'ils ont intérêt à se réchauffer de l'intérieur… Whisky et bière, quand ils s'y mettent, mon père et ses potes… Il est pas près de rentrer.

— Il est très sympa, ton père », intervint Angela, soucieuse de ne pas donner de Joey Spoleto une fausse image. C'était vrai, son futur beau-père était aussi gentil qu'un ours polaire en peluche. À un moment où ils étaient seuls (la vessie de Nick tenait mal la Budweiser), Adam voulut en savoir plus sur la famille Spoleto et montra discrètement à Angela le portrait funèbre de la naïade au ballon.

« C'est qui, ça ?

— Mme Spoleto, la maman de Nick. Elle est tombée par la fenêtre en faisant les carreaux.

— Pardon ? »

Angela voyait bien qu'Adam oscillait dangereusement entre l'incrédulité et l'hilarité. Dans l'iris de ses yeux sombres de petites pointes claires pétillaient. *Ses yeux ne sont pas noirs*, se dit-elle bizarrement, presque sans y penser.

« C'est pas drôle, chuchota-t-elle.

— Non, dit-il, engagé sur la pente grisante du fou rire.

— C'est même terrible. À cause de ça, on a des barreaux aux fenêtres.

— Mon Dieu. »

Adam se racla la gorge, au désespoir.

« C'est tragique.

— Absolument.

— Et elle est tombée... Toute seule ? demanda Adam, histoire de vérifier qu'il n'était pas assis sur le canapé d'un assassin.

— C'est le futur avocat qui parle ?

— Procureur. J'aimerais devenir procureur.

— Ah pardon. Monsieur est donc du côté de l'accusation... Mais oui, elle est tombée toute seule... »

Angela réfléchit trois secondes, pas sûre de vouloir entacher le culte de la famille Spoleto.

« Mais certains disent que la *grappa* est un peu coupable.

— La *grappa* ?

— Un alcool italien très fort. C'est de l'eau-de-vie de marc de raisin, mais on sent très peu le raisin… Un vrai tord-boyaux. Tu ne connais pas ?

— Non, et je le regrette.

— Eh bien, il paraît que Mme S. en arrosait ses pancakes au petit déjeuner », chuchota Angela.

L'idée l'effleura qu'elle trahissait Nick exactement pour les mêmes raisons qui avaient potentiellement précipité Mme Spoleto par la fenêtre du troisième étage – une dangereuse alcoolisation –, mais Adam la rassura en étouffant un rire.

« Je ne le répéterai pas », dit-il.

Et quelque chose dans son regard – *ses yeux ne sont pas noirs*, se dit-elle encore – fit qu'elle le crut. Adam inspirait des sentiments positifs. Comme la confiance.

Nick faisait sa réapparition, ravi de sa soirée. Il n'était pas tout à fait minuit. Le temps de boire encore une bière, histoire d'oublier qu'on ne pouvait pas fumer, et peut-être de sortir une pizza du congélo – « Pas pour moi, il faut que j'y aille, objecta Adam. – Tu rentres à Manhattan ? demanda Angela. – Oh non, fit Nick, il n'est pas si tard… » – et, au milieu de ce mini-brouhaha, Nick pointa son doigt vers la télévision et dit : « Il se passe un truc. »

Sur l'écran, le match de football continuait mais la retransmission flottait. Les voix des commentateurs vedettes du *Monday Night Football* sur ABC Sports, Franck Gifford et Howard Cosell, avaient perdu leur fameux rythme, se délitaient dans des silences inattendus, avec en fond la seule clameur du public, lointaine, comme des acouphènes. *« John Smith est sur la ligne… Et… »*, hésitait Gifford.

C'est là où Nick, rompu à l'ambiance des matches de foot depuis qu'il était en âge de marcher, avait dit : « Il se passe un truc. »

« Et je me fiche de qui est sur la ligne, Howard. Vous devez dire ce que nous savons, nous dans la cabine. »

Un silence. Les clameurs lointaines. « Chut ! » fit Nick, s'adressant à la foule.

« Oui, nous devons le dire, fit la voix morne d'Howard Cosell. *Souvenez-vous que ce n'est qu'un match de football, peu importe qui gagne ou perd… Une tragédie indescriptible qui nous a été confirmée par nos collègues d'ABC News à New York… »*

« Ben, merde », dit Nick.

« John Lennon, probablement le plus célèbre de tous les Beatles, a reçu deux balles dans le dos, devant son immeuble dans les quartiers ouest de New York, a été conduit en urgence au Roosevelt Hospital, et était mort à son arrivée. »

« Non », souffla Adam.

Angela eut conscience que c'était l'un de ces moments où l'histoire a des ratés puis finit par s'arrêter, dans un grand silence qui précède une grande agitation.

« Nick, change de chaîne », souffla-t-elle, pour vérifier.

Sur NBC, le *Tonight Show* avec Johnny Carson était interrompu par un journaliste anonyme sorti de son bureau en bras de chemise. Sur CBS, la voix de l'Amérique, Walter Cronkite, qui justement des années auparavant avait annoncé à ses compatriotes l'assassinat de John Kennedy, s'exprimait dans un flash spécial.

Nick émit un long sifflement. Ce fut le seul commentaire immédiat dans l'appartement de la montée d'escalier B6 du Mayflower, alors que la gueule de bois les gagnait tous les trois.

Il s'ensuivit une effervescence télévisuelle qui les dépassa, fascinante, les frappant de mutisme. Tous les trois vivaient l'événement, comme probablement des millions d'autres personnes. Angela eut envie de prévenir sa mère, mais évidemment Irene dormait, et punaise en plus elle puait la bière, c'était une fichue mauvaise idée.

Au bout d'une heure, elle eut mal à la tête, détesta l'état dans lequel elle se trouvait – déprimée, déshydratée, affamée, grosse – et abandonna les garçons devant la télé pour rentrer chez elle.

En quittant l'appartement des Spoleto, nauséeuse, elle emporta deux certitudes avec elle : John Lennon était mort. Et Adam avait les yeux bleu marine.

3

Soudain, on ne parlait plus que de ça : les cinq balles tirées sur le seuil du Dakota Building à Manhattan, l'assassin attendant la police assis calmement sur le trottoir, l'édition de poche de *L'Attrape-cœurs* de J.D. Salinger à la main. La photo de Mark David Chapman, un gros type à lunettes, faisant signer un autographe à John Lennon quelques heures avant de l'abattre, plongeait tout le monde dans la sidération.

« Qu'ils arrêtent de donner le nom de ce type ! s'énerva Irene. Je refuse d'avoir un tiroir du cerveau occupé par ce connard. »

Médusée, Angela regarda sa mère sortir un paquet de cigarettes d'un tiroir et en allumer une nerveusement. Il n'était que 8 heures et demie du matin, et Irene avait officiellement arrêté le tabac depuis trois ans pour ne pas donner le mauvais exemple à sa fille.

Merde, elle fume en douce, conclut Angela. Ce banal constat ouvrit brutalement la porte à de nouvelles perspectives. Et d'une, elle pourrait lui piquer des clopes, et de deux… Eh bien, et de deux : sa mère lui avait toujours menti. En fait, elle existait *même* quand Angela n'était pas là. C'était violent. À la faveur d'un assassinat, Irene sortait de l'état intermittent d'hibernation dans lequel l'imaginait Angela : fonctionnelle en sa présence, désactivée sitôt qu'elle tournait les talons, comme les petits automates à friction qu'elle gardait alignés sur une étagère de sa chambre.

Et Irene allait encore plus loin dans l'égoïsme : en regardant la télévision, elle avait pleuré et n'avait même pas cherché à le cacher à sa fille.

Pour une fois, Angela boudait son petit déjeuner, réduit à sa plus simple expression. Prostrée sur son canapé, à ingurgiter les nouvelles, sa mère avait tiré du placard à son intention un paquet de biscuits secs et une brique de jus d'orange – tiède. Et à la place de l'odeur vanillée des pancakes, les émanations matinales de la cigarette lui soulevaient l'estomac.

Angela repoussa son verre, essayant de s'intéresser à la discographie des Beatles que CNN passait en revue. *Love, love me do, you know I love you*... Elle soupira. C'était un peu con-con, franchement. *All you need is love*... Et un coup de trompette. Décidément, l'amour, toujours l'amour, c'était une manie chez les chanteurs. Elle pensa à Nick et se demanda à quelle heure il avait fini par aller se coucher, la nuit dernière. Après toutes ces bières descendues avec... Adam. Le souvenir brumeux de l'étudiant en droit se fraya un chemin à travers *Penny Lane* et *Strawberry Fields*, et elle en conçut un drôle de malaise, comme si elle s'autorisait une digression coupable.

Dans un réflexe bizarre, prise en faute, elle jeta un œil sur sa mère. Irene fredonnait *Let it be*, la cendre de sa cigarette menaçant de s'écrouler sur le tapis à tout moment.

Bon sang, mais qu'est-ce qu'ils avaient, tous, avec cette histoire de John Lennon ? C'était dramatique, d'accord, mais des gens se faisaient tuer toutes les semaines à New York, non ? N'était-ce pas la ville la plus dangereuse du monde ? Il paraissait même que quand on descendait dans le métro, on n'était jamais sûr d'en remonter. Nick connaissait quelqu'un qui…

Imagine there's no heaven, it's easy if you try… Irene avait monté le son si fort qu'il semblait que tout le Mayflower l'avait fait en même temps qu'elle. Les murs ternes du salon se renvoyaient les accords de piano avec un tel écho que la musique en devenait palpable, et la voix nasillarde du chanteur revenu d'entre les morts prenait des intonations sépulcrales. Angela sentait la basse rebondir dans sa poitrine. Elle n'aimait pas spécialement les chanteurs, n'avait pas d'idole, n'était d'aucune chapelle musicale, mais là, crûment, elle adora cette sensation. C'était fort, c'était mystique, cela venait de l'intérieur. Elle frissonna, son ventre se serra. Irene pleurait, la tête dans les mains.

Hésitante, Angela se leva, ôta délicatement la cigarette tremblante des doigts de sa mère, en tira une bouffée sans vergogne et la noya dans une tasse de café froid encore à moitié pleine. Il lui sembla que la situation exigeait cette petite entorse. Puis elle s'assit sur le canapé et entoura Irene de ses bras, ne sachant plus qui était cette personne qu'elle devait consoler.

« Tu crois qu'un beau souvenir est toujours accompagné d'une chanson ? demanda-t-elle un peu plus tard à June. Comme dans un film, tu vois. Les images et la musique. »

Il pleuvait, la météo ayant eu le bon goût de se mettre au diapason du deuil général. Les deux filles s'étaient retranchées dans un recoin de l'Astroland déserté. Il suffisait de soulever une bâche derrière un bout de grillage éventré, et on se retrouvait dans une cahute vide qui ressemblait à un chapeau de Polichinelle. Derrière le guichet abaissé, on voyait les marques que la lourde caisse enregistreuse avait creusées dans le bois de la tablette. Hors saison, il n'y avait plus rien là-dedans, le tiroir était vide – pas même un vieux stylo ou un paquet de chewing-gums n'y traînait –, mais il restait un tabouret pour s'asseoir, qu'elles utilisaient chacune son tour. Pour le moment, c'était à Angela de rester debout. Et elle trouvait que June avait idéalement sa place, assise bien droite derrière le guichet, empilant des billets et des pièces imaginaires en tas parfaits.

« Je ne sais pas si on est assez vieilles pour avoir des souvenirs, dit June. Et si on a écouté assez de musique. (Elle réfléchit un moment.) Quoique… Quand j'entends *Hotel California*, je pense toujours à Jimmy Curran qui a fourré sa main dans ma culotte pendant qu'on dansait chez sa sœur cet été. Il était tout excité, si tu vois ce que je veux dire. Mais je ne sais pas encore si c'est un bon souvenir.

— *Hotel California*, répéta Angela, pensive.

— Cherche pas, c'est les Eagles, pas les Beatles. Tu ne peux pas savoir, tu es en couple. Pour une célib comme moi, *Hotel California*, c'est carrément l'angoisse. Six minutes de slow – je t'assure, je les ai comptées. Si tu tombes sur le mauvais mec, c'est six minutes de bave dans le cou, de gourdin dans le pantalon et de terreur pure. »

Angela éclata de rire. Ce genre de mésaventure ne lui arriverait jamais. D'ailleurs, Nick n'aimait pas danser. Pendant les fêtes du lycée, il préférait rester boire des sodas à la buvette avec ses potes.

« Pourquoi tu demandes ? s'enquit June.

— Ma mère n'a pas arrêté de pleurer, ce matin.

— Moi aussi, j'ai pleuré. C'est tragique, ce qui est arrivé.

— Oui mais toi, tu n'as pas pleuré comme ma mère. Tu as pleuré parce que tu es une maniaque et qu'il te semblait que c'est ce qui était correct de faire.

— Je pleure quand quelque chose est triste, ça me paraît normal.

— C'est toute la différence, ma poule : tu pleures quand *quelque chose* est triste, tu as du recul là-dessus, tu vois, tu considères que c'est triste alors tu y vas. Ma mère, elle pleure parce qu'*elle* est triste, elle est *dedans*. »

June leva sur elle des yeux plissés par une intense réflexion.

« Ça fait mal à la tête, ta conversation. C'est ton tour de t'asseoir. »

Elles permutèrent en se bousculant dans la cabine exiguë. Une fois assise, Angela fut frappée par l'intense mélancolie qui se dégageait du panorama derrière le guichet. Sous un ciel chargé de plomb, les manèges à l'arrêt, la grande roue immobile et les nacelles bâchées crachaient des couleurs joyeuses et incongrues qui heurtaient la rétine. On aurait dit la fin du monde. Qu'il n'y avait plus d'être humain nulle part. Qu'une bombe à particules avait désintégré les familles qui fourmillaient ici, figeant les infrastructures dans leur vacuité. Angela avait vu ce paysage cent fois, elle avait parfois trouvé l'ambiance circassienne de Coney Island un peu lugubre, mais aujourd'hui c'était pire. Elle se sentait vraiment chamboulée.

« Explique », demanda June.

Expliquer quoi, au juste ? se demanda Angela. Qu'elle avait passé une soirée bizarre, bu trop de bière, qu'elle avait la gueule de bois et que sa mère avait fumé en pleurant parce que John Lennon était mort ? Si seulement c'était si simple, une addition de petits malheurs identifiables qu'on pouvait réparer individuellement, mais non, c'était un tout, une foutue boule dans l'estomac qui l'empêchait presque de respirer.

« Je ne sais pas pourquoi ma mère pleurait, et ça me fait bizarre, c'est tout.

— D'où ta question sur les souvenirs. Ben, punaise ! Angie, je vais t'en apprendre une belle : Irene a vécu avant nous. Et tous ces trucs que je fais, comme laisser Jimmy Curran mettre sa main dans ma culotte, par exemple, eh ben figure-toi qu'elle a dû les faire aussi. Sauf qu'elle, c'était pas ce putain d'*Hotel California* qu'elle avait en fond sonore, mais les Beatles.

— Arrête, ça me dégoûte.

— Quoi, ça te dégoûte ? Comment tu crois que tu es née ? Ce matin, en écoutant *Let it be*, ta mère pensait peut-être à son Jimmy Curran à elle. Ça s'appelle la nostalgie.

— Mon père n'était pas son Jimmy Curran.

— Qu'est-ce que tu en sais ?

— Pas grand-chose, justement.

— Eh ben un jour il faudra que tu lui demandes. »

Angela eut un mouvement de recul sur son tabouret. Jamais elle n'oserait. Elle avait grandi avec la simple idée d'une mère et sa fille, rien qu'elles deux comme norme sociale, et elle ne voulait pas remettre toute son enfance en question parce qu'un inconnu s'y immisçait d'un coup, fût-il son géniteur. Dans l'appartement du Mayflower, il n'y avait de place pour personne d'autre, et surtout pas un fantôme.

« Tu n'es pas curieuse, vraiment, soupira June.

— C'est facile, pour toi, s'énerva Angela. Tu as tes deux parents et tes deux sœurs sous le même toit, et pas de squelette dans le placard.

— Tu ne sais même pas de quoi il est mort, ton squelette.

— Qu'est-ce que ça peut me faire, je ne le connaissais pas.

— Mais ta mère, oui. Et elle a probablement dansé avec lui sur les Beatles, c'est pour ça qu'elle pleurait, et peut-être que si tu lui demandais de te raconter ses souvenirs ça lui enlèverait un gros poids sur le cœur. »

Angela soupira. Peut-être que June avait raison, peut-être qu'Irene n'attendait que ça, peut-être même que son indifférence lui faisait un mal de chien, et que c'est pour ça qu'elle fumait en cachette – pour brasser tout un tas de souvenirs.

Mais elle en avait marre de cette conversation. Alors elle dit :

« Hier soir, j'ai rencontré un mec.

— Hein ? »

June, qui était occupée à retirer méthodiquement les bouloches de son écharpe en laine, s'arrêta dans son entreprise, bouche bée.

« Qui me parle ? articula-t-elle. Angie, c'est bien toi ? Tu as *déjà* un mec, d'après ce qu'on sait. Ou ce foutu monde s'est bien arrêté de tourner rond, hier soir, comme ils disent à la télé ?

— Je plaisante. C'était chez Nick. Il y avait un mec, étudiant en droit.

— Nom, prénom, pedigree, je te prie ?

— Le nom, je sais plus. Prénom : Adam. Âge : je dirais entre vingt et vingt-deux ans.

— Description ?

— Euh… Brun. Yeux noirs. »

Ses yeux ne sont pas noirs, se souvint-elle. Mais décrire le bleu profond des yeux d'Adam aurait été impudique. C'était une limite qui, une fois franchie, ouvrirait des perspectives bien plus dangereuses que le simple champ d'observation à l'intérieur duquel elle devait rester cantonnée.

C'était amusant de voir June s'affoler à l'idée d'une nouvelle possibilité.

« Beau ?

— Grand. Mince.

— Et beau ?

— Je ne sais pas.

— Comment, tu ne sais pas ? »

Angela réfléchit.

« À vrai dire, il fout un peu la trouille.

— Pourquoi, il est couvert d'acné ?

— Mais non.

— Angie, tous les mecs qui ne sont pas Nick te foutent un peu la trouille. J'aimerais bien vérifier par moi-même.

— Pas possible, il est retourné à Manhattan. »

Elle lui expliqua la mission scolaire d'Adam, la soirée passée sous le portrait de Mme Spoleto à regarder le football jusqu'à la funeste nouvelle.

Pour le reste, June n'avait pas de souci à se faire, ni d'espoir à entretenir d'ailleurs, Adam était reparti comme il était venu, après une parenthèse étrange dont ils se souviendraient tous les trois certainement longtemps.

4

Il semblait qu'en voyant la photo de la femme de John Lennon, effondrée à la sortie du Roosevelt Hospital, le monde entier lui avait pardonné d'avoir contribué à la séparation des Beatles, dix ans auparavant. Sauf Irene qui lui en gardait une rancune tenace.

« Yoko Ono demande à ce qu'on se rassemble tous dimanche à Central Park, annonça Nick comme s'il venait juste de s'entretenir avec la veuve.

— Yoko Ono, cracha Irene en lui servant son café. C'est une mygale, cette femme.

— Arrête, maman », frissonna Angela.

Elle était vautrée sur le canapé, avalant les programmes du soir qui ressassaient toujours la même chose. On était mercredi, et depuis deux jours l'Assassinat monopolisait les médias. Prise dans une dynamique qui lui échappait, Angela commençait à y prendre goût. Elle aimait cette communion internationale, cela satisfaisait à ses fantasmes enfantins d'un monde meilleur. Et puis elle s'ennuyait tant que les conversations enflammées dans les couloirs, la cour, les abords du lycée, offraient un dérivatif appréciable.

« Adam dit qu'il y a des rassemblements devant le Dakota tous les soirs.

— Adam ? »

Angela ne savait pas que Nick avait gardé contact avec Adam.

« Il a un appart dans l'Upper West Side. Ses parents sont pétés de thunes.

— Pétés de thunes ? (Irene leva les yeux au ciel.)

— Pardon, Irene. Ils ont beaucoup d'argent. Mais l'argent ne fait pas tout, hein…

— Bref, fit Angela. Je savais pas que tu avais gardé contact avec euh… Adam.

— Et pourquoi pas ? On s'entend bien. Il revient demain au lycée, d'ailleurs.

— Ah bon ? »

Tiens, c'était intéressant, se dit Angela. Elle pourrait présenter Adam à June. June était si mince et si blonde qu'elle ne pourrait que séduire un futur avocat riche, célèbre et ombrageux. Peut-être qu'ils tomberaient amoureux, ils étaient d'une complexion si différente tous les deux qu'ils s'assortiraient parfaitement pour former le plus beau couple de l'Upper East Side. On les verrait en photo dans le *New York Times*. Ouais, ce serait chouette et ce serait grâce à elle, rêvassait Angela, l'esprit en roue libre entraîné par les percussions d'*Instant Karma* qui passait à ce moment-là à la télé.

Puis elle pensa à Nick et à elle, assis derrière la caisse des autotamponneuses Spoleto, un gamin sur chaque tabouret, et s'en voulut de ne rien rêver pour eux-mêmes.

« Nick ? appela-t-elle par-dessus la musique. Tu viens ? »

Elle tendit la main et sentit le parfum de Nick flotter jusqu'à elle. Il s'assit contre son flanc, sa tasse de café à la main.

« Bon, je vous laisse, les enfants. Je vais me coucher. Pas de bêtises. »

Irene pouvait être tranquille : Nick était le plus correct des garçons. Depuis bientôt trois ans qu'ils sortaient ensemble, jamais Angela n'avait eu à mettre de limites à ses ardeurs, même quand il avait une bière dans le nez. De temps en temps, les mains de Nick s'aventuraient sous son tee-shirt, et il paraissait se satisfaire de pétrir ses seins - mais il y avait quelque chose d'enfantin dans son sourire béat.

En fait, il semblait à Angela que de ce côté-là – le côté obscur de l'amour – les choses suivaient leur cours de la plus normale des façons : au tout début, à treize ans, le baiser sur les lèvres, un peu sec et en surface, la langue qui finissait par s'insinuer, douce et maladroite, puis plus tard les caresses timides qui faisaient de drôles de chocs électriques. Tout allait de soi, respectait une certaine logique corporelle au fur et à mesure que l'éveil érotique gagnait les adolescents amoureux.

Une seule fois, Angela avait eu un geste de recul, quand Nick avait posé sa main sur la braguette de son pantalon. « C'est pour te montrer comme tu es belle et comme je t'aime », avait protesté Nick, un peu gêné. Écarlate, Angela n'aurait pas pu nier la griserie qui l'avait saisie jusqu'au frisson.

La nuit venue – puis les suivantes –, elle s'était perdue en interrogations, se demandant quel effet cela pourrait bien lui faire d'avoir le sexe de Nick en elle ; à seize ans, elle avait déjà expérimenté la plupart des sensations qui font une vie normale : la douleur physique (se casser la gueule du toboggan), le bonheur (ouvrir un cadeau, manger une *cassata* sur la plage, fumer une clope avec June), la faim, la soif, les chatouilles de sa mère… Mais elle n'avait aucune idée de cette sensation-là – le sexe de Nick en elle – ni de pourquoi les gens gémissaient en faisant l'amour, comme s'ils avaient mal mais qu'ils en redemandaient. June avait parié qu'elle le saurait avant elle et Angela n'en doutait pas : son amie était nettement plus dégourdie sur ce plan-là. June Verhoeven descendait peu ou prou d'une lignée de Vikings, alors qu'elle-même avait sur les épaules le poids de deux cent soixante-cinq papes et de quelques dizaines de milliers d'églises catholiques.

Curieusement, Nick et elle ne s'embrassaient plus trop. On aurait dit qu'ayant expérimenté tout ce qui est raisonnable, ils s'étaient mis en stand-by en attendant la suite.

Angela se blottit entre les bras de Nick, chantonnant les paroles d'*Imagine* qu'elle commençait à connaître par cœur.

« On y va, dimanche, dit-il.

— Où ça ? À Central Park ? Je ne sais pas si ma mère voudra. À moins qu'elle vienne avec nous. Ça fait loin, Manhattan, en hiver.

— Pas plus qu'en été, rit-il. Et je suis sûr que si on présente Adam à Irene, elle voudra bien qu'on aille avec lui. On passera demain après les cours, d'ac ?

— Non, c'est pas la peine. »

Elle n'avait aucune envie qu'Adam mette les pieds chez elle, elle ne savait pas trop pourquoi. Parce qu'elle avait peur que l'endroit où elle vivait n'en dise trop sur elle, qu'il dise l'étroitesse d'esprit, l'absence de rêves ?

Ici, il n'y avait même pas aux murs de portrait kitsch à vénérer.

Déjà que l'étudiant en droit – le *riche* étudiant en droit – ne l'avait jamais vue qu'ivre dans un survêtement infâme, ce n'était vraiment pas la peine d'en rajouter dans le côté miséreux, ne serait-ce que pour Nick : elle ne voulait pas le rabaisser dans l'estime de son nouvel ami, sous prétexte qu'il sortait avec la version obèse de *My Fair Lady*.

« Je me débrouillerai, assura-t-elle. Je vais m'arranger avec ma mère. On promettra de rentrer avant la nuit, et puis c'est tout.

— OK. Tu te rends compte, ça va être incroyable. Se retrouver avec tous ces gens à Central Park ! C'est historique, Angie ! Va y avoir des guitares, des groupes.

— On apportera des bougies. On s'en occupera, avec June.

— Ouais. Demande-lui aussi ses badges *Peace and Love*.

— Ils sont sur son sac de cours, je ne sais pas si…

— Il faudra qu'elle nous en refile un à chacun. »

Nick avala son café d'un coup sec. Il était tellement plein d'enthousiasme qu'on aurait cru qu'il faisait partie du comité d'organisation – avec Yoko Ono. Parfois, Angela lui trouvait l'âme d'un politicien : avec son charisme, sa positivité, Nick aurait fait des merveilles, il aurait drainé des millions de gens. Voilà ce dont elle pouvait rêver pour l'héritier des autotamponneuses Spoleto : un poste de sénateur ou de maire de New York. Elle l'imagina en costume gris, sur les marches de l'hôtel de ville, elle à ses côtés, fine et classique dans sa robe bleu marine, tenant par la main une ribambelle d'enfants Spoleto.

Elle prit la main de Nick et l'embrassa affectueusement, sans qu'il y prête grande attention. Il était parti dans ses emballements.

« Je me souviens quand mon père m'a pris sur ses genoux pour regarder Armstrong faire le premier pas sur la Lune.

— Je vois pas bien le rapport.

— Si. C'est bien d'être où il faut quand il faut. On ira à Central Park.

— Mais oui, on ira. »

Il lui colla un baiser appuyé sur le front. À la télévision, on voyait John et Yoko dans leur lit blanc, répondant aux questions des journalistes, à Amsterdam ou à Montréal, promouvant la paix en pleine guerre du Vietnam. Ils avaient les cheveux longs, le visage allongé, et finissaient par se ressembler. Angela se demanda si les couples qui s'aimaient et vivaient ensemble depuis longtemps en arrivaient forcément à ce mimétisme ou si c'était l'inverse, si la personne qui vous était destinée dans le monde était plus ou moins votre double, et que cette ressemblance vous attirait l'un vers l'autre. Il y avait peut-être une explication mystique là-dessous.

Elle observa Nick, lui trouva les mêmes joues pleines, la même forme d'yeux en amande, le même nez droit qu'elle voyait tous les jours dans son miroir, et en fut rassérénée.

« Tu vas voir, dit-il. On se souviendra de ce dimanche toute notre vie, Angie. »

5

June habitait à Sea Gate, un enclos résidentiel qui occupait toute la pointe ouest de Coney Island – comme si on avait mis sur la carte un dôme doré au-dessus de Brooklyn. Derrière les grilles fermées et surveillées en permanence, les rues étaient la propriété des habitants, et non de la ville.

Avant qu'un groupe de riches New-Yorkais n'achète le terrain à la fin du XIXe siècle, attirant leurs semblables – les Vanderbilt, Astor ou Du Pont, y fructifiaient saloons, bordels et casinos, dans la tradition burlesque et récréative de la péninsule. Puis tout ce beau monde en avait eu marre des poches à gnôle et des joueurs suicidaires et avait fait raser l'immobilier mal famé et clôturer le périmètre.

Depuis, les résidents vivaient heureux dans une sorte de petite république autarcique, avec son propre maintien de l'ordre, son service de voirie et son éclairage privés, et devaient prévenir la sécurité de l'arrivée d'éventuels visiteurs.

June vivait dans l'une des huit cent trente maisons individuelles, au bord de l'une des trois plages privées de

Sea Gate – son arrière-grand-père, un boulanger à peine arrivé des Pays-Bas, avait joué ses dernières économies au casino et il avait bien fait : il avait gagné une fortune. Il aimait à rappeler à June et ses sœurs que jusqu'à son acquisition par les Anglais en 1664, New York s'appelait la Nouvelle-Amsterdam et que son coup de chance à la roulette n'était qu'un juste retour des choses.

Il racontait aussi que les autochtones néerlandais appelaient Coney Island « Narrioch », ou « la terre sans ombre », car sa position par rapport au soleil laissait sa plage ensoleillée toute la journée.

Angela aimait bien écouter ces histoires, mais un jour l'arrière-grand-père était mort et elle n'avait plus jamais remis les pieds à Sea Gate. Les parents de June étaient de vrais cons qui la regardaient comme si elle était un insecte.

Il n'y avait aucun magasin dans Sea Gate, c'est pourquoi June franchissait la grille tôt le matin, pour pouvoir acheter des donuts et des cigarettes qu'elles se partageaient au lycée, puis dans leur cahute d'Astroland. June avait toujours de l'argent sur elle – l'arrière-grand-père avait racheté plusieurs boulangeries de Brooklyn et sa descendance vivait confortablement de ses rentes. Le père de June passait beaucoup de temps en Europe où il avait développé une franchise, à tel point que June s'était persuadée qu'il avait là-bas une deuxième famille. Elle s'imaginait des demi-frères solides et blonds, tour à tour champions olympiques d'aviron ou chanteurs pop.

June aurait pu aller dans une école privée à Manhattan plutôt que dans un lycée public à deux pas des manèges et des baraques à beignets, mais sa mère n'aurait alors plus eu de rôle social à défendre. Et elle manquait terriblement de ça, d'un rôle social. Alors qu'Irene travaillait dix-huit heures par jour les trois quarts de l'année dans sa boutique de bonbons pour, la morte saison venue, continuer à pourvoir à leurs besoins, la mère de June ne sortait pas de son ghetto doré, se prétendant bien trop occupée par ses trois filles qu'elle ne voyait pourtant guère qu'une ou deux heures par jour.

Souvent, Angela se demandait comme son amie pouvait échapper aussi brillamment à tout ça – le fric, la famille dysfonctionnelle, et ses deux petites sœurs moches et méchantes.

Aujourd'hui, c'était difficile. June souffrait de violents maux de ventre, comme à chaque fois qu'elle avait ses règles. Elle se persuadait qu'une fois par mois, tout le stress de son mode de vie particulier s'évacuait de cette façon, dans une opération de bon débarras, et elle prenait ses douleurs avec philosophie, comme un grand nettoyage salutaire.

« Attends juste cinq minutes, dit Angela. Nick m'a dit qu'ils seraient là à 3 heures pétantes. J'aimerais te présenter Adam...

— Je te jure que j'en peux plus. Il faut que je rentre me changer, j'ose même plus marcher.

— Cinq minutes. »

Elles attendaient devant la grille du lycée, June s'accrochant d'une main aux barreaux, comme une bouée dans le flux des lycéens qui sortaient par grappes mouvantes.

« Salut », fit quelqu'un derrière elles.

Angela se retourna brièvement en marmonnant quelque chose en réponse, occupée à guetter Nick dans la foule. Bon sang, mais qu'est-ce qu'il foutait ?

Toujours à discuter, à faire le prince au milieu de ses copains...

Tout d'abord, elle ne reconnut pas le grand garçon qui s'inclinait vers elle. Dans la lumière du jour, Adam était moins pâle, moins brun. Ses cheveux coupés court avaient des nuances châtains, et ses yeux étaient résolument bleus.

« Où est Nick ? balbutia-t-elle, déconcertée.

— Retenu avec deux autres élèves. Il y a eu une bagarre.

— Nick s'est battu ?

— Non, mais il est intervenu. C'est le témoin principal, en quelque sorte. »

Adam lui sourit. Évidemment, sitôt qu'il fallait être quelque part, Nick y était. Angela eut conscience d'avoir été impolie. Elle rendit son sourire à Adam, serrant chaleureusement la main tendue. Et lui, comment avait-il fait pour la reconnaître parmi tout ce monde ?

La journée, Angela n'avait rien à voir avec la fille en survêtement du Mayflower – du moins, elle faisait des efforts pour ça : jupe et collants en laine noirs, chemise en jean cintrée ou sweater ajusté, elle était l'antithèse de ses complexes imaginaires : taille fine, attaches délicates, le reste débordant de féminité. Et puis elle n'était pas si petite : si elle avait porté des talons, elle aurait rattrapé June. Mais elle préférait ses bonnes vieilles Doc Martens, sa seule concession à la mode punk venue d'Europe qui transformait les filles d'ici en pétards à mèches. Le blond se portait platine, le noir corbeau, insolents et faussement crasseux – une rébellion générationnelle contre le *flower power* ingénu des parents. Angela coiffait ses cheveux châtaigne en queue-de-cheval rétro et se maquillait comme une pin-up, eye-liner et rouge à lèvres, sans trop en faire.

« Adam, voici June, ma meilleure amie. June, voici Adam. »

Il la lâcha des yeux et se tourna vers la grande fille aux cheveux de lin qui, elle, n'avait pas besoin d'artifices pour avoir une classe folle. Moulée dans son jean, son pull tout simple flottant gracieusement sur ses hanches, June serrait des deux mains son écharpe en laine noire qui mettait en valeur une carnation pâle et parfaite, ses yeux verts et ses joues roses – plus roses que d'habitude, échauffées par les vagues de douleur qui lui montaient du ventre. Elle dévisagea rapidement Adam, et Angela sut que son amie s'était déjà forgé une opinion – physique, personnalité introvertie ou extravertie, potentiel de drague et degré de confiance, June avait rempli toutes les cases. Elle se trompait rarement. Angela la surnommait « le radar ».

Puis June grimaça, ce qui n'augurait rien de bon.

« Désolée, mais je ne me sens vraiment pas bien, rectifia-t-elle aussitôt. Un truc de fille », ajouta-t-elle à l'intention d'Adam qui n'en demandait certainement pas tant pour une première rencontre. Angela leva les yeux au ciel.

Mais Adam n'eut pas l'air choqué et prit gentiment le bras de son amie.

« Je sais ce que c'est, j'ai trois sœurs. Tu veux qu'on t'accompagne quelque part ? À la pharmacie ? »

June le scruta une nouvelle fois pour ajouter quelques lignes à son rapport, et Angela eut un pincement au cœur : il lui plaisait, le dossier était plié.

« Oui, dit June, j'ai intérêt à y passer avant de rentrer dans mon enclos. »

Ils allèrent chez Wallgreens où June mit méthodiquement à sac le rayon des serviettes hygiéniques avant de trouver sa marque habituelle. Pliée en deux, elle exigea de l'employée un contenant spécifique de Tylenol – il devait y avoir 24 comprimés et pas 40. « C'est trop gros pour mettre dans mon sac », expliqua-t-elle à Adam, tandis qu'Angela, gênée, essayait de détourner son attention vers les magazines : il semblait que tous, à l'exception de *Cuisine de campagne* et *Popular Sciences*, faisaient leur une sur l'Assassinat.

Gentiment, la vendeuse apporta un verre d'eau à June qui avala deux cachets d'un geste mélodramatique, se tenant en équilibre sur un pied, puis, lorsqu'elle eut parfaitement replié et remis dans le bon sens la notice au fond de la boîte, ils purent reprendre leur chemin vers Sea Gate.

Arrivés à la grille, June salua le garde et haussa les épaules : « Comme on l'a pas prévenu..., dit-elle.

— C'est pas grave, on n'allait pas entrer, la coupa Angela. Va te reposer. »

Elle trouvait cette équipée bizarre, comme si la vie allait trop vite en besogne. Il n'y avait pas plus de trois jours qu'elle avait rencontré Adam et voilà qu'il plongeait d'un coup dans des embrouilles hormonales qui ne concernaient que leur toute petite sphère privée, à June et elle, au même titre que leurs histoires familiales ou leurs questionnements sur le sexe. Elle avait l'impression d'une énorme transgression. Et c'était gênant, merde.

Et puis, pour tout dire, elle regrettait encore davantage qu'Adam ait déjà découvert la frontière dorée derrière laquelle vivait June, l'opulence tranquille de Sea Gate renvoyant les HLM du Mayflower aux loqueteux comme elle.

D'autant que – Nick avait bien insisté –, l'étudiant en droit disposait d'un appartement à Manhattan et de parents *pétés de thunes*.

Décidément, Adam n'avait rien à voir avec elle, mais tout avec June.

Angela ne savait plus trop comment ils avaient atterri là – une balade qui se prolongeait, une discussion qui rebondissait entre les souvenirs frais de l'Assassinat et le projet Central Park, la pluie qui menaçait –, mais Adam et elle avaient fini par se retrouver devant la cahute d'Astroland. Peut-être en soulevant la bâche sur le secret bien gardé de leur refuge, Angela avait-elle voulu se venger de Sea Gate : *elle aussi* avait ses entrées dans un endroit magique – plus fascinant que le Mayflower, plus extraordinaire encore que ce qu'il y avait derrière la grille dorée de June.

Adam n'avait pas l'air pressé de rentrer à Manhattan – comment cela se pouvait-il ? « J'aime bien découvrir des endroits nouveaux », dit-il simplement.

Et là, il était servi. Ils étaient passés devant les enseignes rouge et jaune de *Nathan's Famous* qui occupaient tout un angle de Surf et Stillwell Avenue et y avaient passé commande. Il était 5 heures de l'après-midi, et ici on se gavait à tout moment du jour de l'autoproclamé « meilleur hot-dog d'Amérique depuis 1916 ». C'était sans doute exagéré, mais le culte ne s'embarrassait pas de comparaisons.

« Tous les 4 juillet, il y a le concours du plus gros mangeur de hot-dogs, juste ici, avait expliqué Angela.

— J'en ai entendu parler, oui.

— Vaut mieux en entendre parler que le voir en vrai, je t'assure.

— Ils vomissent ?

— Uniquement ceux qui trichent. On appelle ça la “méthode romaine”, et c’est interdit par le règlement. Les autres se fourrent ça dans la gorge, faut voir comment. Avec du soda pour faire glisser. Mais cette année, ils ont été petits joueurs… »

Elle l’emmena voir le panneau géant qui proclamait le nom des vainqueurs et leurs records.

« Deux Américains *ex aequo*, lut-elle. Paul Siederman et Joe Baldin. Neuf hot-dogs plus une partie du dixième chacun en douze minutes. Alors il y a eu des prolongations, et là ils en ont mangé trois et demi chacun.

— C’est d’une précision olympique, rit Adam.

— Oui, ça rigole pas. L’année dernière, Thomas Stash avait explosé le record avec dix-neuf hot-dogs, regarde. C’est pour ça que Siederman et Baldin sont de petits joueurs.

— Et tu viens voir ça tous les ans ?

— Bien sûr, j’habite ici ! Il y a des gens qui traversent le pays en camping-car rien que pour voir ça. C’est culte.

— Faut avoir l’estomac bien accroché. Pour le public, je veux dire. »

C’est là où Angela avait hésité un moment, puis avait fini par lui dire : « Viens, je vais te montrer quelque chose de chouette. » Elle n’avait pas envie que, par-dessus le marché, après l’appartement exotico-burlesque de Nick, la cage à écureuil en tubulaire caca d’oie et les barreaux rouges aux fenêtres du Mayflower, Adam ait une image sordide de Coney Island. Après tout, c’était son habitat naturel, et l’endroit où l’on vivait donnait une image correcte de vous-même, n’est-ce pas ?

À sa grande satisfaction, l’effet de surprise fonctionna à plein. Adam ne pouvait pas se douter que derrière cette bâche que l'on franchissait tête baissée, se levait un monde imaginaire bien plus rayonnant que ne le laissait supposer la Gyro Tower vue de loin – son pylône autour duquel tournait, montait et descendait un pont d'observation ressemblait à une grue de travaux publics lorsqu'elle était à l'arrêt.

Il y avait là tout un univers : le Pirate Ship, son énorme gondole à quai pour l'hiver, le Dante's Inferno, un train fantôme qui après de longs passages dans le noir débouchait sur des scènes d'horreur tirées – en gros – de la *Divine Comédie* de Dante Alighieri, et surtout le Cyclone, séculaires montagnes russes en bois qu'on entretenait à grands frais.

« Jamais je ne monterai là-dessus, déclara Adam.

— Oh, petite nature ?

— Non, juste pragmatique. Ce truc-là m'a l'air brinquebalant. Et je me dis que j'ai trop de projets dans ma vie pour prendre ce risque.

— Ah. Moi, je suis montée dessus. Plusieurs fois. (Angela hésita.) Mais si je ne crains rien, c'est peut-être parce que je n'ai rien à perdre. »

Adam la regarda, déconcerté.

« Pourquoi dis-tu ça ? J'ai été maladroit ? »

Ils s'étaient adossés contre la palissade, à l'abri de l'auvent de la cahute. Angela ne lui avait pas proposé d'entrer, même si la pluie commençait à grossir – l'endroit était trop exigu, ç'aurait été inconvenant.

« Non, non, pas du tout. (Elle le regarda en coin :) Ou peut-être si, un peu.

— Je ne voulais pas dire que les gens qui aiment le risque, le risque physique, j'entends, n'ont rien à faire de leur vie… Non, je voulais dire que c'est pas mon truc.

— Prendre des risques ?
— Physiques.
— Tu conduis ?
— À Manhattan ? Tu rigoles ?
— Tu prends l'avion ?
— L'avion est le moyen de transport le plus sûr.
— Ça t'arrive de traverser au rouge ?
— Jamais. J'ai une fonction dans le cerveau qui met systématiquement en balance mon impatience et le potentiel mortel.
— Mon Dieu. »
Angela éclata de rire. Adam lui jeta un œil amusé.
« Alors, ça fait quoi ? demanda-t-il. Ce truc, là, les montagnes russes ?
— Le Cyclone ? (Elle réfléchit.) Ça fait du vent, ça fait bouillonner le sang, ça pique... Je sais pas. C'est comme aller dans les étoiles. Foncer dans le ciel. Être au-dessus de tout. (Elle le regarda.) Être au-dessus de ceux qui ont peur. »
Adam eut une petite grimace : « Touché, dit-il. Mais il y a d'autres risques que les risques physiques. Ceux-là, je les prends.
— Du genre ?
— Du genre vouloir être procureur alors que tes deux parents sont avocats. C'est passer à l'ennemi. Du genre refuser de faire partie de leur cabinet, chemin tout tracé, solution de facilité. Du genre quitter Seattle pour venir à New York. »
Angela siffla : « T'as vraiment des problèmes de riche, toi. » Adam lui sourit sans se démonter : « Justement, j'essaye de ne plus trop l'être.
— Riche ? Mais tout le monde veut être riche !

— Pour quoi faire ? »

Elle le dévisagea, éberluée.

« Pour quoi faire ? Non, mais tu plaisantes ? Je sais pas, moi, euh… (Elle fit semblant d'hésiter.) Bah, tiens, pour s'acheter des trucs, payer la bouffe, l'électricité, voyager un peu, aller au resto, faire des cadeaux.

— Ce que tu me décris là, c'est une vie normale, c'est pas être riche.

— Ah, bon. Eh ben tout le monde devrait y avoir droit, à égalité. Parce que dites-moi, monsieur l'expert en richesse, croyez-vous que si moi j'avais une vie, euh… (Elle traça des guillemets dans l'air.) *Normale*, je vivrais au Mayflower ?

— Et tu vivrais où ? À Sea Gate ? Explique-moi ce que ça changerait, fondamentalement. »

Échauffée, Angela le fixa un petit moment en silence. Adam était impassible. Soit ce type était cynique, soit il était complètement hors-sol. Pouvait-on être riche au point de se déconnecter de la réalité, d'oublier le prix des choses ? Oui, elle en était sûre. D'ailleurs, Irene l'avait toujours dit des hommes politiques, par exemple – ce Jimmy Carter qui terminait son mandat de président des États-Unis avait beau être né à l'hôpital public et avoir grandi dans une ferme où on cultivait les arachides, il n'était sûrement plus fichu de donner le prix d'un paquet de cacahuètes de supermarché depuis qu'il avait été élu sénateur, disait-elle. Alors comment voulez-vous ?

Puis elle réfléchit. Au fond, elle ne manquait de rien. Elle avait un toit, une chambre à elle, sa mère lui cuisinait des plats de dingue (quoi de moins cher que des pâtes aux tomates fraîches pour un festin ?), elle allait au lycée. Elle avait un avenir. Alors, d'où venait sa frustration, ce soudain élan gauchiste ?

« Tu vois, dit Adam, satisfait de son silence.

— Je vois rien du tout, dit-elle. C'est facile d'avoir tes théories quand on a tout.

— Je vais te décevoir, mais être riche ce n'est pas tout avoir.

— Oh, non. Juste du confort et des opportunités.

— Juste ça. En revanche, on peut manquer d'autres choses importantes. Comme la liberté, la mixité, l'ouverture. Quand on est riche, contrairement à ce que tu crois, on a des marges de manœuvre très restreintes. On fait des métiers de riches. Je te jure, il faudrait se battre pour être instituteur de campagne, charpentier ou je ne sais pas, moi, propriétaire de manège.

— Tu voudrais faire ça ?

— Pourquoi pas ? Ce sont des métiers de passion. Mais s'il me prenait l'envie de devenir pêcheur dans le Maine, tout le village me regarderait de travers.

— Pauvre petit garçon riche. Je te trouve bien démago. »

Il haussa les épaules, toujours souriant.

« Peut-être un peu, si tu le dis. Je ne sais pas encore bien comment raisonnent les gens normaux. Je peux être vexant, parfois.

— Les gens normaux ? (Elle pouffa.) Tu es vraiment très riche ?

— Moi non. Mes parents affreusement.

— Et c'est pour ça que tu veux devenir procureur ? Pour connaître des gens normaux ?

— Les avocats réputés comme mes parents ne défendent pas les gens normaux, parce que les gens normaux n'ont pas les moyens de s'offrir leurs services. Alors oui, c'est pour ça. »

Angela hocha la tête. Il fallait reconnaître qu'Adam n'avait pas choisi le côté le plus glamour de la loi. C'est vrai, il prenait un risque – celui d'être impopulaire, attaqué et mal payé (toutes proportions gardées, bien sûr). Et de passer sa vie au milieu des trafiquants de drogue et des voleurs à la tire.

« Et toi ? demanda-t-il. Si tu veux devenir riche, comment comptes-tu t'y prendre ?

— Je ne veux pas devenir riche. Pas spécialement. Être à l'aise me suffira. (Elle tendit le menton vers un point vague et lointain.) Nick va récupérer les autotamponneuses de son père, là-bas, dans quatre ans. »

Adam haussa les sourcils.

« Et alors ?

— Et alors ? Ben, et alors, on va récupérer les autotamponneuses, voilà !

— Mais toi ? »

Elle le dévisagea comme s'il s'était soudain transformé en bulot, et articula : « Moi, je vais épouser Nick.

— Tu as seize ans. Ou dix-sept ?

— On ne va pas se marier tout de suite, bien sûr.

— Ah bon. Dans quatre ans ? »

Elle le dévisagea, méfiante. Il n'avait pas l'air supérieur, pas franchement, mais affichait un mélange d'effarement et d'ironie. Inquiétant, ça.

« Quoi ? aboya-t-elle, sur la défensive.

— Je trouve juste que c'est… (Il secoua la tête.) Enfin, ce sont des projets bien arrêtés ; ça ne me regarde pas, mais il peut se passer beaucoup de choses, en quatre ans.

— Comme quoi ?
— Je ne sais pas. La vie. »

Angela n'aurait su définir ce qui lui traversa l'esprit à cet instant précis où il prononça ces deux mots : *La vie*. C'était si pointu, si condensé que ça fusait comme une balle.

Sans le savoir, la petite Angela, seize ans, habitant au Mayflower de Coney Island, fiancée à Nicholas Spoleto, futur propriétaire des autotamponneuses d'Astroland, en fut mortellement touchée.

6

Angela avait vécu une nuit étrange, à faire la crêpe dans son lit – pile, face, un soupir et on recommence –, à s'agacer de tout : ses cheveux qui s'entortillaient autour de son cou, les draps qui se froissaient, sa chemise de nuit qui tire-bouchonnait, et encore ce foutu réveil à cristaux liquides qui égrenait en rouge fluo les minutes perdues à ne pas dormir…

Elle avait repassé en boucle sa conversation avec Adam, y collant des inserts, améliorant sa repartie, rageant d'avoir le cerveau si lent qu'elle n'avait pas été fichue de l'emmener voir de près les autotamponneuses Spoleto, rutilantes promesses de bonheur. Évidemment, le père de Nick avait clos le manège et les bolides reposaient sous une chape de toile enduite vissée aux quatre coins, mais elle aurait pu lui montrer, à ce con de riche, comment les couleurs du fronton pétaient la joie, la vraie, celle du peuple.

Bref. À d'autres moments de la nuit, ce qui l'avait le plus embêtée, c'était cette sensation de creux dans l'estomac, comme un doute qui fait son trou : était-il possible qu'à seulement seize ans, elle ait autant d'ambition personnelle qu'une poule pondeuse soumise au coq de la basse-cour ?

Et cet Adam, valait-il vraiment une nuit blanche?

L'air de rien, elle posa la question à June, alors qu'elles s'étaient éclipsées en douce de l'entraînement de basket des garçons du lycée – June ne supportait pas les couinements des chaussures sur le parquet, elle les comparait à des petits oiseaux en train de crever.

« Comment tu le trouves, Adam ? »

June ferma précautionneusement la porte du gymnase en vérifiant deux fois et lui jeta un œil entendu.

« Ah, je me demandais quand tu me poserais la question. Viens, on se tire. »

Cet hiver, elles passaient plus de temps en dehors du lycée qu'en dedans –professeurs malades, réduction des subventions et ambiance délétère, il se disait dans les couloirs que l'établissement était menacé de fermeture au profit d'un autre en construction plus haut sur la baie. Angela et June profitaient de cette sorte de ventre mou dans leurs études pour passer sous le nez des surveillants désabusés et peu regardants.

Pourtant, l'endroit n'était pas complètement délabré, et plutôt confortable pour les trois cent cinquante élèves qu'il accueillait. Les trois bâtiments en brique rouge étaient flanqués d'un gymnase en béton gris recouvert de fresques à la gloire des sports d'équipe : battes de baseball, casques de foot, ballons de basket et coupes de toutes tailles, on y était allé franchement dans le folklore national. Avec le temps, les contours étaient devenus approximatifs et les couleurs s'étaient délavées, mais il se trouvait toujours des parents d'élèves assez fiers pour s'exclamer, poing sur la hanche : « Quand je pense que c'est moi qui ai peint la rayure rouge de cette batte il y a vingt ans… »

Il y avait un carré d'herbe, au milieu de tout ça, planté d'une douzaine d'ormes et d'autant de bancs en pierre taillés dans les rochers des jetées. Comme il ne faisait pas froid et qu'Angela adorait avoir le soleil dans les yeux, elles arrêtèrent là leur fuite.

« Alors, comment je trouve Adam… Laisse-moi réfléchir.

— Tu n'as pas besoin de réfléchir, j'ai bien vu le radar en marche.

— Il est vraiment pas mal. On dirait un mauvais garçon qui a piqué le jean et le manteau d'un étudiant en droit. Et le manteau est en poil de chameau, je peux te le certifier.

— N'importe quoi.

— Mon père a le même, sauf que le sien est beige.

— Oui, beige comme un chameau. Celui d'Adam est noir, t'as déjà vu un chameau noir, toi ? »

June plissa les yeux sur elle, mais Angela ne put pas la voir car elle avait fermé les siens. La tête penchée en arrière, elle offrait son visage au soleil timide. Elle estimait que ses racines italiennes exigeaient ça, de temps en temps, pour prospérer : des ultraviolets sans filtre, et la vitamine D qui allait avec. « Tu sais que New York est plus au sud que Rome ? » lui avait opposé June plusieurs fois. Le pire, c'est que c'était vrai.

« Et sinon ? insista Angela, ravie que les rayons chatouillent ses paupières irritées après une nuit sans sommeil.

— Ça le rend très sexy.

— Rhooo, mais sinon ? Sa personnalité, je veux dire. Tu ne le trouves pas, euh... Arrogant ?

— Arrogant, pourquoi ? Parce qu'il étudie le droit et qu'il a sur le dos un manteau à 3 000 dollars ? Non, je l'ai trouvé serviable et gentil. À moins que ce soit un gros mytho qui adore les tampons et les serviettes hygiéniques, en fait.

— Il a trois sœurs », se souvint Angela. Et sans savoir pourquoi, cela adoucit l'idée d'Adam. À quoi pouvaient bien ressembler ses sœurs – ses *riches* sœurs ? Tiens, elle aurait dû le lui demander hier. Si elles avaient des prénoms de déesses, si elles portaient des robes de cocktail comme dans *Dynastie*, des choses comme ça.

« Et tu sortirais avec lui ? »

Inquiète du silence qui s'était installé, elle rouvrit les yeux, éblouie, des petits filaments noirs en suspension dans son champ de vision. June la regardait d'un air soupçonneux. « Qu'est-ce que vous avez fait, hier ? »

Quoi ? Angela se rassit bien droite.

« Mais rien ! On est passés à Astroland, on a discuté. De fric, de projets, tout ça. Et je l'ai trouvé un peu arrogant, si tu veux tout savoir.

— OK, et tu me mets en garde au cas où je voudrais sortir avec ?

— Je sais pas, que dit le radar ?

— Qu'il est un peu vieux et que ça doit être difficile de ne faire que s'amuser avec lui. »

Angela hocha la tête et reprit sa position initiale, paupières closes. June s'était mise à casser une brindille en petits bâtonnets, devina-t-elle en entendant des craquements réguliers. Elle soupira.

« June, tu as quoi, comme projets ? Pour plus tard ? En vrai. »

C'était une discussion qu'elles n'avaient jamais. Certainement parce qu'elle les aurait dissociées l'une de l'autre, alors qu'il était tacitement convenu qu'elles feraient leur vie côte à côte – de quelle manière, elles ne le savaient pas, mais c'était une évidence que leurs cerveaux d'adolescentes ne parvenaient pas encore à remettre en question.

Aussi, lorsque June soupira et répondit « Je ne sais pas », une petite main glacée serra l'estomac d'Angela : c'en était donc fini des chimères enfantines, des autotamponneuses ou du magasin de bonbons tenus ensemble, du stand de glaces qu'on monterait à côté et des tabliers brodés *Junie & Angie* – elles en avaient si souvent parlé, imaginant des parfums insolites comme beurre de cacahuète/fraise ou chocolat/marshmallow. Même que toute l'Amérique s'y presserait, comme chez *Nathan's Famous*.

L'âge adulte leur arrivait en pleine face, et ça, elles ne l'avaient au fond pas vu venir. Sur le moment, Angela en voulut à son amie de les rappeler à cette douloureuse fatalité. Mais la barrière était tombée, alors elle insista : « Vraiment ? » Elle entendit June recommencer à casser des bâtonnets – décidément, l'arbre tout entier allait y passer.

« J'ai eu deux ou trois idées, mais en fait je sais surtout ce que je n'ai pas envie de faire.

— Vas-y.

— Déjà, pas de boulot dans la finance, la Bourse, tout ça.

— Adieu Wall Street.

— Ouais. Pas prof, non plus. Surtout pas prof. En fait, rien qui soit en rapport avec les enfants. Je déteste les enfants.

— C'est tes petites sœurs que tu détestes, Junie. Et elles seront sûrement aussi insupportables à trente ans qu'à huit et dix ans. Ça n'a rien à voir.

— D'accord. Mais je déteste quand même tous les enfants. Ça braille, ça renifle, ça attire l'attention partout où ça passe. »

June posa sa main froide sur l'avant-bras d'Angela, ce qui lui fit rouvrir les yeux. « Quand tu y penses, les enfants c'est comme des humains miniatures pas terminés, des anomalies quoi. Personne n'a l'air de s'en rendre compte, mais moi ça me fait peur. Et les bébés, c'est pire, juste des grosses cellules. Ça me dégoûte. Et tout le monde s'extasie là-dessus, *beurk.* »

June frissonna, ses cheveux de lin balayant ses joues rosies par l'air frais qui venait du large et glissait entre les bâtiments. Angela éclata de rire.

« Et un jour, dit-elle, une armée d'enfants se rebellera et déchiquettera tout sur son passage.

— Ils le font déjà, je te signale. Les chambres de mes sœurs, c'est Beyrouth.

— Et peut-être qu'en fait les bébés sont des atomes qui tueront tout le monde.

— Arrête de rire, c'est dégueulasse, je te jure.

— Donc, tu ne veux pas d'enfant ? Même pas à toi, je veux dire.

— Jamais. »

Angela se calma. Ça, elle ne l'avait jamais entendu dire par personne. L'aversion de June pour les gamins était connue, mais elle pensait que ce n'était qu'une posture entretenue par les deux emmerdeuses prépubères avec qui elle vivait. Comment pouvait-on ne pas vouloir d'enfant ? C'était dans l'ordre des choses.

« Mais tu veux te marier, quand même ?

— Je crois pas, non.

— Oui parce que ce serait difficile de te marier sans faire d'enfant. »

June la considéra tranquillement de ses yeux verts si clairs, si purs qu'Angela y vit le reflet de sa propre naïveté. On était en 1980, merde, plus dans les années cinquante, c'était impensable d'être aussi rétrograde. Elle se sentit soudain très vieille, très lourde, très finie.

« Bon, dit-elle. Pas de Wall Street, pas d'enfants, quoi d'autre ?

— Euh... Pas de restaurant, y a trop d'odeurs que je supporte pas. Pas de commerce, de toute façon, les commandes, les ventes et toutes ces colonnes, ça me plairait pas.

— Pourquoi ? Maniaque comme tu es, tu ne ferais jamais faillite.

— C'est là où tu te trompes, ma vieille : je ne suis pas maniaque, je suis *précise*. Ce qui m'amène à ce qui me plairait : construire des trucs.

— Construire des trucs... Quels trucs ? »

Angela était ébahie. En cinq minutes, elle en apprenait davantage sur sa meilleure amie qu'en dix ans. Avaient-elles tellement l'habitude de se voir qu'elles croyaient donc tout savoir l'une de l'autre ? Leurs conversations – famille, école, bouffe, régime, sexe – tournaient-elles à ce point en rond qu'une simple question sur l'avenir changeait complètement le paysage ?

June eut un geste vague : « Je sais pas encore, des maisons, des lampes, des sacs… À la maison, j'ai fabriqué un meuble avec des boîtes à chaussures. »

Angela écarquilla les yeux. « Pour quoi faire ?

— Ben pour ranger les chaussures, patate. »

Ça alors. June avait elle aussi une vie secrète. Après l'épisode des larmes d'Irene devant la télé l'autre jour, ça commençait à faire beaucoup d'événements incompréhensibles. Angela sentait le doute dans son estomac reprendre son insidieux forage. Elle se sentit très fatiguée. Et puis le soleil était parti.

« Et dimanche ? demanda June en se levant.

— Quoi, dimanche ? fit Angela, vaseuse.

— Central Park, le rassemblement. On y va ?

— Oh oui, oui on y va ! »

Angela avait terriblement besoin d'expériences nouvelles.

7

Le dimanche matin, Irene avait dit oui, à condition qu'ils rentrent avant la nuit. Il était difficile de résister à Nick, même quand on avait la quarantaine et la tête sur les épaules. Nick avait le don de réveiller en vous la petite bête qui a un gros besoin de lâcher prise. Et il le savait bien, se montrant au cours de la négociation tour à tour enjôleur et protecteur. Un vrai lavage de cerveau.

Et puis son père s'y était mis aussi : « Mais enfin Irene, avait dit Joey, il faut les laisser sortir, ces petits, que veux-tu qu'il leur arrive ? Ils sont au moins cinquante à partir de Coney Island ! » Ce à quoi la mère d'Angela avait répondu qu'elle n'avait peur de rien, bien sûr, à part qu'ils soient enlevés par un gang de Manhattan ou dépouillés dans le métro. Alors Joey avait baissé les bras en soupirant, « OK, je vais avec eux », et Nick avait gémi « Si c'est comme ça, on annule tout ».

Pour finir, Irene avait accepté. Elle ne supportait pas que les enfants soient déçus et craignait par-dessus tout que ce soit de sa faute. Et puis Nick était si mignon

– mais aussi solide que son père. Il saurait protéger Angela, n'est-ce pas ?

« Il a dix-huit ans, c'est un homme ! Et c'est bien d'y aller, c'est un événement, avait conclu Joey Spoleto. Ils s'en souviendront, tu vas voir. Ils le raconteront à leurs enfants. Nick se souvient encore du jour où on a regardé Armstrong marcher sur la Lune, alors tu penses bien. » Puis il avait lissé son crâne à moitié chauve et était rentré chez lui en face pour regarder le direct aux infos : « Viens donc prendre le café, Irene. On les verra peut-être à la télé ! »

Nick, Angela et June devaient rejoindre Adam et ses copains devant *Tiffany's*, tout en haut de la Cinquième Avenue – les filles trouvaient le rendez-vous vraiment classe. Aussi incroyable que cela puisse paraître, elles n'étaient allées que très rarement à Manhattan – mais June plus souvent qu'Angela. Pour se permettre d'y flâner, il fallait de l'argent, disait Irene. La barrière semblait encore plus haute qu'à Sea Gate.

Dans le métro, Nick avait déjà faim, alors Angela sortit les énormes sandwiches au salami qu'elle avait dans son sac. Irene avait cru bon d'ajouter de l'huile d'olive sur les rondelles de tomate, et elle tacha son pantalon de survêtement noir, le seul qu'elle avait. June fit disparaître la tache avec de l'eau pétillante. Elles avaient l'impression de partir au bout du monde, en toute autonomie.

Pourtant, autour d'eux, ça bourdonnait. Jamais un dimanche n'avait vu autant de passagers sur la ligne J qui traversait Brooklyn. Mais Nick avait mis un point sur les i à toute la bande qui le suivait quotidiennement : à Manhattan, chacun pour soi ! Il n'avait pas envie de se sentir responsable des conneries des uns ou des autres devant Adam et ses copains de l'université.

Quand ils sortirent du métro à Times Square, les rames s'étaient tellement remplies au fil des stations qu'on ne pouvait plus y respirer. Ils reprirent leur souffle, mains sur les cuisses, devant un magasin de chaussures, puis parcoururent quelques blocs sans rien regarder de ce qu'il y avait autour d'eux – il y avait tellement de monde que c'en était effrayant. Nick tenait fermement la main d'Angela, qui tenait fermement la main de June, l'attelage avançant par à-coups jusqu'à la bijouterie de luxe où de riches étudiants les attendaient. C'était une aventure, se disait Angela, cheveux et écharpe au vent.

« Tiens, il a mis son manteau en poil de chameau », lui glissa June. En voyant Adam, elle eut un pincement au cœur : était-elle fâchée, elle ne se souvenait plus... Lorsqu'il se pencha sur elle pour l'embrasser sur la joue, elle se rendit compte que c'était la première fois – et que c'était curieux qu'elle s'en rende compte. D'habitude, elle faisait à peine attention à ce genre de détails, sa vie sociale au lycée était une succession permanente de bonjours.

« Ça va, Miss Cyclone ? » fit-il.

Oh, ce n'était rien, juste une petite plaisanterie, mais il l'avait dit d'une voix suffisamment basse pour que ce rappel les isole des autres une toute petite seconde. Cela fit un drôle d'effet à Angela – l'impression de grandir, de se pavaner. Elle lui sourit, bizarrement privilégiée, la chaleur montant dans ses joues.

Avec Adam, il y avait un grand type noir arborant des rouflaquettes taillées au millimètre qui venaient fondre pile à la commissure de ses lèvres, comme un casque élégant, et une longue fille souriante, éclatante, un bonnet vert brodé de houx sur ses boucles rousses – c'est vrai, c'était bientôt Noël et tout le monde l'avait oublié. « Neville et Margaret », dit Adam.

Neville était très beau, avec sa veste bleu électrique et sa pilosité savamment organisée, il dégageait une aura de rock star qui n'échappa pas à June. Durant tout le trajet qui les conduisit au parc, elle mit ses pas dans sa démarche chaloupée, répondant aux questions polies du garçon par les minauderies imparables dont elle avait le secret.

Quant à Margaret, Angela aurait voulu lui échapper pour deux raisons : parce que en lui faisant la conversation, la rouquine la cantonnait en queue de peloton alors que Nick et Adam étaient devant, et aussi parce qu'il y avait une chance sur deux pour qu'elle soit la petite amie d'Adam – si Angela se référait au trio de base qu'elle formait avec Nick et June. Cette idée la crispait.

« Neville est canadien, et je suis irlandaise, disait Margaret. Tu es italienne, non ?

— Oui, euh, enfin non. Je suis née ici. Et je crois pas que ma mère soit jamais sortie de Brooklyn.

— Et ton père ?

— Il est mort. »

En voyant le O parfait formé par la bouche sous le bonnet brodé de houx, Angela eut conscience d'avoir manqué de civilité, mais il n'y avait rien d'impoli à être mort, non ?

« Désolée, fit Margaret.

— C'est pas grave, c'était il y a longtemps. »

La rouquine lui sourit et embraya sur ses études, sujet hautement sensible puisqu'il allait immanquablement déboucher sur l'avenir, les projets... Bordel, mais les gens n'avaient donc que deux sujets de conversation ? se dit Angela, énervée.

« Avec Nick, on est forains », coupa-t-elle donc. Malheureusement, cela sembla ravir Margaret.

Arrivés en haut de l'avenue, ils avançaient comme à l'école, en rang par deux – Nick et Adam, June et Neville, Angela et Margaret, animés par des conversations différentes dont on ne saisissait rien tant il y avait de bruit autour d'eux.

En temps normal, Central Park était un univers aussi illusoire que la forêt de Brocéliande : lorsqu'on y entrait, on ne savait jamais à quel endroit on allait se retrouver. C'était comme si un champ magnétique déréglait votre boussole intérieure, on perdait la notion de l'espace. Pour en sortir, il fallait se fier à tel ou tel gratte-ciel, selon qu'on veuille aller à l'ouest ou à l'est, car ici le hasard se payait en kilomètres.

Aujourd'hui, tout le monde marchait dans le même sens : vers l'ouest et le Dakota Building. Quand ils pénétrèrent dans le parc, tout en bas, à l'angle est, une marée humaine en occupait déjà les 800 mètres de largeur. Ça entrait par tous les côtés. Angela sentit un gros bouillon d'excitation grossir dans ses veines : on y était, en plein dedans.

« Viens, Angie, dit la voix de Nick, de nouveau près d'elle, ne lâche pas ma main. »

Il ne faisait pas très froid, des nuages traînaient dans le ciel gris, et autour d'eux tout le monde semblait avoir oublié la notion même de météo : certains, comme Margaret, portaient un bonnet en laine, d'autres, comme Nick, une veste grande ouverte sur un tee-shirt léger.

Il y avait des jeunes, des vieux, des familles à poussette stationnant prudemment en retrait, sous les arbres.

Un type avec de longues dreadlocks passa en leur touchant la main : « Donne une chance à la paix, mec, donne une chance à la paix, ma belle... » Une fille juchée sur les épaules d'un garçon brandissait une pancarte : *POURQUOI ?*

« C'est génial ! » hurla Nick à l'oreille d'Angela. Devant eux, Margaret et Neville se tenaient par la taille, et elle en fut rassurée.

Ils progressèrent difficilement vers la grande pelouse centrale, piétinant dans les allées auxquelles se greffaient d'autres allées, d'autres gens, comme le flux d'un réseau sanguin qui remontait vers le cœur du parc.

Sur la pelouse, le flot s'éparpillait, on respira mieux. Des gens chantaient, un air lancé par un petit groupe ici ou là repris par la foule. *All we are saying, is give peace a chance...* Serrant la main chaude de Nick, Angela distinguait les joues roses de June et ses lèvres nacrées articuler des paroles qu'elle ne connaissait même pas. Adam se tenait près d'elle, à la frôler, et Angela se dit qu'ils étaient très beaux.

On entendait des applaudissements, des guitares, et puis soudain ce fut le silence. Un silence épais, grondant, pulsant, comme un animal à terre. Le silence de deux cent vingt-cinq mille personnes. Nick entoura les épaules d'Angela et de son bras puissant la ramena tout contre lui. Elle avait l'impression que le sol frémissait sous ses pieds, la respiration unique de la foule vibrant autour d'elle. Tout s'était ralenti, les bruits de Manhattan s'étaient délités puis avaient complètement disparu dans un trou noir. C'était presque de la science-fiction.

Angela fut submergée par l'émotion. « C'est bien d'être là où il faut », lui avait dit Nick. Comme il avait raison. La petite Italienne de Brooklyn était pile au milieu du monde.

La minute de silence en dura dix.

Quand le joint avait circulé, ils avaient tous décliné, sauf Nick. Et maintenant il était là, en tee-shirt, à refaire le monde sur un banc avec Margaret. Angela ramassa sa veste qui avait glissé à terre : « Tu vas attraper froid », dit-elle. Elle croisa le sourire un peu moqueur de la rouquine et s'éloigna sans vérifier que Nick s'était bien couvert.

June et Adam avaient rejoint un petit groupe de musiciens dont l'un avait prêté sa guitare à Neville. Ils en étaient à chanter *Happy Christmas*, et June donnait de la voix dans les chœurs : « *War is over, if you want it.* » Autour d'eux, le vent balayait les vestiges des pancartes, la foule s'était clairsemée dans cette partie du parc. Il ferait nuit dans une heure. Quand les applaudissements crépitèrent, Angela tira son amie par le bras : « Je crois que Nick a trop fumé. »

Essoufflée, rose de plaisir, June jeta un œil par-dessus son épaule. « D'accord, dit-elle. Tu veux que j'aille voir ? » Angela acquiesça de la tête. Elle n'avait aucune envie d'affronter le regard en biais de Margaret, elle serait bien capable de lui coller une beigne en retour. Elle fulminait.

« Tout va bien ? » demanda Adam. Il l'observait, interrogateur, responsable et, à ce moment précis, elle eut terriblement envie d'être sa copine à lui plutôt que celle de Nick. Elle se mordit les lèvres.

« Problème de dosage, dit-elle avec un geste du menton vers le banc.

— Nick ? Merde, Margaret n'aurait pas dû...

— Pas de problème, Nick est un grand garçon. Il sait dire non. Normalement.

— Je suis désolé, je vais lui parler. »

Mais June revenait avec un diagnostic sans appel : « Il est cuit, dit-elle, vraiment cuit. » Deux minutes après, Adam confirmait : « Il va lui falloir un peu de temps. » Margaret, bien partie elle aussi, commença par se répandre en excuses avant d'éclater de rire, puis disparut, entraînée par Neville. Angela espérait bien ne plus jamais avoir à la revoir de sa vie.

« Comment on va faire ?

— Allez, on rentre, dit Nick, les yeux explosés.

— On va aller boire un café d'abord, dit Adam.

— Il va faire nuit, gémit Angela.

— Allez, on rentre.

— Ta gueule, Nick ! » fit June.

Elle s'alluma une cigarette et tendit le paquet à Angela. Adam aussi fumait. Angela l'avait regardé tirer sur sa cigarette, comme hypnotisée, pendant les dix minutes de silence. L'air hagard, Nick frissonnait dans son tee-shirt pendant qu'autour de lui se tenait une sorte de conseil muet. Chacun réfléchissait à la merde dans laquelle il les avait mis et à comment s'en sortir.

« Ça fait effet longtemps, ce truc-là ? finit par demander June, pratique.

— J'en sais rien, dit Adam. Jamais essayé.

— Ouais, fit Angela. C'est comme traverser au rouge. »

Le souvenir de cette bribe de conversation qu'ils avaient eue sur le risque lui revenait et, du fond de son inquiétude, elle trouva la force de lui sourire.

« Si son père le voit comme ça, il va le tuer, soupira-t-elle. Et moi, plus jamais ma mère me laissera sortir.

— On ne peut pas rentrer, dit June.

— Non, dit Adam. Voilà ce qu'on va faire : je vais vous emmener chez moi, on appellera vos parents, on trouvera un truc à leur dire pour que vous passiez la nuit à Manhattan.

— Quoi ? fit Angela. La nuit ici ? Tu es fou ?

— J'ai bien peur que Nick reste dans cet état un moment, alors c'est à vous de voir ce qu'il y a de pire. Et pour quoi vous préférez vous faire engueuler. Où est le moindre risque ? Calcule, Miss Cyclone. »

Il regarda Angela se confronter à l'image terrible du père découvrant que son fils unique est un junkie et se rendre à l'évidence : il allait falloir faire preuve d'imagination et rester au vert.

Évidemment, ce fut de l'esprit pratique de June que jaillit la solution.

« Les parents ont peur pour nous ? Eh bien, c'est pour les rassurer qu'on choisit de ne pas rentrer. Parce qu'on est raisonnables. Vous voyez ces hordes de gens drogués qui prennent le métro ? C'est terrifiant. Nous, on n'est pas comme ça, on préfère passer la nuit en sécurité chez un riche étudiant de l'Upper East Side. »

Puis ils retraversèrent le parc dans l'autre sens, l'ivresse du mensonge faisant battre plus fort le cœur des filles.

8

Cela marcha au-delà de leurs espérances. Irene remercia chaleureusement Adam d'héberger *les enfants* et l'invita à dîner à la maison dès qu'il le pourrait. Elle avait passé l'après-midi devant la télé avec Joey Spoleto, et ils avaient été suffoqués par la foule invraisemblable qui s'était déversée dans Central Park. Irene était tellement inquiète, que savoir que les enfants s'étaient extirpés de ce magma humain sains et saufs était tout ce qui comptait pour elle, peu importait qu'ils loupent une matinée au lycée. « Et Maman, veux-tu bien le dire à Joey ? Nick ne va pas l'appeler, on ne va pas monopoliser le téléphone, tu comprends… »

La mère de June avait été plus difficile à convaincre. Elle avait tellement piaillé dans le combiné qu'elle avait dû à peine comprendre les explications de sa fille.

Mais ils étaient là, tous les quatre, autour des reliefs d'un repas chinois qu'Adam était descendu acheter chez le traiteur. Les boîtes en carton étaient vides, mais Nick y avait à peine touché. Après avoir été frappé d'une volubilité pénible, s'extasiant sur la moquette ou les cactus sur le rebord de la fenêtre, il était entré dans une léthargie qui faisait du bien à tout le monde.

Après le repas, Adam conduisit les filles dans sa chambre. « Voilà pour vous deux, Nick dormira sur le canapé.

— Et toi ?

— Moi, je vais chez Neville. Il habite à deux blocs. »

Angela hocha la tête, vaguement gênée. Elle se demandait s'il allait y retrouver cette punaise de Margaret. Adam prit un petit sac de sport et lui colla un baiser sur le front. Puis il attrapa gentiment son menton, cherchant ses yeux. Elle se sentit soudain très faible. « Hé, dit-il. Ne sois pas trop fâchée après Nick. Franchement, ça valait le coup, non ? »

Oui, ça valait le coup. Oui, ils se souviendraient de cette journée toute leur vie. Attendraient que leurs propres enfants les prennent pour des vieux ringards pour leur en révéler les détails. Elle garderait ça bien au chaud, comme une petite bombe.

L'appartement sentait le pied-à-terre familial. C'était un duplex meublé avec goût – chambre et salle de bains en haut, grand salon et kitchenette en bas. Fauteuils club et canapé en cuir noir, moquette ocre, affiches de jazz au mur, plantes en pot, cela fleurait le bon tabac et le parfum chic. Seule pièce rapportée, le bureau devant la fenêtre, composé d'un plateau en pin blond sur deux tréteaux et chargé de dossiers.

Angela fit le tour sans toucher à rien, puis monta voir June. Son amie sortait de la douche, enroulée dans un drap de bain épais comme un cumulonimbus. Le luxe ne lui faisait rien, à elle. « Super journée, hein ? » dit-elle simplement.

En bas, Nick semblait avoir froid, aussi Angela lui descendit-elle une couverture. Elle resterait un peu avec lui. Elle avait peur qu'il s'étouffe dans son vomi, Janis Joplin était morte comme ça.

Elle se cala sur le canapé contre lui, soulevant une mèche de ses cheveux pour vérifier qu'il respirait bien. Nick dormait comme un bébé. Angela ne lui en voulait presque pas. De l'extérieur, lui semblaient encore monter des accords épars de guitare.

Elle s'éveilla au milieu de la nuit, se demandant où elle était. Nick avait bougé, la couverture avait glissé et elle avait froid. Elle reprit ses esprits, songea à monter rejoindre June dans le lit confortable mais se dit que s'il arrivait quelque chose à Nick, elle s'en voudrait toute sa vie.

Alors elle se leva pour aller éteindre la lampe près du canapé et regagna sa place, se pelotonnant contre lui et tirant la couverture sur eux. Là, c'était bien.

« Angie, chérie ?

— Ça va, Nick, dors, bredouilla-t-elle.

— Je t'aime, Angie.

— Je sais. Je t'aime aussi. »

Nick se retourna lourdement vers elle, il n'y avait pas beaucoup de place sur ce canapé, aussi elle s'enfonça davantage dans les coussins. « Dors, Nick », répéta-t-elle. Elle avait peur qu'il vomisse, elle était obsédée par cette idée.

La main de Nick vint se poser sur son sein, le pétrissant maladroitement à travers son tee-shirt. Elle le laissa faire, se disant qu'ainsi il se rendormirait. Au fond, elle avait une idée très maternelle de la chose. Puis Nick embrassa son cou, murmurant des choses incompréhensibles, et il lui vint à l'esprit qu'elle ne portait qu'une culotte et un tee-shirt, que lui n'était pas plus habillé, et que la notion de risque selon Adam s'appliquait aussi à cette situation. Réfléchir avant de traverser au rouge, se dit-elle. « Arrête, Nick. »

Il soupira – « Tu es belle » –, puis sa bouche grimpa vers la sienne. Angela commençait à sentir le feu dangereux, celui qui se répandait délicieusement sans qu'on sache où le foyer s'était allumé. Les baisers de Nick lui coupaient le souffle, le risque, ce fameux risque, faisait bouillonner son sang plus encore. La main de Nick s'insinua dans sa culotte et elle réprima un petit cri. Jamais encore, ils n'étaient allés aussi loin. La journée avait été extraordinaire, cette nuit était hors du temps, mais elle n'avait aucun doute sur le fait que leur Première Fois soit encore loin, et qu'elle serait plus cérémonieuse que des attouchements sur un canapé dans l'appartement de quelqu'un d'autre.

C'était un plaisir impérieux dont elle voyait les limites, aussi, quand Nick l'attira vers lui et qu'elle sentit son désir fou contre son ventre, elle le repoussa d'une voix fiévreuse : « Non, Nick... » Mais il était sur elle, entre ses jambes : « Juste un peu, Angie... Juste un peu l'un contre l'autre. »

Il l'embrassa encore, et elle sentit son cœur s'affoler. « Nick, arrête... » Cela allait si vite qu'elle n'avait pas le temps d'intégrer les gestes de Nick – ses mains étaient partout à la fois. « Juste un peu », répétait-il dans ses cheveux. Il était doux, chaud et pour ce qui concernait son propre corps le cerveau d'Angela n'enregistrait que des détails : elle avait froid aux pieds, le bout de ses seins lui faisait mal, de terribles acouphènes lui bouchaient les oreilles.

« Non, Nick, dit-elle dans son cou. Non. »

La brûlure lui déchira le ventre. Elle se mordit les lèvres, incrédule, tandis que Nick s'agitait, visant la douleur sans merci, la percutant sans relâche, faisant son chemin en elle. Elle eut un sentiment d'irrémédiable. Mais de légitimité, aussi, et son cerveau en roue libre n'eut pas le temps de lui dire que ça, c'était terrible.

Alors qu'elle arrivait tout juste à s'habituer à ce corps étranger en elle, sans y prendre aucun plaisir, Nick se tendit et se dégagea précipitamment, la laissant dans une sensation poisseuse d'humidité glaciale.

Elle ne bougea pas durant les deux ou trois heures qui suivirent, les yeux rivés au plafond animé de traînées argentées, reflets lointains de la circulation qui avait repris quelques étages plus bas. Nick s'était rendormi, la serrant contre lui à l'étouffer. Elle vivait sur sa réserve d'oxygène. Son cerveau l'abreuvait d'un tas d'informations contradictoires : *Ce n'est pas bien, ça n'a pas existé, mais je suis sa fiancée, j'en parlerai à June, je n'en parlerai à personne, est-ce qu'on va recommencer ?* Elle était incapable d'en retirer quoi que ce soit, pas même la décision d'aller prendre une douche alors qu'elle se sentait collante, blessée. À un moment, épuisée, elle dut s'endormir. Le petit matin la trouva dans la même position. La lumière entra dans la pièce, éclairant leur forfait dans toute sa crudité. Poussé dans ses derniers retranchements, son esprit meurtri se trouva un sens pratique insoupçonné – et une obsession : il fallait jeter la couverture. Se débarrasser des preuves.

« Nick, bouge-toi. »

Elle le poussa sans ménagement et il roula de l'autre côté. Elle entrevit son sexe au passage et se dit : *C'était donc ça*, comme si elle n'y croyait pas encore. « Habille-toi. » Nick se frotta les yeux en grimaçant, tandis qu'elle attrapait la couverture. Il y avait du sang, dessus. Son sang. C'était vraiment fini, alors.

Elle enfila son survêtement, limitant le contact de ses mains avec le bas de son corps, récupéra la clé qu'Adam avait laissée sur la table et descendit les étages à pied jusqu'aux poubelles, y fourrant la couverture. Elle dirait à Adam que Nick avait vomi dessus et que c'était irrécupérable, vraiment dégueulasse.

Quand elle remonta, elle trouva Nick tout habillé, loin du canapé, la regardant avec un sourire timide dans le halo de lumière de la fenêtre.

9

« Putain, Angie, c'est nous ! »

Adossée au portail du lycée, Angela vit June fondre sur elle, ses longues jambes traçant des éclairs au-dessus du trottoir. June ne courait jamais, elle ne savait pas faire, se plaignant que ses chevilles étaient trop fines pour encaisser les chocs, alors il fallait vraiment qu'elle ait une bonne raison.

Elle agita un journal : « Regarde, c'est nous, c'est nous Angie ! » répéta-t-elle à bout de souffle. Elle tourna fébrilement les pages du tabloïd jusqu'à arriver à un portfolio : étalées sur seize colonnes, des photos du rassemblement de Central Park, et en plein milieu, une photo plus grande que les autres. On y voyait un couple très beau, un jeune homme brun vêtu de noir, une blonde féerique enroulée dans une écharpe de même couleur, et juste derrière eux un garçon et une fille qui se ressemblaient comme frère et sœur : mêmes cheveux sombres, mêmes yeux en amande, mêmes joues pleines. Leur disposition, parfaite – chaque tête à égale distance, le regard portant loin – et leur photogénie rendait l'image presque phosphorescente : quand on la regardait, on ne pouvait plus s'en détacher. On aurait dit la pochette de l'album *Rubber Soul* des Beatles. « La jeunesse touchée en plein cœur par l'assassinat de John Lennon », pouvait-on lire en légende.

Ils étaient là tous les quatre : Adam, June, Nick et Angela.

L'effervescence qui s'empara du lycée ce jour-là, l'excitation qui s'ensuivit au Mayflower furent telles qu'Angela oublia un temps les événements de la nuit précédente. Nick était là, à rire, à l'enlacer pendant que Joey Spoleto servait une coupe de lambrusco à Irene : « Regarde, je te l'avais dit. Ils s'en souviendront toute leur vie ! »

Le père de Nick avait passé l'après-midi à acheter tous les stocks de *New York Star* de la baie et il les distribuait généreusement dans les montées, invitant qui voulait à venir écouter le récit des enfants prodiges autour d'un verre. Nick, Angela et June n'eurent pas assez de la fin de l'après-midi pour raconter la foule, la musique, la communion païenne à un auditoire qui, en matière de rassemblement mystique, n'avait jamais connu que la messe du dimanche.

Ils appelèrent Adam, Irene le remercia encore pour ce qu'il avait fait pour *les enfants*, l'invitant une nouvelle fois, puis elle se précipita chez Scopolone, l'épicier italien, pour acheter des tortellinis frais qu'elle prépara avec une sauce au basilic. Joey sortit une bouteille de chianti et les trois adolescents eurent le droit d'en boire un verre. June coula un regard plein d'ironie vers Nick lorsqu'il fit mine de trouver cela exceptionnel.

Angela avait tout le temps envie de faire pipi. Ça la brûlait un peu. Mais elle était surprise de ne pas avoir davantage de séquelles d'un épisode aussi important de sa vie. Ils n'en avaient pas parlé, avec Nick. Que dire, de toute façon ? Elle supposait que les gens n'épiloguaient pas sur ces choses-là, qu'ils ne refaisaient pas le match à chaque fois. Que la nuit appartenait à la nuit.

Dans le métro du retour, elle s'était laissée aller à somnoler sur l'épaule de Nick, tandis qu'il riait avec June de son expérience de la veille. Jamais plus il ne fumerait de pétard, avait-il dit, et Angela avait pris cette résolution comme le début d'une excuse à son égard.

Elle n'avait rien dit à June. Et, pour la première fois de sa vie, ne savait pas comment aborder le sujet. Elle avait l'impression d'avoir trahi leur pacte, qui exigeait tacitement que leur première fois serait prévue, attendue d'une manière protocolaire.

Nick ne fit allusion à la nuit de Manhattan qu'une semaine plus tard. Ils étaient assis devant la télé, sous le poster de Mme Spoleto, lorsque le clip d'*Imagine* fut diffusé une fois de plus. Ils écoutèrent en silence les premières notes de piano, Nick pétrissant la main d'Angela.

« C'était chouette, hein », dit-il doucement, sans qu'elle sache de quoi il parlait – de l'après-midi à Central Park ou de leur rapport sexuel impromptu. Dans le doute, elle lui montra la photo du journal agrandie à la photocopieuse que Joey Spoleto avait affichée en face de la *pièta* familiale, Mme Spoleto ayant ainsi tout le loisir de s'enorgueillir de sa progéniture. « Regarde », dit-elle simplement. Cela voulait tout dire : *Regarde, on y était, regarde comme on est beaux, regarde, c'était juste avant.*

« On ne le refera pas de sitôt, dit Nick, hésitant.
— Non, c'est sûr.
— C'était exceptionnel.
— Je sais. »

Quelques jours plus tard, Adam descendit à Coney Island, répondant aux invitations répétées d'Irene. Il apportait une fantastique surprise : des agrandissements encadrés de la photo de Central Park, d'une excellente qualité. « Je suis allé au siège du *New York Star*, expliqua-t-il, et j'ai fait valoir notre droit à l'image. Ils m'ont donné le négatif. »

Irene joignit les mains et en eut les larmes aux yeux, tandis que Joey Spoleto promettait à Adam une reconnaissance éternelle – il ne paierait probablement pas le moindre tour d'autotamponneuse de tout le restant de sa vie.

À Noël, les Visconti et les Spoleto se réunirent de nouveau, mais Angela trouva la soirée longue : elle n'avait pas faim, et June, retenue chez elle avec ses parents moroses et ses petites sœurs stupides, lui manquait. Elle ne lui avait toujours rien dit, pour la nuit de Manhattan. D'ailleurs, elle commençait à imaginer que cette péripétie n'avait jamais eu lieu.

Elles passèrent le réveillon du jour de l'An chez Nick, à regarder des clips à la télé. Joey Spoleto leur servit du homard et des bulots de la baie, et il partit prendre une cuite avec ses amis du Cercle des Ours polaires. Adam, qui était reparti à Seattle pour les fêtes, les appela à minuit. Angela fut malade toute la nuit.

Ils débutèrent 1981 en allant voir Joey et ses potes noyer leur gueule de bois dans le traditionnel bain de mer du premier de l'An. La température était glaciale, l'eau noire semblait charrier des glaçons. Angela grelottait dans les bras de Nick tandis que June braillait des encouragements, pieds nus dans le sable.

En y repensant plus tard, Angela se dirait que toute cette période s'était déroulée très vite, comme dans un rêve, et que par cette déconcertante accélération du temps sa vie avait déjà pris un autre élan.

10

Angela n'avait plus ses règles, Angela avait mal au cœur. Angela était enceinte. Elle le sut bien avant que l'infirmière du lycée ne lève ses yeux sur elle, alors qu'elle lui palpait le ventre après un énième épisode de vomissements. Ces yeux-là, qui disaient à la fois l'inquiétude et la réprobation.

« As-tu déjà eu des rapports sexuels, Angela ?

— Oui. »

Oh, Seigneur, cela faisait tellement de bien d'abandonner, de changer de posture.

« C'était consenti ?

— Oui. »

Oui, bien sûr, c'était avec Nick ! Tout le monde au lycée savait bien qu'elle ne fréquentait que lui. Rassurée, l'infirmière secoua la tête, comme si elle grondait une gamine obèse qui reprenait du gâteau. « Ah, lala ! Va faire une prise de sang, tiens, je te donne le papier. Et parlez-en vite à vos parents. »

Mais Angela l'avait su bien avant ce moment-là. Quand le jour de la Saint-Valentin, deux mois jour pour jour après la nuit de Manhattan, elle avait dit à June, sans respirer : « Avec Nick, on l'a fait.

— De quoi ? » fit June, occupée à découper des cœurs dans du papier crépon.

Elles étaient au Mayflower, et June avait pour projet de relier les appartements Visconti et Spoleto par une guirlande de petits cœurs, dont un plus gros orné d'un *Angie+Nick* en son milieu. Ça l'occupait, disait-elle, parce qu'elle, elle n'avait personne. June rêvait d'Adam. Elle l'avait confié à Angela, cinq minutes avant. Elle pensait être amoureuse, et elle répugnait à l'avouer. Alors, comme pour rembourser son amie de son aveu difficile, Angela dit : « Avec Nick, on l'a fait. »

June mit un moment à réagir, sa paire de ciseaux en suspension. « C'est pas vrai ? » Elle passa de l'incrédulité à l'excitation à une vitesse supersonique. « C'est pas vrai ? » répéta-t-elle sur tous les tons.

Puis Angela eut droit à une salve de questions – « Quand ? Où ? C'était comment ? » – dont il fallut bien s'arranger pour rendre la chose moins pathétique, plus passionnelle. Idéale.

« C'était la semaine après Central Park. Dans le lit de Nick. Son père était au club. On y pensait depuis longtemps. C'était génial. »

Et voilà, c'était facile de changer la nuit, quand personne n'était là pour voir. Angela ne s'en voulait même pas de travestir la réalité, elle se disait qu'il suffisait d'y croire. Pudique, parce que trop proche de Nick, June n'avait pas demandé de détails comme elle aurait pu le faire s'il s'était agi de n'importe quel autre garçon. Elle s'était caché les yeux en riant : « Putain, je veux même pas vous imaginer… »

Et puis elle avait dit : « Moi aussi, je vais prendre la pilule. »

Là, Angela s'était dit qu'elle était enceinte. Cette certitude l'avait frappée comme une paire de claques.

Aussi, quand elle sortit du bureau de l'infirmière, elle plia l'ordonnance en quatre, la fourra dans sa poche et fila directement voir sa mère.

« Je ne comprends pas », disait Irene. Elle le répéta deux ou trois fois, dans l'espoir qu'Angela reprenne tout depuis le début avec une autre histoire. Il y eut des cris, des pleurs, des invocations, une gifle aussitôt regrettée. Puis Irene traversa le hall pour aller chercher Joey Spoleto, alors qu'Angela tentait de la retenir : « Maman, Nick n'est pas au courant ! »

Il le fut le soir, lorsque son père l'alpagua dans la montée alors qu'il rentrait du lycée en sifflotant. Éberlué, Nick apprit en même temps qu'il n'était qu'un petit con et qu'il allait être papa.

Ce fut un drôle de conseil de guerre dont Angela se sentit totalement exclue. Joey Spoleto oscillait en permanence entre la colère et l'attendrissement – « Qu'est-ce que tu veux, ces petits, ils s'aiment… » –, soufflant le chaud et le froid sur un Nick épuisé, Irene comptait et recomptait les jours sur un calendrier, reprenant ses calculs d'une manière maladive. À chaque fois, Angela avait l'impression que son ventre gonflait comme un ballon. Puisque ça faisait deux mois et demi, disait Irene, il fallait les marier avant le 14 mai.

« Pourquoi ? demandait Joey.

— Mais parce qu'à partir de là ça va commencer à se voir.

— Et qu'est-ce que ça peut faire ? Ces deux-là sont ensemble depuis trois ans, ils sont fiancés, ils n'ont fait que mettre la charrue avant les bœufs.

— Joey !

— Crois-moi, Irene, personne ici trouvera à y redire. C'est pas comme si c'était la surprise du siècle. »

Évidemment, il n'avait pas été question une seconde d'avortement. Angela et Nick se retrouvaient chacun sur une chaise, à voir leur vie s'organiser sans eux. Les études ? Terminé. Joey Spoleto était grand seigneur : « L'argent de ta mère », dit-il en se signant, les aiderait à s'installer plus vite que prévu. Le logement ? L'appartement des Polonais du B8 était vide. Il fallait vite aller voir le bailleur social, c'était un cas d'urgence. Le travail ? Angela aurait bien assez à faire. Nick aiderait son père aux autotamponneuses, Joey lui passerait tranquillement le relais.

« Mais plus de bêtises avant le mariage ! » avertit-il, comme si cela pouvait changer quelque chose. « Ma petite fille, se lamentait Irene. Ma petite fille… »

Déboussolés, Nick et Angela furent laissés seuls un moment, invités à réfléchir à leur méfait et à ses conséquences. Le silence fut long, lourd. Angela était nauséeuse, Nick était plié en deux sur sa chaise, la tête entre les mains. Puis il finit par se redresser, changeant de stature petit à petit, jusqu'à se lever et venir s'agenouiller devant elle, le dos bien droit, le regard franc :

« Je te promets, lui dit-il, je te promets de tout faire pour que jamais tu ne le regrettes. »

11

Ils se marièrent le 14 avril 1981, quatre mois après la nuit de Manhattan. La veille, Angela avait donné un coup de main à Irene qui terminait de nettoyer l'appartement des Polonais. Joey et ses copains du Cercle des Ours polaires avaient monté des meubles toute la journée, achetés chez un grossiste avec « l'argent de ta mère ».

Le père Donzelli, un prêtre qui fumait et jouait au basket avec les jeunes du Mayflower, donna sa bénédiction sans broncher. Angela portait une robe crème, plus tout à fait virginale, l'urgence de sa situation confirmée par un renflement qui commençait à apparaître sous les pinces du satin.

Personne ne conduisit Angela à l'autel, elle y alla en tenant la main de Nick. Elle n'avait pas de père, pas d'oncle non plus, aucun parent assez proche pour remplir ce rôle. Joey Spoleto avait balayé la tradition d'un revers de main : « Oh et puis on s'en fout, ils ont déjà suffisamment mis de coups de canif dans le contrat, ils sont assez grands pour traverser l'église tout seuls ! »

Quand Nick et Angela se dirent oui, rayonnants, Irene éclata en sanglots et Joey lui flanqua une grande bourrade dans le dos : « Hé ho, Irene, tu t'attendais à quoi ? »

June et Adam étaient leurs témoins, l'une vêtue d'une longue robe bleu ciel, l'autre d'un costume gris perle. Angela les trouva sublimes, alors qu'elle se sentait boudinée dans son satin qui ne pardonnait rien. Pourtant, ces dernières semaines, elle avait maigri, contre toute attente : de violentes nausées gravidiques l'avaient mise par terre, l'éloignant du lycée avant l'heure. Elle n'y était retournée qu'au début du mois pour vider son casier et recevoir les félicitations chaleureuses de la plupart de ses professeurs. Bon sang, mais personne n'avait donc rien rêvé d'autre pour elle ? Il semblait que tout le monde ici trouve normal qu'elle se marie à la veille de ses dix-sept ans – tant que c'était avec Nick Spoleto.

D'ailleurs, la bande de copains qui les escorta jusqu'au foyer municipal après la cérémonie pour y faire la fête ne cachait pas son admiration : comme d'habitude, Nick était le meneur, celui qui faisait tout ce qu'il fallait, là où il fallait, quand il fallait, avant tout le monde.

Angela avait beaucoup de chance, et lorsque son mari l'embrassa devant tout le monde, ses derniers doutes s'envolèrent.

Ce soir-là, alors que l'orchestre, venu du nord de Brooklyn à un prix d'ami, abreuvait la salle de reprises convaincues des grands tubes des Beatles, et que les membres du Cercle des Ours polaires servaient du lambrusco au mètre sur le comptoir, Angela se sentit la reine du monde. Après trois mois de rébellion, ses hormones étaient en fête, et même si elle n'avait pas droit à l'alcool, l'ivresse lui faisait monter le rose aux joues. « Je suis grosse », minauda-t-elle dans le cou de son mari à la faveur d'un slow – elle découvrait les délices si longtemps ignorés d'*Hotel California*. « Tu as tout ce dont un homme peut rêver », lui répondit Nick.

Plus loin sur la piste, June se serrait contre Adam, et tous deux semblaient tourner au ralenti, comme dans un clip. Les yeux au ras de l'épaule de Nick, Angela les observa un moment, prise d'une soudaine mélancolie. En ce moment, son humeur changeait toutes les cinq minutes.

À minuit, ils allèrent tous à Astroland, où des amis forains de Joey avaient gardé leurs attractions ouvertes pour la noce. La saison avait commencé début mars, et Coney Island était animée d'une vie nouvelle. Un feu d'artifice artisanal fut tiré sur la plage, puis les fêtards prirent d'assaut les autotamponneuses Spoleto et le carrousel, à l'ombre de la WonderWheel, l'immense grande roue datant des années vingt dont les nacelles immobiles se découpaient sous la lumière de la lune. Angela ne revit pas June et Adam.

Pour la première fois depuis la nuit de Manhattan, Nick et Angela firent l'amour ce soir-là. Angela n'avait pas d'appréhension spéciale, ni de désir particulier. Mais plutôt une certaine curiosité, comme si elle voyait tout le cirque qu'on faisait autour de la nuit de noces d'un œil extérieur.

Et puis, sans qu'elle veuille se l'avouer franchement, une question la taraudait : est-ce que ça avait été la première fois pour Nick aussi ? Les garçons – les garçons *surtout ?* – discutaient beaucoup de sexe entre eux, d'accord, mais comment avait-il su s'y prendre ? Même s'il avait été assez… approximatif – elle en portait la preuve qui les avait menés jusque devant le père Donzelli –, et que le cannabis l'avait sans doute désinhibé, Nick n'avait pas tâtonné, cette nuit-là à Manhattan. Qu'est-ce que cela signifiait ? Elle fréquentait Nick depuis qu'elle avait treize ans, et lui quinze, il n'avait pas eu beaucoup d'espace pour faire ses gammes…

La nuit ne contribua pas à lever ce doute diffus : Nick fut doux, aimant et si adroit qu'elle se laissa aller à éprouver du plaisir… C'était donc ça dont tout le monde parlait, ça qui faisait tourner le monde, ça qui menait les gens à la dépendance ou les poussait à la trahison. Évidemment, elle n'en avait exploré qu'une infime partie, mais elle sut au petit matin qu'elle aimerait beaucoup, et passionnément. Et que si elle l'écoutait, son corps ne serait plus son ennemi.

Elle alla préparer leur premier petit déjeuner de couple, pieds nus dans la cuisine en contreplaqué rouge, coupa une rose dans un des bouquets qui submergeaient le salon sentant la peinture neuve et le bois fraîchement poncé. Dans le lit aux draps blancs, le corps de Nick se découpait comme une statue antique. Son plateau entre les mains, Angela en étudia les contours, par endroits imparfaits selon les standards de l'époque moderne – ses cuisses étaient lourdes et un peu courtes, ses mollets épais, mais son ventre musclé et ses épaules carrées contrastaient joliment avec son visage angélique. C'était la première fois qu'elle le voyait nu, abandonné, et en posant son plateau pour l'embrasser, elle se dit que c'était ça, le mariage.

12

Le lendemain de ses noces, Angela eut l'impression que tout le monde dans la rue la regardait – elle était officiellement une femme. À ce titre, elle s'était demandé quoi faire une fois le petit déjeuner partagé au lit avec son mari : fallait-il qu'ils passent tout leur temps libre ensemble, qu'elle le prévienne de ce qu'elle comptait faire dans la journée ? Comment est-ce qu'un couple marié fonctionnait ? Elle n'en avait aucune idée, faute d'exemple. Après moult tergiversations, alors qu'elle voyait Nick répondre à son douzième coup de fil de la matinée, elle prit le parti de faire exactement la même chose qu'avec sa mère : « Je sors », dit-elle donc avant de tirer la porte derrière elle.

Elle retrouva Irene dans sa boutique de bonbons sur la promenade Riegelmann. Sa mère n'était jamais aussi jolie que derrière son comptoir. Sa mine fatiguée se rehaussait sous les éclats acidulés des boules de gomme multicolores, le châtain terne de ses cheveux se nuançait devant l'assortiment de caramels et de chocolats piqués de noisettes. C'était un magasin de paradis, où les enfants remplissaient de joie de vivre aux cent grammes des petits sacs en plastique. On s'y arrêtait en sortant d'Astroland, et après l'ivresse de la vitesse, l'amusement juvénile et la joie familiale, les parents essoufflés lâchaient leurs derniers dollars pour que les gamins plongent les petites pelles en aluminium dans les vasques débordant de friandises.

Le soleil d'avril tapait sur la vitrine, la boutique fourmillait, Irene posait les sachets tour à tour sur la balance, les refermant d'un mouvement expert du poignet. Angela lui colla une bise sur la joue et alla téléphoner à June depuis l'arrière-boutique. L'appareil était fixé au mur, et en tirant bien sur le fil on pouvait s'installer sur le siège des toilettes. Angela y avait passé des heures, à discuter de n'importe quoi. Elle se demandait si elle pourrait le faire de chez elle, maintenant qu'elle vivait avec Nick.

« Alors, ça fait comment, d'être Mme Spoleto ? »

June avait chaussé ses lunettes noires et ôté ses chaussures. Ses pieds blancs creusaient des sillons dans le sable tiède. Solidaire, elle calmait son envie de fumer en mâchant un chewing-gum à la cannelle dont le parfum flottait au vent léger. Il ne faisait pas très chaud, mais la fameuse position idéale de la péninsule par rapport au soleil baignait la plage d'un semblant d'été.

« Franchement ? Je trouve que Visconti est plus joli.

— C'est vrai que Spoleto, c'est pas terrible.

— Ça vient du nom d'une ville en Italie. Dans le centre, en Ombrie. Il y a une magnifique cathédrale. Il paraît que saint François d'Assise y aurait reçu une vision.

— Tu m'en diras tant.

— J'aimerais aller en Italie.

— Tu aurais dû le demander en cadeau de mariage à Joey, avec « l'argent de ta mère ». Bon, franchement, ça fait quoi d'être mariée ?

— Je sais pas encore. J'ai l'impression d'être dans un rêve.

— Ouais, ben, avec celui-là, tu vas vite te réveiller », dit June en pointant son index sur son ventre.

Angela fit tourner son alliance autour de son doigt – elle était un peu grande, Nick la rapporterait chez le bijoutier pour la faire rétrécir. À un moment, Angela avait eu très peur que Joey leur refile la bague de Mme Spoleto, avec les yeux humides et un sermon sur le bonheur qui fuit sans qu'on y veille. Porter l'alliance d'une morte, quelle horreur ! Mais finalement, elle avait eu droit à un anneau en or tout neuf, avec la date et le nom de Nick gravés à l'intérieur. Elle avait fait la même chose pour lui, mais avec les maigres économies d'Irene elle n'avait pu lui offrir que de l'argent. « Tant mieux, ça fait plus masculin », l'avait rassurée Joey Spoleto, toujours jovial.

« Tu le sens bouger ? reprit June. Mon Dieu, j'imagine même pas ce que ça fait d'avoir un alien dans le ventre.

— Parfois, ça fait comme une grosse bulle qui passe sous la peau.

— Tu préférerais un garçon ou une fille ?

— J'en sais rien. Une fille. Pour l'habiller. »

À vrai dire, elle n'envisageait pas encore la naissance comme une échéance incontournable. Elle se trouvait dans une sorte de zone grise de sa grossesse, où il n'y avait plus ni malaise ni nausée qui puisse la rappeler à sa situation, mais où elle ne se sentait pas habitée. June avait raison, un bébé n'avait rien d'humain. Et la maternité était un concept qui lui échappait.

Les deux filles gardèrent le silence un moment, regardant au loin des enfants courir après un ballon sur le sable. June ne cachait pas son air blasé. Angela se demandait parfois comment elle se comporterait avec son enfant hypothétique, dans la mesure où s'il venait un jour au monde elle en ferait évidemment sa marraine.

« Comment va Adam ? » demanda-t-elle, ses pensées sautant du coq à l'âne. June haussa les épaules, enfonçant ses pieds dans le sable.

« Difficile à attraper, dit-elle.

— Je croyais vous avoir vu flirter.

— C'est exactement ce qu'on fait. On flirte. Rien de plus.

— Et tu voudrais plus ?

— J'arrive pas à me le sortir de la tête, soupira June. C'est la première fois qu'un mec me fait ça. J'ai beau me dire que c'est du temps perdu, chaque fois que je le vois, j'essaye de ramer.

— C'est peut-être qu'un défi. »

June lui jeta un œil par-dessus ses lunettes.

« Tu crois ? Je suis amoureuse de lui parce qu'il ne me court pas après ?

— Je sais pas. Peut-être. »

Angela regrettait d'avoir posé la question. Cette conversation lui flanquait le cafard. Le fait que June soit amoureuse d'Adam lui flanquait le cafard. Elle se souvenait de ces moments à discuter avec lui cet hiver à Astroland et se demandait où ils étaient passés. Depuis, elle n'avait fait que bâtir des murs autour d'elle, un à un. Alors que pour June, tout était encore ouvert.

Le printemps 1981 passa très vite, l'été beaucoup plus lentement. Le père de June l'avait emmenée faire un tour d'Europe, Angela reçut deux lettres où il s'avérait que les soupçons romanesques de son amie étaient fondés : s'il n'était pas encore à la tête d'une seconde famille – ce qui éliminait malheureusement les deux frères champions olympiques d'aviron de l'histoire –, M. Verhoeven disposait bel et bien d'une maîtresse de longue date en Suède, pour laquelle il comptait bien quitter sa femme.

June était terrorisée à l'idée d'aller vivre dans une maison en pin au bord d'un lac gelé, et Angela voyait son monde s'écrouler. Elle avait pris vingt kilos, la chaleur la faisait mourir à gros bouillons. Nick travaillait à Astroland jusque tard dans la nuit, et elle passait des journées entières assise sur une chaise derrière la caisse de la boutique de bonbons, à lire des romans à l'eau de rose sous la ventilation. Elle entendait Irene chantonner des chiffres toute la journée – *2 dollars et 15 cents, 1 dollar et 70 cents, s'il vous plaît, merci* – et son cerveau continuait à les réciter toute la nuit.

Un jour, Adam passa avec un groupe d'amis, mais quand elle les vit approcher à travers la vitrine elle courut s'enfermer aux toilettes et donna pour consigne à sa mère de dire qu'elle n'était pas là. Elle vit qu'il était bronzé, un peu maigre dans son tee-shirt blanc, son regard toujours aussi acéré. Elle l'entendit annoncer à Irene qu'il repartait pour Seattle quelque temps car son père venait de mourir. À ce moment-là, elle faillit sortir de sa cachette, mais se rendit compte qu'elle n'aurait su quoi dire. Elle ne savait pas en quelle estime Adam tenait ses parents, lui qui cherchait tant à les fuir.

Quand June revint à la fin du mois d'août, ce fut le soulagement : elle resterait à Sea Gate, avec sa mère et ses petites sœurs. Elle s'était montrée tellement insupportable avec la Suédoise de son père qu'il l'avait renvoyée en Amérique en classe tourisme, avec – humiliation suprême – une pancarte *Enfant accompagné* autour du cou et une hôtesse de l'air chargée de la surveiller et de la fournir en albums de coloriage.

Mais elle était si heureuse de rentrer qu'elle promit à Angela qu'elle serait la meilleure des marraines.

Quand Angela ressentit les premières douleurs, elle crut d'abord à un mal d'estomac qui revenait. Le bébé prenait toute la place, elle avait du mal à manger alors qu'elle avait toujours faim.

Elle n'était pas encore prête. Aussi elle repoussa l'évidence jusqu'au dernier moment, changeant de position sur le canapé où elle s'était allongée pour faire la sieste. Elle regardait d'un œil une émission culinaire et, au moment où l'animatrice plongeait un crabe vivant dans le court-bouillon, elle eut un haut-le-cœur si violent qu'elle vomit par terre. Sous ses fesses, le canapé était trempé. Elle appela sa mère.

L'hôpital était à deux blocs du Mayflower, elles y allèrent à pied. À chaque pas, Angela sentait le bébé appuyer sur son pelvis et elle eut peur de le poser là, en plein milieu d'Ocean Parkway. Irene lui tenait le bras, la rassurant. Angela serrait les dents : il était bien temps de lui annoncer que même la pire des douleurs serait normale, qu'elle n'avait pas à s'en faire, que tout cela ne serait plus qu'un lointain souvenir dès demain.

Elle crut mourir. Elle *voulut* mourir. Mieux valait la tombe que ces tranchées qui la coupaient en deux. Dans la chambre, la sage-femme l'encouragea à rester debout, à tourner en rond pour que le travail se fasse plus vite, mais ses jambes tremblaient si violemment qu'elle était obligée de se tenir au lit, à la table basse, à l'espagnolette de la fenêtre qui donnait sur la grande roue d'Astroland.

« Que fait Nick ? demanda-t-elle à sa mère.

— Il va arriver, *amaretta*. On est allé le prévenir.

— Je ne veux pas qu'il vienne. Je veux qu'il reste dans le couloir, maman ! »

Elle avait l'impression que son corps était en pleine destruction, comme ces immeubles insalubres qu'on fait imploser, et Nick ne devait pas assister à ce séisme. Comment la nature pouvait-elle vous faire subir ça ? Comment pouvait-ce être *normal* ?

Mais bientôt son mari fut près d'elle, fébrile, à lui prendre les mains, à lui caresser le front. Il voulut la rafraîchir en lui passant une serviette trempée sur le visage, elle l'envoya balader : « Putain, Nick, je te jure, me touche pas ! » Entre deux contractions, elle était en rage. Elle ne *voulait pas* être là. Elle ne savait même plus ce qu'elle disait, toutes formes de sociabilité et de tempérance s'étaient dissoutes dans la douleur. Nick finit par battre en retraite dans le couloir.

Seule resta Irene, dont elle refusait de lâcher la main. Entre deux contractions, la sage-femme vint fourrer sa main dans son vagin et afficha un air satisfait. À ce moment-là, Angela se sentit trahie par la vie : on lui avait menti depuis le début, être une femme était une humiliation, la maternité une abomination. Elle se débattait dans un piège, et personne ne l'avait entraînée à la survie. Quand la douleur s'éloignait, elle perdait presque connaissance, s'endormant par flash de deux minutes. Son corps, plus malin qu'elle, se préservait, reprenait des forces pour la bataille.

À un moment, en plein délire, elle s'entendit demander :

« Maman, maman, pourquoi tu pleurais ?

— Quand, *biscotta* ?

— Devant la télé... En écoutant les chansons.

— Je ne sais plus, chérie. La mélancolie de la jeune fille que j'étais.

— Tu pleurais pour mon père ?

— Ton père ? Non, *amaretta*, j'aurais bien voulu. Mais ce n'était pas un homme bon, n'y pense pas. Tu as de la chance, tu as Nick. »

Un peu après minuit, presque neuf mois après la nuit de Manhattan, Nick entra dans la salle d'accouchement pour se pencher sur elle, des larmes de bonheur plein les yeux. Angela n'avait plus mal, c'est tout ce qu'elle était capable de se dire à ce moment-là. *Ce qui est fait n'est plus à faire.* Posé sur elle, emmailloté dans un lange blanc, leur fils dormait, aussi épuisé qu'elle.

Ils l'appelèrent John.

DEUXIÈME PARTIE

28 octobre 1991

13

Ce jour-là – c'était un lundi –, quelque part au-dessus de l'océan Atlantique, une dépression continentale venue de l'Indiana avala un ouragan.

Plus tard, le journaliste Sebastien Junger écrirait un livre sur le sujet, *The Perfect Storm*. Le météorologiste en chef du bureau du *National Weather Service* de Boston, Robert Case, lui avait décrit ainsi le phénomène :

« Une forte perturbation associée à un front froid s'est déplacée le long de la frontière canado-américaine le 27 octobre et a traversé la Nouvelle-Angleterre sans incident. Au même moment, un large anticyclone se construisait sur le sud-est du Canada. Quand ce système dépressionnaire est passé le long du front dans les maritimes canadiennes au sud-est de la Nouvelle-Écosse, il s'intensifia avec l'injection d'air froid et sec du nord... Cette confluence à elle seule pouvait créer une forte dépression, mais la présence des restes de l'ouragan Grace apporta une immense quantité d'énergie tropicale, c'était comme jeter de l'essence dans un feu, et créa la tempête parfaite. »

La tempête parfaite. La voilà qui sourdait, murmurait au large de la côte est. À travers la baie vitrée de la maison de Sea Gate, on n'en saisissait encore que des instantanés – nuages de plomb stagnant au loin puis s'effilochant en barbe à papa, bourrasques sur la plage soulevant le sable en tourbillons qui s'évanouissaient comme des foulards de magicien. Pour le moment, on ignorait le danger. Coney Island était la proue du vaisseau Brooklyn et avait essuyé bien des tempêtes, menton en avant, alors une de plus…

De toute façon, June n'était pas au courant. Elle allumait rarement la télé, trouvant que les images qu'on y voyait ne cadraient pas avec sa décoration intérieure. Pour s'harmoniser avec ses murs beige et brique, son tapis en laine d'astrakan et sa collection de bibelots en ivoire, il aurait fallu que CNN diffuse en continu la photo d'un vase rempli à parts égales d'arums blanc cassé et de tulipes rouges. Ce qui était illusoire en pleine guerre du Golfe, par exemple.

La maison de June ressemblait à June, au paradoxe près : alors qu'elle était devenue strictement végétarienne par compassion envers les animaux, son intérieur recelait potentiellement des agneaux et des éléphants morts, assassinés dans le seul but de lui faire chaud aux pieds et de décorer ses étagères. Ce que ne manquait pas de lui faire remarquer Angela.

« La collection d'ivoire était à ma mère, et le tapis, je l'ai chiné aux puces de Fort Greene. L'agneau était mort depuis longtemps, rétorquait June.

— Si tu veux mon avis, il y en a tout un troupeau.

— Oui, mais on ne les a pas tués pour moi.

— Tu crois que ça te dédouane ? Jette ce tapis, Junie, ça me dégoûte.

— Tu ne sais pas ce que tu dis. Imagine tous ces pauvres petits agneaux aux ordures, mélangés avec des restes de pizza et, je ne sais pas, moi, des cotons sales et des tampons. C'est dégueulasse. Morts pour morts, ils sont mieux devant la cheminée. »

La maison, de style méditerranéen, était immense. Le salon avait à peu près la même surface que l'appartement des Spoleto au Mayflower, la cuisine aurait pu accueillir toute une équipe de reporters si June avait vécu une épiphanie culinaire et s'était par miracle retrouvée capable de faire cuire un œuf. Sur les quatre chambres à l'étage, trois étaient inoccupées. Ici, June vivait seule. Sa mère, l'invisible Mme Verhoeven, était décédée deux ans plus tôt dans une clinique privée de Manhattan, des suites d'un cancer qu'elle attribuait à son mari – M. Verhoeven s'était définitivement installé en Europe auprès de sa maîtresse suédoise, épousée en bonne et due forme après un divorce discret. Ses petites sœurs étaient allées poursuivre leurs études à Stockholm, tandis que June gardait la maison de Sea Gate, pour solde de tout compte.

« Stella, ne touche pas ça ! Angie, dis-lui en langage bébé de ne pas toucher, ça fait des traces.

— Stella, ma chérie, ne mets pas tes doigts sur la table, c'est du lapis-lazuli ou je sais pas quoi.

— Arrête, c'est du verre, c'est tout. Et puis j'ai peur qu'elle se cogne au coin.

— Je la surveille.

— J'ai mal à la tête.

— Je sais, Junie. »

Angela rattrapa sa fille au vol avant qu'elle ne trébuche sur le sordide tapis en laine d'astrakan beige. À dix-huit mois, Stella commençait à peine à marcher. De nature contemplative, elle avait du retard sur ses deux frères aînés – Johnny s'était tenu debout à neuf mois, et Luca avait fait ses premiers pas le jour de son premier anniversaire. Nick, qui était fou de sa fille, disait qu'elle aimait bien trop rester dans ses bras pour avoir envie de trotter.

June avait toujours du mal avec les enfants. Elle commençait à bien s'entendre avec son filleul, car à dix ans Johnny était capable d'échanger à peu près convenablement, mais elle perdait rapidement patience avec Luca, qui à six ans était une terreur binaire : soit il hurlait de rire, soit il hurlait tout court. Quant à bêtifier avec un bébé de dix-huit mois, cela lui était tout bonnement impossible. Mais elle tolérait tout le cheptel comme si c'était sa propre famille, sans jamais négocier.

Aujourd'hui pourtant, c'était difficile. Il était 3 heures de l'après-midi, et June était allongée sur son beau canapé en velours crème, en pyjama de satin blanc. Un vrai gisant de marbre. Elle était souffrante, tourmentée, et la tempête naissante n'avait rien à y voir. Depuis des années, sa météo intérieure passait du chaud au froid à un rythme épuisant – au gré de ses ruptures glaciales et de ses réconciliations brûlantes avec Adam.

Le couple qu'ils formaient était aussi instable qu'un mélange de bonbon Mentos et de Coca-Cola, comme disait Irene à sa fille Angela : ça bouillonnait, c'était marrant, mais ça finissait toujours par exploser et coller partout. June voulait épouser Adam pour, pensait-elle, « résoudre son problème d'insécurité », mais pour Adam le mariage signifiait fonder une famille. Autant dire que c'était un dialogue de sourds.

« Où est-il ? demanda Angela en fourrant une *biscotta* à la fleur d'oranger dans la main potelée de sa fille.

— Adam ? Au tribunal, où veux-tu qu'il soit ? Probablement en train de rendre la justice au nom de la ville de New York. Il est toujours là quand il faut se battre pour des concepts. Moi, il ne veut plus me voir.

— Il va revenir, Junie. Tu sais combien il tient à toi. Il revient toujours. »

Angela ne doutait pas qu'Adam débarque à Coney Island d'ici à la fin de la semaine, une fois qu'il aurait réglé tous les conflits des autres, accumulés sur son bureau de substitut du procureur. Cependant, quelque chose chez June lui laissait penser que cette fois la charge avait été lourde – son attitude était moins mélodramatique que d'habitude, moins maniérée. Son amie était réellement atteinte.

« Et l'appartement de Manhattan ? demanda-t-elle.

— Toujours en travaux. Quand c'est plus les cloisons à construire, c'est la plomberie à refaire. J'allais finir par le faire moi-même, deux ans que ça dure. J'ai toujours soupçonné Adam de laisser traîner, il sait très bien que j'ai horreur des douches et la baignoire n'est toujours pas installée. La tuyauterie fait un bruit atroce. Je me demande ce qui nous a pris d'acheter ce loft.

— Il paraît que les prix dans le Meatpacking District vont s'envoler, vous pourrez toujours le revendre.

— Des anciens hangars à viande, le snobisme des gens n'a pas de limites, je te jure.

— Je ne te le fais pas dire.

— Oh arrête, nous, on l'a acheté parce que c'était pas cher ! Et la nuit j'ai l'impression d'entendre des veaux appeler leur mère, c'est un cauchemar.

— Et, ici, c'est les agneaux et les éléphants. Tu es cernée par les animaux morts.

— C'est pas drôle. Angie, cette fois je crois que c'est vraiment fini. Il m'a dit des choses affreuses. Il m'a traitée d'égoïste déphasée et de… de, je ne sais plus, de diva ! »

Angela rit doucement. Adam était très près de la vérité, et c'est ce déséquilibre qui faisait précisément de June une femme à part. On la trouvait toujours là où on ne l'attendait pas. Alors que ses talents artistiques et son désir adolescent de « construire des trucs » l'auraient logiquement destinée à fabriquer des meubles précieux ou à créer des bijoux, elle s'était lancée dans le design industriel. Sur le Brooklyn Navy Yard, ancien chantier naval sur la rive de l'East River, June concevait du mobilier pour les avions et les bateaux. Avec son sens pathologique de la précision, elle parvenait à adapter des meubles carrés à des parois rondes et à faire tenir toute une cuisine dans un galet de Boeing.

« Si tu savais comme je t'envie, Angie, dit-elle. Depuis toujours. Et en ce moment particulièrement.

— Bien sûr. Si je ne doutais pas de ton amour pour moi et de ton sens de la mise en scène, je prendrais ça pour de la démagogie. »

June se redressa dans un halo de cheveux de lin, sous le coup de l'électricité statique dégagée par son coussin en satin crème.

« Toi aussi tu m'en veux !

— Mais non, Junie. C'est juste que je n'imagine pas que ton idéal de vie soit de rester à la maison pour élever trois enfants. Et tu le sais très bien.

— Ce n'est pas ça que j'envie. C'est cette capacité que tu as de tout… rationaliser. Alors que pour moi, le simple fait d'être normale est en soi un projet d'existence.

— Rationaliser ? Je ne rationalise rien du tout, mes journées sont une succession de gestes automatiques.

— Mais tu es forte. Tu sais ce que tu veux, toi. »

Angela éclata de rire, suivie en écho par sa fille qui se tortillait sur ses genoux pour lui échapper.

« Écoutez-moi ça ! Il y a des jours où je me demande encore ce que je vais faire plus tard, comme si j'avais toujours dix-sept ans. »

June la dévisagea avec attention, ses beaux yeux verts cernés de bistre pour l'occasion.

« Tu regrettes ?

— Quoi ? Nick, les enfants ? Bien sûr que non. C'est ce que je fais, pour le moment. Mais les enfants finissent par grandir, tu sais. Et comme je les ai eus tôt… »

June siffla : « Toi qui ne voyais pas plus loin que tes trente ans… »

Elles gardèrent le silence un moment. Angela finit par lâcher sa fille, qui trottina jusqu'à la baie vitrée. Dehors, la bâche de la piscine gonflait sous l'effet du vent. On aurait dit qu'un gros poisson nageait sous le plastique bleu. Stella poussait des cris de surprise, étalant en même temps les restes poisseux de sa *biscotta* à la fleur d'oranger sur le verre trempé. June soupira et ferma les yeux. « C'est Godzilla, cette petite. »

Manhattan. Un ancien camarade de lycée en panne d'associé l'avait convaincu que la restauration italienne – pâtes et pizzas avec leurs matières premières à moindre coût – dégageait les meilleures marges qui soient pour s'assurer un avenir plein aux as.

Aussi, quand la saison d'Astroland battait son plein, Nick laissait la caisse des autotamponneuses à son père dès la fin de l'après-midi pour rejoindre Manhattan, et l'hiver on ne le voyait plus à Coney Island de toute la journée.

Joey était fier de son fils qui avait su faire fructifier le funeste héritage familial tout en fondant une famille, à même pas trente ans. Et Angela était bien secondée par Irene, qui gardait les enfants aussi souvent que possible, chez elle au Mayflower ou à la confiserie où ils s'ébattaient comme dans *Charlie et la Chocolaterie*. Bref, tout était parfait dans le monde des Spoleto selon Joey.

Si ce n'est qu'Angela en avait marre de l'appartement des Polonais. Depuis dix ans qu'ils habitaient dans ce rez-de-jardin fonctionnel, elle n'avait jamais réussi à se sentir chez elle. Et puis il n'y avait que trois chambres, et à la naissance de leur sœur les deux garçons avaient dû renoncer à leur espace personnel et dormir dans des lits superposés. Angela ne comprenait pas que Nick ait préféré investir dans un restaurant plutôt que dans un nouvel appartement.

« Il faut faire les choses dans l'ordre, bébé, lui disait-il. D'abord engranger du fric avec le resto pour pouvoir ensuite te payer une maison à Sea Gate.

— Je ne veux pas aller à Sea Gate, Nick. Un cinq-pièces dans le coin me suffirait.

— Une maison avec piscine, près de chez June, c'est ça qu'il te faut, Angie. »

Quand elle était de mauvaise humeur, Angela croyait comprendre le fonctionnement de Nick : placer la barre de ses aspirations immobilières trop haut lui permettait de reculer sans cesse. De toute façon, qu'est-ce que ça pouvait bien lui faire de vivre dans un appartement blafard et étriqué, il n'y était que pour dormir.

À d'autres moments, elle se disait qu'il avait raison. À quoi bon déménager alors que l'école était tout près, Irene et Joey aussi, et que les enfants avaient un petit jardin privatif pour s'amuser – Nick leur avait même installé un toboggan en plastique et un bac à sable.

June avait raison : il fallait rationaliser.

« Tu as vu Adam, ces temps-ci ? demanda-t-elle.

— Euh, oui, il passe boire des coups au resto après le tribunal, quand il a le temps. C'est tout près, tu sais.

— Non, je ne sais pas, Nick. Je ne vais jamais à Manhattan. Je n'ai pas le temps d'aller à Manhattan. »

Alerté, Nick sortit de la salle de bains, gant de toilette sous le bras : Angela était de mauvaise humeur et rien n'aurait su le contrarier davantage. Apparemment, Nick aimait à penser que la famille était source d'équilibre et de joie de vivre, un peu comme dans les publicités pour les boîtes de macaronis au fromage ou les Cheerios.

« Qu'est-ce qui se passe ?

— Rien. J'ai la migraine. Nick, ferme ce putain de volet, ça me rend folle. »

Il s'exécuta, sourcils en l'air. Quand il ouvrit la fenêtre, le vent s'engouffra et fit violemment tanguer le lustre dans un bruit de verroterie. « Ça se rapproche, siffla Nick. Ils ont dit à la télé que ça deviendrait dangereux mercredi. Risques d'inondations. Tu as vu ? Il faudra dire à June de mettre des sacs de sable. J'irai, s'il faut. À Sea Gate, si ça déborde, elle est en première ligne. »

Chez les Spoleto, la photo de Central Park en grand format, encadrée, était accrochée dans le dégagement qui servait de hall d'entrée. De son lit, Angela la voyait, puisqu'elle dormait la porte ouverte pour entendre les enfants. « June a d'autres tempêtes, en ce moment », murmura-t-elle, son regard glissant sur l'épaule d'Adam imprimée sur le papier glacé. L'image était si belle, un peu granuleuse, ce qui disait le temps passé.

Cette après-midi-là, à Central Park, les guitares, les banderoles, les chansons reprises en chœur avec des inconnus, elle s'en souvenait comme si c'était hier. Sa mémoire avait tendance à polir les contours du tableau – Nick fumant un joint sur un banc avec cette fille rousse en avait proprement été éjecté, par exemple. Seuls restaient quatre jeunes gens d'une beauté idyllique, si bien assortis, les yeux plantés sur l'avenir meilleur qui s'offrait après cette communion de tristesse.

Angela avait du mal à se regarder – cette version adolescente d'elle-même, innocente, pas terminée. Elle n'aimait pas la naïveté dans ses yeux, elle en concevait un malaise, une sorte de mépris peut-être. Elle aimait croire que Nick et elle n'étaient plus ces brouillons d'eux-mêmes que la nuit de Manhattan avait déchirés.

« Nick, si tu m'invitais dans ton restaurant, demain ? Demande à ton cuisinier de mettre les petits plats dans les grands pour Mme Spoleto.

— Demain ? Et les enfants ?

— Ma mère s'en occupera, j'ai envie d'aller à Manhattan. Ça fait longtemps.

— Et la tempête ?

— C'est bon, le métro ne va pas dérailler… Dis donc, quel enthousiasme ! Tu as honte de ta femme ? »

Rigolard, Nick jeta son gant dans le lavabo et s'affala sur le lit, lui ôtant son livre des mains. « C'est tout le contraire, *amore mio*, j'ai peur qu'on me la pique. Regarde comme tu es belle ! »

Il fit glisser la bretelle de la nuisette d'Angela, dévoilant un sein nacré. Ses rondeurs de jeune fille n'avaient pas complètement disparu, mais sa taille s'était affinée, ses joues s'étaient creusées. La maternité avait dégrossi sa silhouette comme aux traits de fusain, dans une étonnante accélération de sa chaîne de fabrication personnelle : elle était passée de l'approximation adolescente à la féminité toute en pleins et déliés à peine relevée de couches, à dix-sept ans. Elle croyait savoir que Nick était fou d'elle, mais parfois elle se demandait s'il faisait bon usage de ce corps qui appelait à la découverte et aux caresses. Angela passait de longs moments nue devant le miroir en pied à se demander à quoi bon. Nick était tellement habitué à elle. Un jour, elle serait vieille et se demanderait où tout cela était passé.

Nick enfouit son nez au creux de sa poitrine, y faisant claquer un baiser sonore. Il fit mine de s'ébrouer, satisfait, et elle remonta sa bretelle sur son épaule.

Puis Angela éteignit la lumière, et ils s'endormirent chacun de leur côté.

« Que tu es jolie, *amaretta* ! sourit Irene. J'aime bien quand tu te maquilles un peu.

— Zut, ça se voit tant que ça ? s'inquiéta Angela, portant la main à sa joue.

— Non, c'est juste que tu as bonne mine. »

Angela pensa à ses gestes mal assurés devant le miroir – ce trait d'eye-liner qu'elle avait dû refaire deux fois, le pinceau rond qui effleurait très rapidement le blush orangé comme si le poudrier allait la mordre… Et sa perplexité au moment de choisir entre deux teintes de rouge à lèvres. Irene, elle, était devenue coquette et semblait rajeunir au fil des ans. Alors qu'elle venait lui confier Stella pour la journée, Angela se fit encore une fois la réflexion : sa mère vivait bien mieux depuis qu'elle l'avait quittée.

Ce matin, Irene portait un jean, une blouse colorée et un gilet qu'elle avait pris le temps de tricoter elle-même. Sa coupe de cheveux aux épaules s'égayait de mèches argentées trop bien disposées pour être dans la nature des choses. Elle portait des petites boucles d'oreilles un peu tarabiscotées, dans le genre ethnique. Un khôl léger soulignait ses yeux noirs. Et puis l'appartement avait eu droit à un coup de peinture, le canapé à des coussins en pagaille.

Ces changements progressifs avaient plongé Angela dans un abîme de réflexion : était-ce donc si lourd d'élever un enfant seule que tout l'argent gagné y passait et qu'on ne pouvait s'occuper de rien d'autre – et surtout pas de soi-même ? Elle avait tellement de chance d'être si bien entourée et d'avoir un mari travailleur.

Angela ne savait pas si Irene avait quelqu'un dans sa vie ; si elle avait définitivement perdu l'habitude de ces choses-là, Angela s'en sentait coupable. Heureusement que son mariage précoce avait libéré sa mère. La vie était bien faite, il n'y avait vraiment rien à regretter, se dit-elle en regardant Irene lui servir un *espresso* le sourire aux lèvres.

Et puis, il y avait ces enfants magnifiques, qu'elle avait encore serrés dans ses bras en les déposant à l'école. John était un petit garçon surprenant. Précoce – était-ce un atavisme ? –, il s'intéressait à tout, en particulier à ce qui volait : il voulait devenir pilote ou astronaute, fabriquant toute une flotte d'avions en carton avec June. Et il vouait à sa mère un amour infini, allant jusqu'à écrire son nom sur le fuselage – il avait baptisé sa compagnie « AngelAir ».

Luca, lui, était un clown. Il avait la bouille de Nick à son âge, ce qui soulevait bien des exclamations lors des séances diapos que Joey organisait pour la famille alignée sous le poster balnéo-funèbre de Mme Spoleto. Luca avait détruit la plupart des plantes en pot de l'appartement exotique en jouant au ballon, mais son grand-père lui pardonnait tout : « Il deviendra footballeur, il jouera en Europe, à la Fiorentina, comme Roberto Baggio », assurait-il. L'année dernière, ils avaient regardé ensemble la coupe du Monde à la télé, fanions à la main. L'Italie avait fini troisième, mais elle gagnerait avec Luca, en 2002, tope là.

Quant à Stella, c'était une princesse. Son père assurait qu'il tuerait pour elle. Il fallait voir Nick Spoleto couver la poussette d'un œil jaloux lorsqu'il se pavanait à Astroland l'été dernier, saluant à droite et à gauche comme s'il conduisait le carrosse du Jubilée.

L'année prochaine, ils feraient une petite sœur à Stella. Aucune raison que ça ne marche pas, les Spoleto étaient une famille bénie à qui tout Coney Island et le bon Dieu dispensaient leur bienveillance.

La petite fille était ravie de rester avec sa grand-mère qui préparait de la pâte à biscuits et la laissait pétrir, rouler, déchiqueter avec ses menottes malhabiles. Irene renvoya Angela avec un sourire : « Profite de ta journée, *amaretta*, ça vous fera du bien de passer un peu de temps ensemble, Nick et toi. Vous le méritez. »

En réalité, Angela avait surtout l'intention de voir Adam.

Cette perspective lui serrait le cœur, pour tout un tas de raisons conscientes ou cachées dans les méandres de son adolescence enfuie. Mais elle ressentait un besoin impérieux : il fallait qu'ils rembobinent un peu le film, qu'ils parlent peut-être de June. Angela ne savait pas vraiment où elle allait, elle laisserait la conversation se dérouler, verrait ce qu'elle pourrait en attraper pour aider son amie dans sa quête de sécurité affective.

15

Lorsqu'elle débarqua à Manhattan, le vent soufflait sur Canal Street avec une telle force que les auvents colorés de Chinatown gonflaient comme des montgolfières, sous les hurlements sinistres des bras d'aluminium tordus à craquer. Angela passa tête baissée devant une poissonnerie qui, comme toutes les autres, débordait largement sur le trottoir, et faillit écraser des petits crabes translucides qui s'échappaient d'un tonneau renversé.

Elle s'engouffra dans Little Italy les semelles trempées d'une eau malodorante et poisseuse de sel, évitant les obstacles qui se dressaient devant elle – pancartes de menus, pots de fleur vides, gens pressés – et trouva le restaurant, inévitablement baptisé *O Sole Mio*. Elle n'y était venue qu'une fois, un soir d'été. Avec Nick, ils avaient mangé sur le trottoir, et n'avaient pas cessé d'être dérangés par les passants. Nick connaissait tout le monde, à Coney Island, ici, partout, ça devait être épuisant d'être lui, avait-elle dit.

Elle commanda des *spaghetti alle vongole*, alla nettoyer ses bottes dans les toilettes au sous-sol et s'installa dans un recoin de la salle boisée, aux lambris dégoulinants de lierre en plastique. Ce n'était pas la grande classe, mais c'était chaleureux. Il y avait du bruit, du mouvement, des lumières chaudes et ça sentait l'ail.

En attendant Nick, qu'elle voyait parader entre le bar et la cuisine, elle sortit un carnet de son sac, un feutre noir mordillé au bout. Il faudrait qu'elle passe dans une papeterie pour en racheter quelques-uns, est-ce que la grande librairie de la NYU était loin d'ici ?

« Deux stations par la ligne 6 », lui répondit l'associé de Nick, un bel homme dont elle ne se rappelait pas le prénom. Il la regarda d'un air gourmand, décomplexé, elle rougit et se pencha sur son carnet.

Depuis la naissance de John, pour occuper son temps libre, elle dessinait tout ce qu'elle pouvait – la plage, les manèges d'Astroland. Au feutre noir, et rien d'autre. Elle aimait la simplicité du noir, dépouillé de maniérisme, les jeux d'ombres. Dessiner lui permettait d'être au cœur des choses tout en restant isolée. Dans sa bulle. Et pendant quelque temps, cela lui avait donné l'illusion d'apprendre encore, comme si elle était au lycée.

Angela traça les contours du bar en acajou, les bonbonnes de chianti rondes comme des mammas et habillées de paille tressée, la silhouette fuselée d'une bouteille de moscato givrée que se partageait un couple d'amoureux, les verres laissant des ronds sur le bois rouge.

« J'arrive ! » lui dit Nick au passage, une fois, deux fois.

Elle rangea son carnet. Les spaghettis semblaient délicieux, mais Nick était trop occupé, l'assiette d'en face resta vide et Angela finit par manger froid.

À New York, la criminalité était devenue incontrôlable. C'était le sentiment qu'avaient les habitants, au bout du rouleau. Lire le journal du matin était une épreuve, la violence routinière et le crime organisé s'y étalaient sur seize colonnes. La ville connaissait son pic de consommation de crack, la drogue bon marché qui gangrenait les quartiers et exacerbait les guerres entre gangs.

Élu pour ses qualités diplomatiques, le démocrate David N. Dinkins, premier maire noir de la ville, passait désormais pour faible et indécis. Contre toute attente, il n'avait pas résolu les problèmes liés au racisme, les gens étaient sur le qui-vive, s'enflammant à tort ou à raison pour tout et n'importe quoi – tant que cela impliquait la communauté d'en face.

En août, les émeutes de Crown Height avaient mis Brooklyn à feu et à sang. Tout était parti d'un accident de voiture : l'un des véhicules d'un convoi transportant le septième rabbin des Loubavitch, escorté par une voiture de police banalisée, avait renversé deux enfants originaires du Guyana après avoir grillé un feu rouge. Le conducteur juif avait été frappé et dépouillé par des Noirs. La rumeur s'était répandue comme une traînée de poudre : le conducteur était ivre, ou téléphonait, il avait délibérément voulu tuer les enfants, l'ambulance bénévole de la communauté orthodoxe juive était repartie sans les secourir… Des émeutes avaient éclaté, échauffant plus de deux cent cinquante résidents des environs, en majorité des adolescents noirs. Un étudiant juif avait été tué – la communauté des Loubavitch dénonçait un pogrom. On avait convoqué un grand jury qui, faute de condamnations, avait renvoyé chacun camper sur ses positions. Un calme fragile était revenu.

C'est sur cette poudrière que travaillait Adam. Son quotidien peu enviable consistait à éteindre les étincelles qui jaillissaient à tous les coins de rue, en envoyant vauriens, dealers et meurtriers à la prison de Rikers. June racontait qu'il avait toute une collection de balles reçues par courrier alignées sur son bureau de la Court House.

C'était un miracle qu'il ait du temps à lui consacrer, se disait Angela, grelottant sous le vent coupant au pied de l'édifice. La pluie tombait par intermittence – un gros paquet d'un coup, puis plus rien, comme si l'on purgeait une tuyauterie. Le silence qui s'abattait entre les bourrasques était plus inquiétant que le vent lui-même : on avait l'impression que la ville ne respirait plus. Le bruit des talons sur les marches blanches du bâtiment à colonnades résonnait alors comme dans une pièce vide.

Il y avait cette femme, perchée sur des bottes en cuir noir aux talons vertigineux. Dégageant les mèches collées sur son front, Angela la regarda distraitement, enregistrant ses longues jambes gainées qui descendaient l'escalier, son sac chic se balançant nonchalamment contre son manteau beige ceinturé, et le bel homme qui était à ses côtés. « Te voilà, Miss Cyclone ! » dit-il.

Adam s'était arrêté au milieu des marches, interrompant sa conversation avec la femme aux bottes noires. Angela ne l'avait pas vu depuis longtemps – ou alors, en coup de vent. Les rares fois où il prenait le temps de descendre jusqu'à Coney Island, quand il était avec June, elle n'aimait pas le regarder, se focalisant sur son amie. Laissant Adam à Nick, avec qui il riait beaucoup.

Elle s'en rendait compte maintenant, il avait fallu qu'elle se fasse violence pour le voir seul ou alors pire, avec cette femme, là, qui n'arrangeait pas les choses. Quelle mouche l'avait donc piquée ? C'était comme si ce besoin de parler à Adam, d'entendre sa voix, était plus grand qu'elle-même, qui se sentait toute petite au bas de cet escalier.

« Oh, dit Adam. Angela, voici maître Baylor, avocate contre laquelle j'ai beaucoup de mal à me battre. »

Angela regarda la femme descendre les dernières marches, lui tendre la main, vit son rouge à lèvres d'un orangé mat et ses yeux brillants, ses cheveux crantés à la manière d'une Rita Hayworth moderne – ses cheveux roux.

« Mais j'y pense, fit Adam. Vous vous connaissez ? Angela, tu te souviens de Margaret ? »

Angela ajusta sa focale, sentant son sang dégringoler dans ses pieds. *Margaret. La Margaret de Central Park.* L'étudiante *peace and love* était loin, laissant la place à une femme fatale de bande dessinée.

S'il sortait avec elle, Adam n'avait pas perdu de temps. Angela pensa à June, puis à Nick dans des volutes de marijuana, à une couverture fourrée dans une poubelle. La tête lui tournait. « Salut, dit-elle sèchement en serrant la main gantée. Je me souviens, en effet. » Il y eut un moment de flottement, elle regarda Adam dire au revoir à Margaret – une bise sur la joue et une main sur l'épaule –, et détesta tout d'elle : son regard surpris, son sourire trop vif, le geste mou de son poignet. Angela articula un « salut », et l'autre tourna les talons, la laissant seule avec Adam.

« Bien, dit-il. Je suis content de te voir. »

Mon Dieu, elle aimait son sourire. Il la prit par le bras, lui proposant une adresse à laquelle elle ne fit pas attention, préoccupée qu'elle était à caler son pas sur le sien, à sentir leurs manteaux flotter ensemble au vent violent qu'il fallait de nouveau combattre. Ils entrèrent dans un café pas très loin du tribunal, où Adam salua des collègues en passant, tous élégants et cravatés, comme lui.

« J'aurais préféré t'inviter à déjeuner, dit-il en l'installant sur la banquette en skaï d'un box loin du bar. Ton appel m'a pris de court. Un problème ? Dis-moi tout.

— Non, dit-elle. Aucun problème. »

Il la regarda, interdit, ôtant son manteau pour le poser à côté de lui. « Ah, dit-il. J'avais pensé que peut-être les bandes de Coney Island s'en étaient prises à Astroland. Les dégradations, ça n'arrête pas en ce moment.

— Non, ça va. Le père de Nick et ses copains des Ours polaires font des tournées régulières, la nuit. À part des gamins faisant du trafic de marijuana derrière les bâches, ils n'ont rien vu. Les gosses ont eu le droit à un bon coup de pied au cul. C'est fini, maintenant. Heureusement, ils ne sont pas encore assez atteints pour fumer du crack.

— Tant mieux. Dis donc, j'ai vu que le Cyclone avait été porté au Registre national des lieux historiques ? Comme la WonderWheel ?

— Oui, quelle fierté, n'est-ce pas ? Avec tous les millions investis dans son entretien, c'est pas trop tôt. Si la mairie mettait autant de fric pour rénover le Mayflower… (Elle secoua la tête.)

— Marre du Mayflower ? Et la chouette cage à écureuils, les enfants n'en profitent pas ?

— Nan. Ils ont leur propre toboggan, monsieur. »

Le serveur les interrompit, Adam commanda un thé et un café, ce qui laissa un bref instant à Angela pour le dévisager. Il s'était un peu étoffé, au fil des ans, les contours de son visage anguleux s'étaient adoucis. Mais ses yeux bleus étaient toujours aussi perçants, lui donnant un air sévère qui avait fini par former deux rides verticales profondes entre ses sourcils bruns. Quand il souriait, tout s'effaçait – il changeait de visage.

Ses traits accusaient la fatigue. Ses joues et son menton étaient couverts d'une ombre rugueuse. Angela était troublée, comme si une forme jamais assouvie du passé lui sautait au visage. Et Adam semblait finalement aussi confus qu'elle. Il trahissait son émotion par des silences soudains, des regards furtifs glissés au-dessus de son café.

« Comment va la famille ?

— Bien.

— Nick ?

— Nick va bien. Il bosse beaucoup, entre Astroland et le restaurant. Mais tu le vois souvent, non ?

— Souvent ? Non. Quelquefois, je passe boire un verre après le tribunal. Le resto n'est pas loin.

— Je sais, oui. (Elle rit doucement, une idée lui traversant la tête.) Je me suis toujours demandé ce que vous pouviez bien avoir à faire ensemble. »

Adam haussa un sourcil : « Pourquoi ?

— Vous ne vous ressemblez pas vraiment.

— Heureusement. Se parler dans un miroir, c'est jamais très enrichissant. Nick est chaleureux, drôle, facile – tout le contraire de moi. (Il hésita.) Toi non plus, tu ne ressembles pas à June. Parce que c'est bien de June que tu es venue me parler, n'est-ce pas ? »

Il la fixa un moment, tandis qu'elle sentait une chaleur lui monter à la tête, un énervement maladroit.

« Évidemment, persifla-t-elle. Pourquoi viendrais-je te parler de moi, il y a si peu à dire. Parlons donc de June. »

Adam secoua la tête, amusé : « Toujours aussi susceptible, Miss Cyclone. J'ai déjà fait les frais de tes élans gauchistes, et loin de moi l'idée de te sous-estimer. Il y aurait bien plus à dire sur toi que sur June, crois-moi.

— C'est-à-dire ? demanda-t-elle, méfiante.

— Ça bouillonne, là-dedans, dit-il en pointant son index sur le front d'Angela. Et ça n'a jamais arrêté, sous des dehors bien sages de maternité épanouie. »

Elle le regarda, médusée. Les procureurs devaient avoir un sixième sens psychanalytique pour percer à jour les esprits tordus. Souvent, Angela se sentait l'âme d'une criminelle potentielle. Elle traversait son quotidien tranquille avec une grenade dans un coin de la tête, prête à la dégoupiller : *Je suis quelqu'un d'autre et personne ne le voit.*

Un ange passa au-dessus de sa tasse de thé. Puis Angela regarda Adam.

« Le jour où j'ai eu John, mon fils, j'ai su que je serais capable de tout faire. Survivre à cet accouchement a été une si grande stupeur. Personne ne m'avait prévenue de la douleur, de cette sorte d'avilissement… Pendant un moment, j'en ai voulu à ma mère de trouver ça normal. Je ne voulais pas souffrir autant, c'était injuste. Alors puisqu'il fallait payer ce prix pour être une femme, je serais maîtresse de ma vie. C'est un droit que j'ai acheté, pour plus tard. Tu comprends ? »

Un peu surpris, Adam hocha la tête, faisant tourner sa tasse à café entre ses doigts. « Un jour, je reprendrai mes études, poursuivit-elle. Je choisirai ce que je veux faire d'autre dans ma vie. Je travaillerai, je voyagerai, j'irai faire des fouilles en Égypte ou prendre des cours de tango en Argentine. Le jour où je le déciderai, personne ne m'en empêchera. »

Bon Dieu, pourquoi en arrivait-elle à confier à Adam ce qu'elle n'avait jamais su dire correctement à sa meilleure amie ?

« June n'a jamais compris ça, dit-il, lisant en elle. Elle pense qu'il n'y a que deux modes de vie, et qu'ils sont complètement opposés : d'un côté la maternité et ses entraves, de l'autre la liberté.

— Je crois que June a d'autres problèmes par rapport à ça. Ce serait injuste de ne la voir qu'en égoïste. Elle vient d'une famille où les enfants ont toujours été considérés comme des poids. Son père les a fuis, sa mère les a rendus coupables de cet… accablement qu'elle traînait comme une maladie.

— Je sais tout ça.

— Sois un peu patient.

— Ce n'est plus une question de patience, Angie. Mais de pardon. »

Quel *pardon* ? Depuis dix ans qu'Adam et June se déchiraient, ni l'un ni l'autre n'avaient été fidèles, Angela le savait bien. Parfois, leurs ruptures duraient des mois – et Adam était retourné à Seattle pendant deux ans, peu de temps après la mort de son père. June la fantasque aimait être aimée, et elle l'avait autorisé à quelques autres, pour une nuit ou quelques semaines. Mais Adam était l'homme de sa vie, et Angela ne pouvait croire que son amie ne se consacre pas qu'à lui quand ils étaient ensemble.

« Je ne lui cherche pas d'excuse, mais June est un peu perdue, parfois », bredouilla-t-elle. Adam l'observa quelques secondes de son regard perçant, déstabilisant, comme s'il attendait autre chose.

« Sans doute, finit-il par dire. Mais j'ai d'autres chemins à prendre.

— Margaret est avocate ?

— Oui, fit-il, interdit. Je te l'ai dit. Quel rapport ? Tu penses que je sors avec Margaret ?

— Je ne sais pas. Tu sors avec Margaret ? »

Adam éclata de rire : « Miss Cyclone, tu es impayable. Non, je ne sors pas avec Margaret. Le problème n'est pas du tout là, crois-moi.

— Elle s'est mariée avec euh… Comment s'appelait-il ? Nelson ? »

Il fronça les sourcils, cherchant dans un coin de sa tête : « Neville ! Mais non, pas du tout, Neville est retourné au Canada. Il fait partie de ce groupe de rock, les Night Calls, ils ont pas mal marché l'année dernière, tu as dû les entendre. » Il fit mine de jouer un air de guitare.

« Non, ça ne me dit rien. Margaret a des enfants ?

— Oui, elle a un fils, et elle est célibataire, mais on s'en fout de Margaret. (Il réfléchit un instant.) C'est pas vrai, tu lui en veux toujours pour cette histoire de joint avec Nick ? Tu as été aimable comme une porte de prison, tout à l'heure. »

Angela revit les volutes, les banderoles, la couverture dans la poubelle. Entendit *Give Peace a Chance*, chanté par des voix lointaines et dissonantes. *Donne une chance à la paix, ma belle.* Elle vit aussi John, son fils, capitaine de ses avions en carton « AngelAir ».

« Non, pas du tout », dit-elle.

16

Dans la nuit du 30 octobre, la « tempête parfaite » connut sa phase la plus violente, entre Québec et Terre-Neuve. À 3 h 55 du matin, une bouée météorologique située à 425 kilomètres au sud de Halifax enregistra la vague la plus haute jamais mesurée : le mur d'eau s'élevait sur 30,5 mètres. L'*Andrea Gail*, un bateau de pêche à l'espadon parti le 20 septembre du port de Gloucester dans le Massachusetts disparut au large de l'île de Sable, avec son capitaine Billy Tyne et ses cinq membres d'équipage. On ne retrouverait rien d'autre que quelques bidons de carburant.

Le jour d'Halloween, la tempête se dirigeait vers la côte est des États-Unis, traversant la Nouvelle-Écosse et l'île du Prince-Edward.

À 7 heures du matin, Angela regardait par la fenêtre l'arbre maigrichon de son jardinet plier sous le vent, l'herbe se coucher dans des tremblements convulsifs. On aurait dit que le sol bougeait. Elle pensa avec inquiétude à la grande roue d'Astroland, aux structures en bois du Cyclone. Les autotamponneuses Spoleto n'avaient rien à craindre, mais les deux bras en métal entre lesquels était suspendue la plateforme du Top Spin pouvaient devenir des armes fatales. Elle réveilla Nick.

« Je vais prévenir mon père, dit-il après avoir jeté un œil dehors. On va y faire un tour.

— Faites attention, tout peut être dangereux là-bas.

— Ne t'inquiète pas, bébé, les attractions sont solides. On est tous aux normes, bien obligés.

— Et si vous passiez chez June, pour les sacs de sable ?

— Appelle-la d'abord, je vais m'habiller. Et n'envoie pas les garçons à l'école.

— C'est Halloween, Nick. Johnny a son costume de cosmonaute, il va être affreusement déçu. Et regarde-le, lui ! » Luca venait d'entrer dans la chambre, encore somnolent. Il avait visiblement dormi avec son déguisement de Martien. Ses collants verts étaient tire-bouchonnés et sa cagoule à antennes pendait dans son dos. « Viens, mon chéri », dit Angela en le prenant dans ses bras. Elle adorait l'odeur matinale de son fils cadet – un mélange de savon et de biscuit. Il fallut négocier avec les deux garçons pour les installer devant leur petit déjeuner, le temps qu'elle prenne une décision.

« Je reste chez moi, dit June au bout de la ligne grésillante. Les bâtiments du chantier naval sont fermés par mesure de sécurité, je ne peux pas aller bosser.

— Viens au Mayflower, tu seras à l'abri.

— Je ne crains rien, Angie. Mais je préfère surveiller la maison.

— Alors c'est moi qui viens... »

Les garçons iraient à l'école, c'était décidé. Le bâtiment était assez éloigné du littoral, et l'ensemble du

Mayflower faisait barrage. Et puis John était au bord des larmes, et Luca proche de la crise de nerfs. Ce coup de vent n'aurait pas raison d'Halloween.

L'agent de sécurité qui gardait l'entrée de Sea Gate, au coin de Surf Avenue et de la 37e Rue, était très amoureux d'Angela. Elle qui n'avait presque jamais mis les pieds derrière la grille pendant plus de vingt ans y avait pris ses habitudes depuis quelque temps. Le week-end, quand June était seule, Angela franchissait la frontière surnaturelle entre Coney Island et Sea Gate. Là, sous le porche en ardoise qui reliait deux bâtisses en brique rouge et bois blanc, l'agent, un quinquagénaire ventripotent prénommé Al, levait pour elle la barrière noir et blanc filtrant les voitures – alors qu'elle était à pied. C'était une cérémonie, un hommage à sa beauté, disait-il.

Cette fois, il l'engueula. « Mais qu'est-ce que vous faites ici, avec un temps pareil ? Votre copine n'est pas en sucre, et puis on a des patrouilles partout !

— Ne posez pas de questions, Al », dit-elle en pointant du doigt le panneau qui annonçait *Vous entrez dans une communauté privée.*

Parfois, elle se demandait à quoi pouvaient ressembler les cerbères qui gardaient ce paradis avant les années trente, alors qu'une pancarte *Pas de chiens ou de juifs* accueillait les visiteurs – le grand-père de June avait assuré l'avoir vue de ses yeux. Depuis, revanche démographique, le quartier était à prédominance juive, et le voisinage à 99 % WASP (archétype de l'Américain blanc, protestant et favorisé) des années soixante avait heureusement bien changé. On croisait ici des gens de toutes origines, pour peu qu'ils aient les moyens de se payer une des rares maisons disponibles derrière la grille.

Quand June ouvrit sa porte en bois ouvragé, elle n'avait rien d'une héritière à la classe européenne : ses beaux cheveux étaient réunis en un tas approximatif sur le sommet de son crâne, ses yeux étaient bouffis, et une cigarette lui pendait du bec. Neuf heures du matin. *Allons bon*, se dit Angela. Elle avait quitté Adam la veille sur une mauvaise impression, que l'allure toxique de son amie ne faisait que confirmer.

« Tu as mis des sacs de sable ? » lui demanda-t-elle, alors qu'un coup de vent la poussait à l'intérieur. June ricana : « Colmater les brèches, je ne fais que ça. »

Agacée, Angela posa son manteau et alla faire du thé, suivie par l'odeur de cigarette de June. Elle n'avait pas fumé depuis dix ans – l'envie lui était passée après la nuit de Manhattan. Pendant que la bouilloire chauffait, elle se planta devant la baie vitrée, les mains sur les hanches. En arrière-plan des eaux turbulentes de la baie, sombres et frangées d'une écume rageuse, on devinait à peine le pont Verrazano, perdu dans un nuage aqueux : on ne distinguait plus l'eau du ciel de celle de l'océan. Il pleuvait maintenant à verse, Angela avait échappé au pire.

« J'espère que ça va se calmer », murmura-t-elle, préoccupée par ses enfants. Mais à l'école, ils ne risquaient rien. Et Stella était bien au chaud chez Irene. La bouilloire siffla, répondant à la musique de dingue que June avait mise en fond sonore – très sonore, des accords totalement flippants d'Iggy Pop sous acide.

« Putain, June, arrête cette musique. » Angela serrait les dents, la météo lui tapait sur le système. Elle avait toujours eu un rapport ambigu à la violence. Elle était douce, maternante, réfléchie. Mais elle se savait capable de tuer quelqu'un, à coup sûr. Une fois, une seule fois, Nick avait levé la main sur elle, et elle l'avait pris de vitesse, lui expédiant un coup de poing dans la mâchoire. Elle avait eu plus mal que lui, mais il avait saisi la leçon, se frottant la joue d'un air ahuri et, elle l'avait bien vu, admiratif.

Là, Angela avait envie de gifler June. De la secouer, de lui arracher sa clope : « Mais qu'as-tu fait à Adam ? Qu'as-tu gâché ? »

Au lieu de cela, comme elle l'aimait, elle remplit les deux tasses de thé, patiemment, et dit :

« J'ai vu Adam. Hier.

— Super. J'espère qu'il a une aussi sale gueule que moi.

— Non. Il est plutôt éblouissant.

— Méchante. »

June écrasa sa cigarette dans une soucoupe. Angela grimaça. Décidément, l'odeur lui donnait la nausée. L'idée la traversa qu'elle pouvait être enceinte – *Déjà ?* Au fait, de quand dataient ses dernières règles ? Elle verrait ça plus tard.

« Il était avec Margaret. Tu te souviens de Margaret ?

— Oui, je sais qui est Margaret. Il ne couche pas avec elle.

— Qu'en sais-tu ? Si, toi, tu te permets des petits extras, pourquoi ne ferait-il pas la même chose ? »

June la regarda fixement, une mèche d'un blond pâle lui balafrant le visage. Puis elle cligna des yeux. « Tu n'y es pas du tout, dit-elle en sortant une nouvelle cigarette de son paquet. Ou alors il t'a raconté n'importe quoi.

Quand je suis avec Adam, je suis parfaitement monogame. Et il le sait très bien.

— Mais alors, quoi ? »

June s'abîma dans la contemplation de la flamme de son briquet, l'éteignant et le rallumant plusieurs fois. Puis elle leva sur Angela un regard plein d'appréhension.

« Tu vas me tuer, dit-elle.

— C'est bien possible. À moins que tu aies besoin d'aide. Tu sais très bien que tu peux tout me dire, je serai toujours là pour toi. Crache le morceau, Junie. »

June soupira profondément, puis renonça à allumer sa cigarette, qu'elle balança d'un geste désabusé sur la table basse en verre.

« Tu te rappelles cette clinique privée qui a été la cible des pro-vie le mois dernier ?

— Les militants anti-avortement ? Tu connais ces gens-là ?

— Non, Angie, je ne connais personne qui ait envoyé la bombe, aucun rapport. Tu sais que quand ils ont ouvert le paquet, une femme se trouvait là, dans la salle d'attente, et qu'elle a été grièvement blessée. Il y a une enquête.

— Oui, quelle horreur. »

Angela ne voyait pas bien où June voulait en venir. Sur le qui-vive, elle la regarda récupérer sa cigarette, la rouler nerveusement entre ses doigts fins et finir par l'allumer, comme une défaite.

« Bref, souffla June. Le bureau du procureur a obtenu un mandat du juge pour récupérer les dossiers des femmes qui ont avorté là-bas ces deux dernières années.

— Mais le secret médical..., balbutia Angela, pleine d'appréhension.

— L'anonyme qui a revendiqué l'attentat a prévenu que la prochaine fois, il tuerait "comme on avait tué son enfant". Les pro-vie ont prétendu qu'ils n'y étaient pour rien, que ce devait être une vendetta personnelle… D'où les dossiers médicaux, ça urgeait. Adam a vu les noms, les dates. (Elle eut un sourire triste :) Et je suis dedans. C'est ce qu'on appelle un dommage collatéral. »

Perdue, Angela battit des cils. Elle avait du mal à se focaliser sur la conversation. Quelque part à l'étage, un volet battait bruyamment, empêchant l'information de parvenir à son cerveau. De toute façon, c'était impossible, June n'avait pas pu faire ça sans lui en parler.

« Tu ne t'es jamais fait avorter, affirma-t-elle.

— Une fois. L'année dernière. C'était en juin. »

Angela sentait les choses lui échapper. Elle chercha précipitamment dans ses souvenirs, trouva une image de June en peignoir au bord de la piscine, recroquevillée sur un transat pendant que les enfants se baignaient.

« Je croyais que c'était ton endométriose…

— Oui, railla June, parce que j'ai ça aussi. »

Le silence s'abattit, tranché par le bruit régulier du volet. Dehors, le vent soufflait si fort que la pluie semblait ne jamais toucher le sol, emportée dans des tourbillons gris.

« Je crois que je ferais mieux d'enlever la bâche de la piscine, dit June, pensive, sinon elle va carrément s'arracher.

— C'était l'enfant de qui ?

— Oh, je t'en prie, Angie, tu ne vas pas t'y mettre, toi aussi. Ce n'était pas un enfant.

— D'accord. Cette molécule serait devenue l'enfant de qui ? »

Angela ne voulait pas être cinglante, mais il était trop tôt pour faire le tri dans ses sentiments, de se composer une attitude. « C'est exactement pour ça que je ne t'en ai pas parlé, au cas où tu te poses la question, lâcha June. Ce ton accusateur… Je savais ce que tu en penserais.

— Je ne suis pas contre l'avortement, June.

— Tu as eu un enfant à dix-sept ans, Angie, évidemment que tu es contre l'avortement. »

Angela en resta bouche bée. S'était-elle posé la question lorsqu'elle était tombée enceinte ? Elle ne s'en souvenait même plus. Mais ce débat qui n'avait jamais eu lieu faisait-il d'elle une intégriste ? Elle n'allait même plus à l'église, ce qui navrait Irene. Elle ne croyait plus que l'homme était une créature de Dieu depuis qu'elle avait senti la tête d'un bébé lui défoncer le bassin – ça la mettait même en colère. Elle avait fait la gueule pendant les trois baptêmes. June était à côté de la plaque.

« Écoute-moi bien, Junie, dit-elle d'une voix tremblant de colère contenue. Je n'ai jamais regretté, pas une seconde, que John soit venu au monde si tôt.

— Je n'ai jamais dit que…

— Laisse-moi finir : j'étais certainement trop jeune pour choisir, mais j'ai trop de respect pour les femmes, ce qu'on vit, ce qu'on subit parfois… Merde, June, chacune doit pouvoir choisir sa vie ! Voilà ce que je crois. Si ce n'était pas le bon moment pour toi, si tu ne te sentais pas capable, tu as bien fait. C'est ce que je t'aurais dit si tu m'en avais parlé. Putain, je ne comprends pas : comment peux-tu être l'amie de quelqu'un sur qui tu te trompes ? Ce n'est pas moi, Junie. Je ne suis pas comme ça.

— C'était l'enfant d'Adam. Et je ne lui ai rien dit.

— Ça, c'est dégueulasse. »

Angela s'enfonça dans le canapé, soudain épuisée. Voilà donc de quel énigmatique pardon parlait Adam.

« Il m'en aurait empêchée, dit June.

— Tu ne penses pas ce que tu dis. Personne ne peut t'empêcher de faire quoi que ce soit.

— Il aurait été malheureux.

— Il l'est maintenant.

— Ce n'était pas censé se passer comme ça. C'était profondément personnel, tu comprends ? Angie, tu ne t'es jamais dit que quelque chose dans ta vie ne concernait que toi ? Que personne n'aurait jamais accès à cette intimité-là ? »

Angela sentit un malaise la gagner. L'odeur de la cigarette lui donnait envie de vomir. *Les volutes, la musique, la couverture dans la poubelle*... « Si », lâcha-t-elle.

17

Le téléphone ne fonctionnait plus. Angela avait eu le temps d'appeler Irene avant que les lignes ne soient coupées – les enfants ne craignaient rien, elle les avait récupérés à midi, le cosmonaute et le Martien étaient attablés devant un plat de cannellonis et Stella jouait dans son parc. « Ne bouge pas de chez June, dit Irene, alarmée. C'est dangereux, un poteau électrique est tombé sur la jetée. »

En début d'après-midi, il faisait presque nuit. Une patrouille de police avait fait le tour de toutes les maisons, et Al en personne vint leur intimer de ne pas sortir jusqu'à nouvel ordre. « Je ne peux pas joindre mon mari, cria Angela par-dessus le vent. Avez-vous des nouvelles d'Astroland ?

— Rien à signaler.

— Tout ira bien, Angie, la rassura June. Le parc en a vu d'autres.

— Pas une tempête comme celle-là.

— C'est Halloween, conclut Al, fataliste. Ce sera terminé à la fin de la journée. »

Elles rentrèrent en grelottant. Le chauffage électrique ne marchait plus. June fit démarrer un feu dans la cheminée et elles s'enroulèrent chacune dans un plaid. Il régnait une atmosphère de fin du monde. À un moment, June monta chercher les bougies hors de prix qui trônaient autour de sa baignoire à l'ancienne pour chasser la semi-pénombre qui leur plombait le moral. Leurs précieux parfums mélangés faisaient mal au cœur. « Je crois que je suis enceinte, grimaça Angela.

— Ben, quelle journée ! C'est le comble.

— Tu comprends qu'il t'en veuille ?

— Adam ? Oui, je comprends. Mais j'ai très peur que tu m'en veuilles aussi, et ça, c'est pire que tout. »

Angela soupira, soufflant sur la bougie au santal qui se trouvait près d'elle. En s'éteignant, la mèche dégagea une odeur âcre de savon rance qui lui souleva l'estomac.

Et puis, pour ce qu'elle avait à dire, elle préférait l'obscurité.

« La première fois que j'ai couché avec Nick, c'était le soir du rassemblement de Central Park, pour John Lennon, lâcha-t-elle, tout à trac.

— Mais non, on était chez Adam ce soir-là, lui opposa June.

— Oui, c'était là.

— Ah bon ? Mais tu m'avais dit que...

— Junie, tais-toi, je t'en prie. Tu sais, ces moments de ta vie qui ne concernent que toi, dont tu parlais ce matin ?

— Oui, hésita June. Mais ce n'est pas si grave. Même si vous êtes gonflés d'avoir fait ça alors que je dormais à l'étage. C'est super gênant, rétrospectivement.

— Nick avait fumé.

— Alors ça, je m'en souviens. Merci Margaret.

— Il n'était pas dans son état normal. »

Il y eut un silence. Angela sentit plus qu'elle ne la vit June se tortiller sur son coin de canapé. « Qu'est-ce que tu veux dire ?

— Je veux dire que ce n'était pas… normal. »

June rabattit le plaid d'un geste brusque. Angela sentit son souffle se rapprocher d'elle : « Il t'a violée ! s'écria son amie.

— Quoi ? Mais non, June, il ne m'a pas violée. C'était Nick, enfin !

— Et alors ? Tu étais d'accord ? »

Angela ne répondit pas. Était-elle d'accord ? Dans l'absolu, bien sûr qu'elle l'était, ils étaient fiancés, elle l'avait choisi lui. Mais cette nuit-là, précisément ? Qu'est-ce qui, dans ses gestes, avait laissé croire à Nick qu'elle était d'accord à ce moment-là, de cette façon-là ? Qu'aurait-elle dû faire si elle ne l'avait pas été ? Qu'est-ce que ça aurait changé, après tout ?

« C'est cette nuit-là que tu es tombée enceinte ?

— Oui, on ne l'a plus refait jusqu'au mariage.

— Bordel, Angie, dis-le-moi : tu étais d'accord ? »

Déboussolée, Angela secoua la tête : « Je n'ai rien dit.

— Tu ne lui as pas dit simplement "non", Angie ? Cela aurait dû suffire. »

Non, Nick. Arrête, Nick.

« Merde, fit June en se levant. C'est pas comme ça qu'une première fois doit se passer.

— Ne fume pas, s'il te plaît. Et je t'en prie, ne me raconte pas ta première nuit avec Adam.

— C'était *bien*, Angie. C'était comme ça devait être. Pas sur le canapé d'un pote avec un type complètement stone. J'avais dix-neuf ans, il revenait de Seattle, on avait eu le temps de réfléchir. On était sur la même longueur d'onde, Adam et moi.

— Vous ne l'êtes plus. Alors que Nick et moi, on est mariés. Alors ça change quoi ?

— Oh, rien, ironisa June. Ça aurait peut-être juste changé toute ta vie. Tu aurais pu passer un diplôme d'histoire de l'art, avoir un boulot passionnant dans un musée de Manhattan ou devenir une vraie artiste-peintre au lieu de griffonner sur des carnets comme si tu avais honte. Et puis, qui sait ? Peut-être tomber amoureuse de quelqu'un d'autre, c'est possible, ça, tu sais. Mais Nick ne t'a pas laissé le choix. »

Meurtrie, glacée, Angela resserra le plaid autour d'elle jusqu'à n'en faire dépasser que son nez. Elle se souvenait des yeux d'Adam, ce jour d'hiver à Astroland, ses yeux comme des lacs insondables, cet air déconcerté qu'il avait : « Il peut se passer beaucoup de choses, en quatre ans... Je ne sais pas, la vie. »

Tomber amoureuse de quelqu'un d'autre. Si elle s'était laissée aller sous ce regard qui la déséquilibrait, mon Dieu, le monde n'aurait pas tourné rond.

« Pourquoi as-tu enlevé le poster de Central Park, Junie ? On dirait qu'on est détruits, tous les quatre. Disparus.

— Je ne voulais plus voir Adam. Et puis, maintenant qu'on y pense... Cette image d'innocence, ça ne t'énerve pas, toi ?

— Si. Mais n'en veux pas à Nick, murmura-t-elle.

— Quoi ? Non, bizarrement je n'en veux pas à Nick. J'en veux à la vie qu'on ne nous apprend pas.

— Et à Margaret.

— Oui, c'est ça. À Margaret la junkie. »

La journée n'en finissait pas. Sans lumière, sans télé, sans radio, sans téléphone, elles avaient l'impression d'être au bout du monde, absolument seules. Al passa de nouveau, pour vérifier que tout allait bien :

« Des nouvelles d'Astroland ? s'inquiéta encore Angela.

— Tout a l'air de tenir le choc, ma jolie. En revanche, des gens qui pêchaient sur le quai à Staten Island ont été jetés à la mer. Et le central nous a signalé une embarcation qui a chaviré, avec deux personnes à bord. Impossible d'aller les chercher, avec ce vent.

— La bâche de la piscine va s'envoler, lui dit June, retrouvant tout son sens pratique.

— Laissez-la s'envoler, vous en achèterez une autre. Ne touchez à rien. »

C'était pénible, ces claquements de toile enduite. Évidemment, cela exaspérait June la maniaque.

Quand Angela redescendit des toilettes, drapée dans son plaid, quelques instants plus tard, elle ne trouva plus son amie dans la maison. Elle n'aurait su dire quelle mécanique occulte s'enclencha en elle, mais un sentiment de fatalité entraînant une terreur sombre, profonde, la poussa devant la baie vitrée presque malgré elle.

Dehors, sous la bâche bleue, une mèche de cheveux blonds volait au vent furieux.

« June ! » Elle hurla, mais une bourrasque lui renfonça le nom de son amie dans la gorge. Ce n'était pas vrai, ça ne pouvait pas arriver. Elle sortit, se débattit contre le poids de l'air, ses cheveux, ses vêtements semblant la tirer en arrière à chaque pas. Le plaid s'était

blanches que les draps de l'hôpital d'où elle voulait déjà sortir.

Quand elle l'avait cru morte, ses propres fonctions vitales s'étaient réorganisées – elle était subitement devenue sourde au vent, muette, incapable de penser, la terreur agissant comme un coupe-circuit qui canaliserait son énergie vers l'essentiel : bouger, se servir efficacement de ses bras, mobiliser ses forces pour soulever la bâche, sortir June de l'eau.

« Mais pourquoi n'as-tu pas vidé cette piscine pour l'hiver ?

— J'aime pas. Une piscine vide, ça fait moche, toutes les saletés y tombent. Quand il fait beau j'enroule la bâche et je me crois en été. Et puis encore heureux : s'il n'y avait pas eu d'eau, je me serais cassé les deux jambes.

— Tu as failli te noyer.

— L'eau m'a portée. Il faudra faire réparer la manivelle. C'est ça que j'ai pris sur la tête ?

— Je ne sais pas. Je demanderai à Nick. Dors maintenant, tu es dans les vapes.

— D'accord. Dis à Adam que j'ai failli mourir. Et apporte-moi un bonnet. »

La tempête avait viré vers le sud. Demain, elle se transformerait en ouragan, laissant derrière elle un effrayant Halloween dont elle prendrait le nom dans le souvenir des littoraux. Angela était trempée, Irene avait profité de l'accalmie pour lui apporter des vêtements secs à l'hôpital. Les lignes téléphoniques avaient été rétablies dans certains quartiers, Nick allait bien, il avait passé la journée au Cercle des Ours polaires, le cauchemar était terminé.

Dans la chambre blanche, le silence était irréel. Quand elle téléphona à ses enfants, Angela entendit sa propre voix résonner dans la pièce comme s'il s'agissait de celle d'un fantôme. Elle fut si heureuse d'entendre Johnny que toute la tension accumulée retomba d'un coup, dans un flot de larmes qui s'écoula sur le téléphone.

« Maman, pourquoi tu pleures ? demanda le petit garçon.

— Parce que j'ai eu peur, mon chéri. » Elle ne savait pas mentir aux enfants. Elle se disait que les préserver comme elle l'avait été n'était qu'une perte de temps pour eux.

« Moi, je n'ai pas eu peur, dit John.

— Je sais. Le vent, le ciel, rien de tout ça ne te fait peur. »

Adam arriva alors qu'elle s'endormait sur sa chaise. June, elle, avait glissé dans un sommeil profond depuis bien longtemps. Il regarda sans rien dire la fine silhouette sous le drap rêche, les cheveux en bataille, la membrane sur la tempe rasée qui pulsait comme un œuf prêt à éclore. June semblait si fragile.

« Elle détesterait que tu la regardes comme ça », dit Angela. Ce n'était pas fair-play, Adam était si beau dans son manteau aussi noir que ses cheveux encore humides de pluie. Il dégageait un parfum d'eau de Cologne poivrée qui flottait à travers l'atmosphère aseptisée de la chambre. Angela avait de nouveau envie de pleurer. Il leva sur elle un œil las.

« Elle fera tout pour se faire remarquer, hein ?

— Ne sois pas méchant. On a eu si peur…

— Surtout toi. Heureusement que tu étais là.

— Elle était sonnée, mais elle se tenait hors de l'eau. Elle serait remontée toute seule.

— Pas si la manivelle l'avait touchée en plein visage, ou sur la nuque. C'est tout le problème avec June, elle ne réfléchit jamais aux conséquences. »

Angela cherchait quelque chose à répliquer, mais June se manifesta en geignant, saisissant la main d'Adam. Jouait-elle la comédie ? Blasée, Angela se le demanda lorsqu'elle vit Adam, vaincu, se pencher sur son amie et déposer un long baiser sur son front. Elle frissonna, June soupira et se rendormit.

« Je vais y aller, chuchota Angela.

— Je te raccompagne en bas. »

Elle n'en avait aucune envie. Adam devenait une épreuve. Devant cet homme, ses certitudes se lézardaient, son aplomb en prenait un coup. Où était passée son insouciance, sa rébellion adolescente ?

L'ascenseur était en révision, ils descendirent à pied. Elle se tenait deux marches devant lui pour ne pas croiser son regard. « Elle m'a tout dit », lâcha-t-elle. Derrière, Adam s'arrêta.

« Je pensais que tu étais dans la confidence depuis le début. Ce n'était pas le cas ?

— Non. Et je lui en veux peut-être encore pour ça, je ne sais pas. Et toi ? Vas-tu lui pardonner ?

— C'est un peu rapide. J'ai besoin de temps. Et puis ce n'est pas quelque chose que l'on décide, vois-tu.

— Tu es blessé ? »

Elle s'était retournée vers lui comme on affronte un danger, le cœur battant, le souffle court. Il s'adossa au mur, cherchant ses mots.

« Bien sûr. C'est quelque chose qui a profondément à voir avec moi, figure-toi. Je lui aurais davantage pardonné un coup de cœur pour quelqu'un d'autre. (Il rit doucement :) D'ailleurs, je lui ai pardonné tous ses coups de cœur, parce que je sais que je ne suis pas mieux qu'un autre.

— Oh si, tu l'es. »

Effarée par sa propre gaucherie, elle rougit violemment, sentant le sang lui piquer le bout des doigts. Il eut un air surpris, ne cilla pas pendant les longues secondes de silence absolu qui s'ensuivirent.

« Je veux dire que tu es le mieux pour June, se rattrapa-t-elle, rageuse. Et ça me désole qu'elle ne s'en rende pas compte, qu'elle gâche ce qu'elle a. »

Adam hocha lentement la tête, puis se reprit : « Je suppose que j'ai des efforts à faire, moi aussi.

— Quels efforts ?

— Moins travailler, être plus disponible, pour commencer.

— Connerie.

— Pardon ?

— Personne ne mérite qu'on fasse le sacrifice de sa vie pour lui. Sinon on devient quelqu'un d'autre.

— Ce n'est pas ce que tu fais tous les jours ? Des sacrifices ?

— Pour mes enfants. Pas pour Nick. Les enfants sont les seuls qui valent ma vie.

— On revient toujours au point de départ, Angie. C'est indémerdable. Si je choisis June, je renonce à une famille. C'est un sacrifice pour en respecter un autre. »

Angela pensa à la belle jeune femme blonde gisant là-haut comme la Belle au bois dormant et la trouva terriblement cruelle. Impitoyable.

« Elle t'aime tellement, dit-elle. Elle changera peut-être.

— Peut-être, oui. (Adam haussa les épaules.) Tout avec June est dans ce flou artistique. Tu la crois légère, elle est torturée. Tu la crois pragmatique, précise, mais ce ne sont que des troubles obsessionnels compulsifs. Elle ne veut pas se sacrifier pour un enfant, mais elle se ferait tuer pour que la bâche sur sa piscine ne fasse pas de pli.

— C'est mon amie, Adam.

— J'aurais tant aimé qu'elle soit comme toi. »

Troublée, Angela sentit son cœur sauter dans sa gorge. La cage d'escalier se resserra autour d'elle. « Ne dis pas ça », murmura-t-elle. Il la regarda pendant quelques secondes qui durèrent des heures puis lâcha : « Il faudra bien qu'on en parle un jour, Angie.

— Parler de quoi, je ne comprends pas...

— Cette retenue entre nous. Comme s'il y avait des non-dits, des trucs pas évacués. »

Il ne pouvait pas être en train d'évoquer la nuit de Manhattan, la couverture dans la poubelle. Ce n'est pas *possible*, se dit Angela, affolée. Nick ne se serait pas confié, il aurait eu bien trop honte ou alors c'est qu'elle ne connaissait vraiment rien aux hommes. Quant à June, elle n'était au courant que depuis cet après-midi. Elle ouvrit la bouche, muette, au bord de l'asphyxie. Adam détourna la tête, s'éclaircissant la gorge comme avant un réquisitoire.

« Écoute, dit-il, si on vit tous les deux avec l'idée qu'il aurait pu se passer quelque chose entre nous, toute notre vie, on en voudra à June et à Nick. Je suis désabusé, ce qui fait de moi un procureur sans état d'âme, et toi, Angie, tu es pleine de colère. Paradoxalement, je crois que c'est ce manque qui nous construit. Mais il faut se dire les choses, sans ça on passera le restant de notre vie à s'éviter. »

Angela était abasourdie. Lui vint tout de suite l'image d'un rideau qu'on écartait d'une fenêtre en plein soleil alors qu'elle descendait une marche à reculons, les yeux fixés sur Adam.

« Je ne comprends pas, répéta-t-elle.

— D'accord. Alors je me suis trompé. Miss Cyclone, tu m'avais pourtant habitué à regarder les choses en face. »

Il avança vers elle, l'air confus, posa sa main sur son épaule : « Je suis désolé. Je ne veux pas que...

— Non, tu as raison. »

Adam laissa retomber sa main. Angela bouillonnait – sa tête allait exploser, elle tomberait dans l'escalier de cet hôpital si elle ne disait rien.

« Tu as raison, Adam, trembla-t-elle. Il n'y a pas un jour où je ne combatte l'idée de toi. Alors non, je ne *sais pas* regarder les choses en face, pas celles qui remettraient mon monde en question. Je m'épuise dans mes tâches quotidiennes, je cours après quelque chose sans savoir ce que c'est. Et c'est peut-être toi. »

Il s'approcha d'elle en soupirant, la prit dans ses bras. De nouveau, Angela sentit les larmes monter. Pour la deuxième fois, elle eut cette sensation d'irrémédiable. Cette journée avait quelque chose d'un purgatoire dont elle ne sortirait jamais. Elle pleura contre l'épaule d'Adam, pleura sur elle-même, sur les remugles de trahison qui flottaient dans l'escalier, sur l'innocence de June et de Nick, sur la vie parallèle qu'elle n'avait jamais vécue.

Adam la serrait si fort qu'elle voulut qu'il l'étouffe, qu'on en finisse avec tout ça. Et puis aussi, elle aurait voulu qu'il l'embrasse – mais jamais ils ne le feraient.

Jamais.

Il desserra doucement son étreinte, et elle s'imagina un bateau qui s'éloignait, une fenêtre qu'on refermait.

« Je serai toujours là pour toi, murmura-t-il. D'accord ? »

Elle hocha la tête, lui sourit à travers ses larmes : « D'accord, dit-elle, bravache. Et toi, si tu veux des enfants, tu n'as qu'à demander gentiment, je t'en ferai quelques-uns. »

Il éclata de rire. « C'est noté, Miss Cyclone. En attendant, je vais remonter veiller Miss Casse-Gueule. Ma vie est une aventure permanente. À bientôt ?

— D'accord.

— Tout ira bien, Angie. On peut passer à autre chose.

— D'accord.

— On ne s'embrasse pas ?

— Surtout pas. »

Il hocha la tête et vite, tourna les talons et remonta l'escalier.

19

Ce soir-là, quand elle borda Luca, le petit garçon ensommeillé prit un air tracassé et lui demanda : « Pourquoi papy et mamy sont pas mariés puisque vous êtes leurs enfants ? »

Angela interrompit ses cajoleries, remettant la question en ordre dans son cerveau fatigué : « Qui ça, mon chéri, papa et moi ? On n'est pas les enfants de papy et mamy, voyons… Enfin, pas de papy et mamy ensemble. Tu sais bien que papa est le fils de papy Joey, et que moi je suis la fille de mamy Irene. »

Les yeux rivés sur sa mère, Luca ne bougeait pas. « Papa a eu une maman et moi j'ai eu un papa que tu ne connais pas, parce qu'ils sont morts il y a très longtemps. Tu comprends, mon chéri ? Tu as vu la grande photo de mamy Spoleto ? »

Le petit garçon hocha lentement la tête : ce n'était pas simple, tout ça. « Enfin, Luca, tu sais bien que papa et maman ne sont pas frère et sœur, tout de même ? » Nouveau hochement de tête, guère plus convaincu. L'esprit embrouillé, Angela se pencha et embrassa son fils. Qu'est-ce que c'était que cette généalogie frelatée qu'il s'était fourrée dans la tête ?

« Maman, je pourrai me marier avec Stella ?

— Quoi ? Non, Luca, on ne se marie pas avec sa sœur. C'est impossible.

— Mais je connais pas les autres filles.

— Tu apprendras à les connaître. »

Angela en était encore à rembobiner le film, depuis la naissance de Luca jusqu'à cette curieuse soirée d'Halloween, pour y trouver ce qui clochait, quand elle rejoignit Nick dans la chambre.

« Luca pense qu'on est frère et sœur. Toi et moi. »

Nick leva les yeux de son magazine nautique – en ce moment, il rêvait d'acheter un bateau alors que l'appartement des Polonais aurait eu besoin d'un simple coup de peinture.

« Tu rigoles, il a six ans.

— Oui, eh bien, faut croire qu'il pense qu'on est frère et sœur depuis six ans.

— Quand j'étais petit, je croyais que tous les gamins de la montée B6 étaient mes cousins. Ce qui doit être vrai, pour une certaine proportion d'entre eux.

— Je ne plaisante pas, Nick, tu ne trouves pas ça grave ? »

Nick laissa tomber son magazine, éclatant de rire : « C'est vrai que tu me ressembles comme deux gouttes d'eau, *amore mio*.

— Sois sérieux, s'énerva-t-elle. On ne peut jamais avoir de conversation construite, avec toi !

— Ça va, Angie. C'est juste une phase dans son développement, un truc qui le rassure. Tous les gamins doivent penser ça à un moment ou à un autre, sauf que nous, on s'en souvient pas. On n'a pas pu passer par là. Tu lui as parlé de ma mère ?

— Oui.

— De ton père ?

— Euh… Oui.

— Là, c'est plus compliqué, vu qu'on n'a pas de photo. Il faudrait en demander une à Irene.

— Une photo de mon père ?

— Oui, chérie. On fera un arbre généalogique pour les enfants. Ça ne devrait pas nous occuper trop longtemps. »

Angela haussa les épaules et, de mauvaise humeur, se glissa entre les draps en espérant bien rester dans son coin. En ce soir étrange, il lui fallait faire une place pour Adam. Elle avait besoin de se repasser leur conversation romanesque pour n'en faire plus qu'un compte-rendu froid, détaché. Et ainsi, « passer à autre chose », comme il l'avait dit. Il lui faudrait se convaincre que ce chapitre n'appartenait qu'à elle, qu'elle avait droit à ces « moments de ta vie qui ne concernent que toi », tels que les avait décrits June ce matin. Et qu'ils n'étaient pas forcément tous honteux.

Il lui faudrait se convaincre que tout dans une vie de couple n'était pas à partager. Elle n'aurait pas assez d'une nuit pour ça. Alors elle offrit quelque chose à Nick avant de se replier sur elle-même : « Je crois que je suis enceinte, lui dit-elle. Nick, je suis *sûre* que je suis enceinte. »

Le vent était tombé. June était sortie de l'hôpital au petit matin, au motif qu'elle n'en supportait plus l'odeur. Stoïque, Adam l'avait ramenée chez elle et avait pris un jour de congé. Nick était allé réparer la manivelle, retendre soigneusement la bâche sur la piscine et ôter les sacs de sable qui bouchaient l'entrée de la cave et du pool-house, rendu euphorique par sa nouvelle paternité dont il ne lui fallait encore rien dire.

Par sécurité, Angela avait acheté un test de grossesse, mais elle n'avait que peu de doute sur son résultat. Elle commençait à bien se connaître.

Vaguement honteuse, elle se disait que ce bébé tombait bien. Elle pourrait penser à autre chose dans les mois qui viendraient. Que la grossesse soit un dérivatif à ses chimères amoureuses lui posait un problème moral, aussi elle se lança dans des projets maternels sitôt le trait bleu apparu dans la case : d'abord, elle irait acheter de la laine et des aiguilles à layette, ensuite elle prendrait tous ses rendez-vous de préparation à l'accouchement qui ne lui servaient plus à rien, elle referait le stock de ses vitamines prénatales… Et pour finir, elle partirait à la recherche d'un nouvel appartement.

« Évidemment qu'il vous faudra un logement plus grand, dit Irene, les mains encore jointes d'allégresse, mais tu ne trouves pas que c'est un peu tôt ? Enfin, tu en es au tout début, ça pourrait porter malheur…

— Ne t'inquiète pas, maman, elle ne va pas bouger.

— Parce que en plus tu sais déjà que c'est une fille ? Comment…

— Parce que c'est comme ça. J'ai promis à Nick une famille parfaite, et c'est ce que je vais faire. »

Ensuite, on verra bien, terminait une petite voix dans sa tête. En tout cas, à trente ans, elle aurait accompli la première partie de sa vie.

« Au fait, dit-elle, faussement enjouée. Avec Nick, on voudrait faire un arbre généalogique pour les enfants. Tu aurais une photo de mon père ? »

Irene se figea. Depuis ses confidences dans la salle de travail lors de la naissance de John, qu'Angela avait remisées dans un coin de sa mémoire, le sujet paternel n'avait guère été abordé. On avait rempli les fiches d'état civil – *Angelo Visconti, né le 12 avril 1924 à Palerme, décédé le 2 janvier 1965 à Brooklyn* – et c'était tout. « Euh, oui, dit-elle. Je vais bien trouver ça quelque part. »

Irene se détourna, alla fouiller dans un tiroir. Angela la suivit du regard, persuadée de voir ses mains trembler. En fond sonore, la télé répandait le générique lénifiant des *Feux de l'amour*, sans cela le silence aurait été à couper au couteau. Même Stella jouait sans bruit dans son parc, empilant des cubes avec une concentration de prix Nobel de physique. Le cœur battant, Angela attendait : elle avait franchi les limites de sa mère, qu'elles s'imposaient tacitement depuis l'enfance.

« Voilà, ça ira ? » Irene posa une photo devant elle. Angela la saisit avec appréhension, comme si un simple contact pouvait la faire tomber en poussière. C'était un cliché en noir et blanc, avec une pliure profonde au milieu. On y voyait une version d'Irene jusqu'ici inconnue : ses cheveux noirs remontés en un chignon crêpé à la mode des années soixante, son maquillage appuyé la rendaient peu reconnaissable, mais c'était bien elle, son sourire, cette façon de tenir sa tête un peu penchée. À ses côtés, un homme pas très grand, brun, gominé, les traits anguleux, les dents blanches. Était-il beau ? Angela ne savait qu'en penser.

« Qu'est-ce qui s'est passé ? murmura-t-elle.

— Il est mort, n'en parlons plus.

— Maman, je veux en parler. »

Irene soupira, regarda Stella qui babillait dans son parc. « Crois-moi, ce n'est pas nécessaire. On a une belle famille, maintenant.

— Comment est-il mort ? »

Irene posa sur elle des yeux las. Angela ne laisserait donc pas tomber.

« Il s'est noyé. Mais ce n'est qu'un détail.

— Un accident ? Pas une maladie ? »

Irene garda le silence quelques instants, le visage durci. « Il était ivre. Comme la plupart du temps. Je ne veux plus en parler. Est-ce que cette photo te suffit, *amaretta* ?

— Il t'a fait du mal, maman ?

— Il n'a presque fait que ça. C'était un homme violent. Heureusement, tu es là.

— Qu'est-ce que je vais dire aux enfants ?

— La simple vérité : il est mort, et tu ne l'as pas connu. Crois-moi, ça t'a suffi toute ta vie, Angela. »

Angela hocha la tête. Elle n'en saurait pas davantage. Elle respecterait sa mère. Elle repoussa le vieux cliché vers Irene : « Tu n'as pas de photo, dit-elle d'une voix sourde. Tu les as toutes perdues, d'accord ? Quel métier faisait-il ?

— Il était mécanicien dans la marine, lâcha Irene. Il travaillait sur le chantier naval. Il a participé à la construction du cuirassé *Missouri* avant la guerre, quand il est arrivé d'Italie. C'était un très bon ouvrier.

— D'accord. Ça suffira. »

Stella fit tomber sa pile de cubes, manifestant son impatience : il était midi, elle avait faim. Ébranlée, Angela alla prendre sa fille dans ses bras, l'embrassant avec un appétit sauvage.

Irene avait rangé la photo. « Merci », lui dit-elle.

20

L'ironie voulait que ce père obscur ait travaillé au même endroit que June la solaire, avant que le Brooklyn Navy Yard soit réhabilité en locaux commerciaux.

« Incroyable, fit June. C'était peut-être un *serial killer* qui coulait ses victimes dans des cuves de fioul. Et moi je suis assise dessus.

— Ne plaisante pas, je t'assure que ma mère avait l'air terrifié. Je ne sais pas quoi penser.

— Laisse Irene venir. Elle a déjà fait un immense effort. Elle te racontera la suite à son rythme. (Elle s'interrompit.) Ou peut-être pas. Souviens-toi des choses qu'on garde pour soi. »

June repoussa son assiette – un taco végétarien surgelé tout plat qu'elle avait fait brûler au four. Elle portait un bonnet noir avec le logo des Yankees sur le revers, ce qui lui donnait une allure adolescente.

« Mon Dieu, fit Angela, la prochaine fois, je te fais la cuisine.

— J'ai pas faim, de toute façon.

— Il faut que tu manges, tu vas finir par perdre un os.

— Méchante. Jalouse.

— C'est ça. (Angela alla porter l'assiette à la cuisine, tandis que son amie jouait les héroïnes de tragédie grecque, la main sur le front.) Que dit Adam ? »

Seigneur, que cela lui coûtait. Le dos tourné, elle s'appliqua à râcler l'assiette au-dessus de la poubelle jusqu'à ce qu'il n'y reste plus la moindre miette.

« Adam dit qu'il faut avancer.

— Oh. Vraiment ? »

Passer à autre chose. Angela lava l'assiette, l'essuya consciencieusement.

« J'ai un lave-vaisselle, tu sais. Et tu devrais arrêter de t'agiter comme ça.

— Je suis enceinte, Junie, je ne suis pas malade.

— C'est pareil. Je préfère ma fracture du crâne.

— Tu n'as pas de fracture du crâne, June. Et pourquoi ne verrais-tu pas un psy ?

— Je n'ai pas besoin de voir un psy. Angie, viens donc t'asseoir. Viens, je te dis. »

Angela se sécha les mains sur un torchon en lin brodé d'une fresque grecque, prenant son temps pour le plier. June semblait impatiente, affichant un sourire de gamine sous son bonnet enfoncé jusqu'aux oreilles. Sur sa joue, un pansement couleur chair laissait apparaître des taches violacées qu'elle avait tenté de camoufler sous un plâtras de fond de teint. Du coup, sa peau prenait des tonalités marbrées tout à fait inquiétantes. On aurait dit une poupée hantée – elle était fascinante, comme d'habitude.

« Qu'est-ce qu'il y a ? demanda Angela, soudain pleine d'appréhension.

— Attention, roulement de tambour : Adam et moi, on va se marier.

— Quoi ? »

On dit que les pensées nous échappent, qu'on ne contrôle pas les errances de son esprit, qu'il ne faut pas culpabiliser pour cela : à ce moment précis, Angela détesta June de toutes ses forces, et s'en voulut presque aussi fort. Elle aimait son amie, à la vie à la mort, mais elle était la chose la plus mortifère qui puisse arriver à Adam.

« C'est formidable, Junie, je suis si heureuse pour toi, balbutia-t-elle. Mais... Promets-moi que vous ne vous battrez pas.

— Ne t'inquiète pas. Tu vois, cette tempête... Mon accident nous a fait reconsidérer les choses tous les deux. La vie est si fragile, ça vaut le coup d'y réfléchir.

— Réfléchir à fonder une famille, aussi ?

— Je ne suis pas encore prête. Mais je lui ai promis d'y travailler dans ma tête. »

Ainsi, Adam serait suspendu aux réflexions tortueuses de June. Angela pensa à l'embryon qui se développait dans son ventre et trouva cela si simple. Mais avait-elle eu le loisir d'y réfléchir, elle ? Comment en vouloir à June, qui prenait son temps, suivait ses choix sans rien se laisser imposer ? Adam possédait la même faculté et l'employait d'ailleurs avec succès dans son travail. Il n'était l'otage de personne, il était maître de son destin. Aimait-il June au point de sacrifier ses idéaux ou... ? Angela frissonna, effrayée par ses propres pensées : Et si Adam abdiquait parce qu'il n'aurait jamais celle qu'il voulait ?

Elle le revit dans l'escalier de l'hôpital, exprimant ses regrets : « C'est ce manque qui nous construit. »

Elle regarda June, le sourire de June, et se détesta aussi fort qu'elle l'aimait.

Adam et June se marièrent au printemps, à l'hôtel *Plaza* de Manhattan. Ils étaient magnifiques. Adam portait un costume anthracite Armani, June une version longue de la célèbre robe portefeuille de Diane von Furstenberg, ses cheveux blonds ramenés sur un côté pour cacher le crin qui repoussait sur son crâne. Elle protégeait sa cicatrice à grand renfort d'écran total sur la joue, mais avait renoncé à la camoufler, la massant avec onction, la chérissant comme un tatouage. C'était encore un détail qui faisait d'elle une femme différente des autres, alors autant l'assumer jusqu'à l'orgueil.

Le mariage avait rassemblé du monde, une jungle de costards – juges, avocats, procureurs et même quelques policiers –, des kilomètres d'organza et de satin dansant autour des chevilles délicates de la faune huppée des beaux quartiers. Les sœurs d'Adam étaient là, lointaines jumelles aux cheveux longs et bouclés, tout dans leur attitude indiquait qu'elles étaient de passage – une indifférence affichée, un mutisme poli. June n'avait pas jugé bon de prévenir sa famille.

Angela avait enveloppé ses rondeurs dans une soie d'un bleu moiré, le corsage drapé sur ses seins en cache-cœur. Ses longs cheveux nourris par les hormones de grossesse lui coulaient dans le dos en vagues brunes, brillantes. « Tu es sublime », lui avait dit Adam. Nick, lui, n'avait rien relevé.

Elle vit les flammèches rouges de la crinière de Margaret tournoyer au loin, comme un oiseau de mauvais augure. Nick l'évita soigneusement. Il semblait sur la défensive.

Après le cocktail, June insista pour qu'ils traversent tous les quatre la rue, le photographe à leur traîne, et s'enfoncent dans Central Park à la recherche de l'endroit parfait.

Le soleil rayonnait. Ils ne retrouvèrent pas la place exacte – *Je te dis que c'était sous cet arbre, mais non c'était sur la grande pelouse, de toute façon on ne reconnaît plus rien, il y avait trop de monde…* mais ils posèrent pour la photo. Exactement la même qu'onze ans auparavant.

TROISIÈME PARTIE

17 août 1998

21

« Pourquoi ce vilain maillot une pièce ? C'est idiot, tu vas avoir des marques », fit June, flottant sur son matelas pneumatique au beau milieu de la piscine.

Angela tira sur l'acrylique chatoyant qui roulottait sur ses fesses, trempant un pied dans l'eau – incroyable, cette flotte était aussi chaude que du minestrone, il n'y avait donc pas moyen d'échapper à la canicule ?

« Je le portais déjà dimanche dernier, je te signale, répliqua-t-elle.

— J'avais pas remarqué.

— Tu ne remarques pas grand-chose, en ce moment, fit Angela en se glissant dans le bouillon.

— N'empêche que tu vas avoir des marques. Tout à fait remarquables.

— Ça va te paraître invraisemblable, Junie, mais je me fous de ne pas être bronzée partout. En revanche, j'ai le ventre en papier crépon, et il me reste assez de coquetterie pour éviter le bikini. »

C'était exagéré. Son corps avait certes subi les perfidies des maternités répétées – un peu amolli, capitonné par endroits – mais, à la fin de ce cycle infernal, il ne s'en sortait pas si mal. Après l'hygiène de vie minimaliste des retours de couches qui avait un temps fait illusion, la bonne nature d'Angela avait repris le dessus. Elle avait bien tenté quelques régimes imbéciles : l'ananas et le pamplemousse en plein hiver, la soupe au chou même en été, l'impossible jeûne du dimanche repoussé au lundi. Mais ses fesses restaient ce qu'elles étaient, et ses seins la précédaient partout où elle allait. Elle était définitivement coulée dans son moule. Sa seule exigence étant de conserver une taille fine au milieu de tout ça.

Sa silhouette vintage ne dérangeait pas Angela Spoleto, la jolie marchande de bonbons italienne de Coney Island, même si la mode était aux grandes plantes sportives et urbaines comme Cindy Crawford ou Claudia Schiffer – ou June Verhoeven.

Nick la comparait à Sophia Loren, s'amusant à lui pincer les fesses, enfouissant sa tête dans sa poitrine en grognant d'aise – ce qui, sur l'échelle de son idéal féminin, la plaçait quelque part entre la maman et la putain. Mais cela n'ennuyait pas Angela. Ils étaient comme ça, tous les deux, au bout de vingt ans.

June, en revanche, conservait à bientôt trente-cinq ans son corps androgyne de préadolescente. Son torse de jeune garçon, à peine renflé de deux rondeurs délicates, lui autorisait le monokini sans que les enfants autour d'elle dans la piscine ne trouvent à murmurer. Tout juste se rhabillait-elle lorsque Johnny était là : les dix-sept ans déjà virils du fils aîné d'Angela semblaient la mettre mal à l'aise. Johnny tenait de son père.

Mais ce dimanche, Johnny préférait traîner avec ses copains sur la plage. Il faisait une chaleur à crever, à Sea

Gate comme partout dans le nord-est. June se prélassait donc là, sur son matelas pneumatique, seulement couverte d'un triangle pailleté et de deux bouts de ficelle. À l'entrée de l'été, elle avait coupé ses cheveux très court. Son visage ainsi dégagé, à l'ossature parfaite, à la cicatrice nacrée courant le long de la mâchoire, lui donnait des airs de nymphe wagnérienne. Toujours pas habituée, Angela avait de temps en temps des coups au cœur en imaginant les longs cheveux de lin balayés sur le sol du salon de coiffure, salis, bouffis par les poussières d'autres cheveux ternes jusqu'à devenir de vulgaires petits moutons sur lesquels s'était refermé le couvercle de la boîte à ordures.

« Stella, lança-t-elle, détournant les yeux de la silhouette diaphane pour se consacrer aux enfants, arrête d'embêter les petites ! Où est passé ton frère ?

— Il regarde la télé dans le salon. »

Angela râla pour la forme : à treize ans, Luca ne goûtait plus trop la compagnie des gamines. Elle ne pouvait en vouloir à son fils : les filles étaient bruyantes, agaçantes, sans limites. Stella avait huit ans, Rosie six et Melusine un an de moins. Harnachées de flotteurs et de brassards, les deux plus petites s'évertuaient à vider la piscine en y sautant fesses les premières, bras réunis autour des genoux, tandis que l'aînée les accueillait à grands coups de frite en mousse sur le dos.

Malmenée par les remous sur son matelas pneumatique, June était exaspérée. « Non mais sans blague ! mugit-elle. Angie, on était comme ça à leur âge ? Des foutus garçons manqués ? » Angela rit. Oui, elles étaient comme ça, à sauter sur les rochers, à courir dans le sable et à se mettre la tête à l'envers dans les manèges. Mais le temps passait si vite.

Elle fit quelques brasses, évitant les petites bombes qui tombaient autour d'elle. L'eau était douce, caressant ses jambes. Depuis quelque temps, son dos lui faisait mal. Derrière son comptoir, ses journées étaient sédentaires. Et le soir, quand les enfants étaient couchés, elle se penchait sur sa planche à dessin. Alors bon.

Au fil du temps, les gribouillages avaient donné quelque chose de plus affirmé, qu'on aurait pu qualifier de « style » : Angela se lançait maintenant dans des grands paysages marins ou des vues d'Astroland, toujours au seul moyen d'un feutre noir, tout en ombres, mais elle avait délaissé ses petits carnets pour des supports plus formels, toiles et papier épais.

De l'avis d'Irene, qui jetait toujours un œil à ses dessins lorsqu'elle ramenait les enfants, c'était absolument génial, mais très mauvais pour son dos. Il faudrait qu'elle pense à investir dans un de ces fauteuils ergonomiques sans dossier, où l'on fait porter le poids du corps sur les genoux.

Elle pensait à tout cela en nageant – au fauteuil de rêve, mais aussi aux cours du soir des beaux-arts à Manhattan, où June lui répétait de s'inscrire. Non pas qu'elle crût en son talent, se disait Angela, mais surtout pour la faire sortir de sa bonbonnière et voir du grand monde. Mais Nick n'était jamais là le soir, et Irene gardait déjà les enfants en dehors des heures d'école, alors Angela avait des scrupules. Et Manhattan était si loin, pour elle. « Alors que pour Nick, c'est la porte à côté », raillait June. Bref.

Angela évacua toutes ces pensées – les deux restaurants chronophages de Nick, ses propres astreintes et sa frilosité – en plongeant la tête sous l'eau. Pendant une minute, elle eut l'impression d'être sur la Lune, en dehors du temps. Elle était d'un naturel heureux, mais parfois elle avait l'envie morbide de ne plus être là. Ça n'avait rien à voir avec une dépression – June, elle, était une vraie dépressive chronique, elle se soignait pour cela – mais juste le sentiment poisseux de n'être pas grand-chose, de ne pas briller. Angela Spoleto, née Visconti, attendait toujours l'élan.

Elle dut remonter à la surface pour reprendre sa respiration. Les filles s'étaient calmées, s'entraînant à flotter le plus longtemps possible. Angela nagea vers June, qui avait fait accoster son matelas pour se rapprocher de la radio crachotant en sourdine.

« Je n'ai pas eu de relation sexuelle avec cette femme, Mlle Lewinsky. »

Depuis le mois de janvier, la phrase de Bill Clinton prononcée devant la presse, la main sur le cœur, passait en boucle dans les médias qui faisaient mine de découvrir que leur président était un tombeur de première – alors que de l'avis très informé de Nick, les anecdotes salaces à son sujet couraient bien avant son second mandat à la Maison-Blanche.

Le feuilleton, qui tenait en haleine la ménagère de Brooklyn aussi bien que le trader de Wall Street, ainsi que le reste du monde d'ailleurs, bénéficiait du meilleur scénario jamais écrit : le plus gonflé, le plus glamour, le plus racoleur. C'en était fini de *Dallas* et de *Dynastie*, des puits de pétrole texans et des blondes choucroutées, on avait bien mieux dans les rôles principaux : l'homme le plus puissant du monde, sa pétulante stagiaire, toute une bande de maîtresses délicieusement vulgaires, un procureur psychorigide et une espionne en jupons, enregistrant sur un petit magnéto à la cantine du Pentagone les confidences amères de la stagiaire, éjectée du bureau ovale par les sbires de son amant.

June adorait ça. Sur la table de la cuisine, où elles étaient rentrées pour préparer un goûter aux enfants, était encore étalé le numéro du *Times* de l'avant-veille : selon les journalistes, Bill Clinton allait avouer ses frasques devant le grand jury. L'audition aurait lieu demain. June ne se tenait plus. Écoutant la radio dans un silence chargé d'électricité, elle découpait soigneusement du pain de mie complet en carrés égaux, ôtant la croûte au millimètre près. À la suite, Angela tartinait ses œuvres de confiture de pêches biologique, prêtant l'oreille au bruit lointain des enfants. Elle avait du mal à s'intéresser au feuilleton présidentiel. Cette façon qu'avaient les gens de se passionner pour les histoires de fesses de leurs congénères… C'était indécent.

Tout était parti d'une obscure fonctionnaire de l'Arkansas : un jour, Paula Jones, grosse frange brune sur un nez ingrat, engagea une procédure judiciaire contre Bill Clinton pour harcèlement sexuel. Évidemment, le président nia sans vergogne. Le procureur indépendant Kenneth Starr – un républicain rigoriste qui avait financé ses études en vendant des bibles au porte-à-porte – lança alors ses chiens sur les traces d'autres victimes. Linda Tripp, employée au Pentagone, lui en apporta une sur un plateau : la mignonne stagiaire Monica Lewinsky, enregistrée à son insu sur son petit magnéto d'espionne d'occasion.

Monica avait vingt et un ans et elle était amoureuse – c'était la seule chose qui émouvait Angela dans cette affaire. Des étoiles plein les yeux, Miss Lewinsky se parjura donc pour son amant : non, le président ne l'avait jamais touchée. Au grand jamais. Il était marié, tout de même ! Sarcastique, le procureur Starr sortit les enregistrements de sa manche et menaça la jeune JAP – ainsi surnommait-on les Princesses juives américaines nées avec une cuillère d'argent dans la bouche – d'un avenir sordide en prison. Terrorisée, Monica négocia son immunité contre des révélations.

Depuis, les épisodes scabreux se succédaient : il s'agissait d'un étui à cigare dont Clinton faisait un usage particulier, d'une robe bleue de chez GAP tachée de la semence présidentielle, de fellations prodiguées sous le bureau pendant des coups de téléphone internationaux.

Angela était dégoûtée, June se délectait. Et le *Times* promettait des aveux présidentiels pour demain. La radio se perdait en conjectures.

« Il paraît que Monica le surnomme "Salaud" ou "Tête de cul", rigola June quand les infos furent terminées et qu'une ballade de Bruce Springsteen eut adouci les ondes.

— Qui ?

— Le président.

— J'aurais plutôt pensé ça du procureur. Quel fouille-merde ! »

Angela lécha la cuillère de confiture et la jeta dans l'évier. *Clong.* Cette histoire l'agaçait.

« N'empêche que je le trouve sexy, fit June.

— Mon Dieu, qui ? Le procureur ?

— Mais non, quelle horreur ! Clinton, je le trouve sexy. Monica, je la comprends. »

Ébahie, Angela rinça la petite cuillère et prit le temps de l'essuyer soigneusement. Elle n'aurait jamais pensé à un truc pareil.

« Sexy ? Tu trouves sexy un type qui ment, qui trompe sa femme avec une gamine et qui lui introduit un cigare dans le… (Elle secoua la tête.) Bref. C'est dégoûtant.

— Hé ho, s'amusa June, ma petite, tu as encore plein de choses à apprendre. »

Alarmée, Angela brandit la main en avant : stop *tout de suite*. Elle n'avait aucune envie d'entendre quoi que ce soit sur les pratiques sexuelles de June avec Adam.

« J'appelle les enfants. On ne parle plus de ça.

— N'empêche que je le trouve sexy, répéta June.

— C'est le pouvoir que tu trouves sexy. »

Au mur, le téléphone émit sa sonnerie aigrelette, June se leva en riant.

« Non, ce qui est sexy, c'est la prise de risque. Allô ? »

La prise de risque. *Quelle prise de risque ?* se demanda Angela. Celle d'être découvert ? Elle haussa les sourcils en direction de June, pour lui signifier qu'elle ne comprenait pas et que, pour le coup, la suite de la conversation l'intéressait. Quand le coup de fil serait terminé. Mais June s'était rembrunie.

« Non, dit-elle dans le téléphone après avoir écouté son interlocuteur. Pas possible aujourd'hui. On avait dit demain. Demain matin. »

Angela regarda June entortiller le fil du téléphone autour de son doigt. Elle savait ce qui était en train de se passer. Il n'y avait qu'à voir le visage de June, ses contours minéraux, son regard dur. « Je m'en fous, Adam. Respecte ton tour. Demain matin, comme prévu. »

June raccrocha. Angela ouvrit la bouche, puis se ravisa. Ce n'était pas la peine : il y avait des choses sur lesquelles elle ne serait jamais d'accord avec son amie.

Et c'était l'essence même de cette mystique qui les unissait depuis si longtemps : *L'amitié, c'est bien connaître l'autre, mais l'aimer quand même*, avait écrit June sur la carte qui accompagnait le cadeau de ses trente ans. Angela ne se souvenait plus du cadeau – un bracelet à breloques ou un abonnement au salon de massage ; June se plantait toujours sur les cadeaux – mais elle se rappelait le message, qu'elle avait à l'époque pris pour elle. Un peu vexée, d'ailleurs. Il lui avait fallu du temps et quelques épreuves pour comprendre qu'en fait, June s'excusait d'être elle-même.

Angela détourna les yeux vers la baie vitrée, sur la terrasse en bois blond éclaboussée de soleil, les pots en grès parfaitement alignés débordant de camélias, les armériers maritimes qui foisonnaient en couvre-sol sur le terrain sablonneux. Toutes les fleurs étaient blanches, virginales. June n'aurait pas toléré qu'elles jaunissent, et un jeune jardinier y apportait un soin méticuleux deux fois par semaine. Au-delà de la piscine, des transats immaculés et d'une haie de cassiopes aux clochettes blanches et retombantes, le regard se perdait dans la limite invisible entre le ciel et l'océan. D'ici, on était sans repères.

Angela entendit June se servir un verre derrière elle, attendit qu'elle dise quelque chose, se plaigne de quelqu'un, mais, comme rien ne venait, elle fit coulisser la baie vitrée et appela les enfants pour le goûter.

Luca, en pleine croissance mais encore un peu rond dans son maillot de football, arriva du salon en traînant les pieds, et les trois filles jaillirent de l'extérieur, pépiantes, leurs longs cheveux mouillés. Le soleil donnait aux mèches de Stella des reflets auburn. Les bras et les cuisses dodues de Rosie avaient bruni. Seule Melusine, tartinée de crème solaire, restait un peu pâle, mais ses yeux bleus pétillaient de santé.

« Melusine, lui dit June. On ira préparer tes affaires. Papa vient te chercher demain matin. »

22

Angela aimait pourtant ça, cette lenteur chaloupée, le souffle chaud de Nick dans son cou, son corps lourd sur elle, cette indolence qui baignait leur chorégraphie. C'était doux, ça aurait dû être confortable mais ça ne l'était jamais vraiment. Elle n'arrivait pas à s'y abandonner tout entière, corps et âme. Son esprit était toujours en alerte, guettant un bruit dans le couloir, un ressort qui couine, une porte qui s'ouvre… Et un enfant traumatisé à vie.

Parfois elle aurait voulu du sexe sonore, expansif, au lieu de ces soupirs étouffés dans l'oreiller. Se lâcher, enfin.

Mais quand même, Nick savait s'y prendre. Il était prévenant, semblait toujours ébloui, comme un explorateur devant une jolie ruine, se disait-elle.

Ce n'était jamais très long.

« Nick, tu sens l'alcool, dit-elle ensuite en se dégageant. Tu sais bien que je n'aime pas que tu rentres à moto quand tu as trop forcé. »

Appuyé sur un coude, il la regarda d'un air de matou satisfait. « Eh bien, moi, je suis content d'être rentré tôt.

Pas toi ? Et ne t'inquiète pas, bébé, j'étais au-dessous de la limite. Un cocktail... Deux cocktails et on a fermé.

— Trois cocktails. À vue de nez. »

Elle se leva, passa deux minutes à la salle de bains puis traversa l'appartement sur la pointe des pieds pour aller chercher de l'eau minérale à la cuisine. Oh, Nick n'était pas alcoolique – il était juste en représentation permanente. Son nouveau restaurant dans Chambers Street attirait les huiles de l'hôtel de ville et les golden boys du World Trade Center, tout proche. Quelques célébrités qui vivaient dans le nouveau quartier à la mode de TriBeCa, aussi. Le fils Kennedy y était venu quelques fois, disait-il. Robert De Niro aussi. Alors Nick ne buvait pas au sens vulgaire du verbe, il bossait ses relations publiques.

La trattoria de ses débuts, à Little Italy, n'était qu'à 500 mètres à vol d'oiseau mais Nick n'était pas un oiseau, et il passait ses journées à faire la navette entre les deux sur sa Honda Super Blackbird, une folie qui avait fait sortir les yeux de la tête d'Angela. Ce jour-là, quand il était rentré à Coney Island, son casque tout neuf débordant d'orgueil, elle avait piqué une telle colère qu'il avait failli rendre la moto. Mais Angela avait fini par capituler devant sa déception enfantine : après tout, il méritait bien de se faire plaisir. Il travaillait dur et gagnait de l'argent.

Adossée au réfrigérateur dernier cri qui ronronnait doucement, Angela sirota son verre d'eau glacée. La clim était silencieuse, pourtant elle était parfaite. Les deux étages étaient baignés d'une fraîcheur idéale. C'était encore trop petit, car Stella et Rosie dormaient dans la même chambre, mais ça n'avait plus rien à voir avec l'appartement des Polonais. Le salon était vaste, les murs beiges propres, le parquet rénové déroulait un bois tiède sous les pieds. La baie vitrée donnait à moitié sur l'Atlantique, l'autre moitié sur Astroland – le cher Astroland de Joey Spoleto qui avait dû reprendre ses autotamponneuses à plein-temps, fier comme un coq du succès de son fils dans la restauration. Quand il faisait beau, comme ce soir, les lumières de la WonderWheel tournaient dans la nuit bleutée comme des feux de Bengale.

Derrière la baie vitrée, le toit du rez-de-chaussée avait été transformé en terrasse. Des dalles de composite recouvraient le béton blanc, un muret de brique rouge en faisait le tour. Il y avait un salon de jardin en pin vernis, un parasol récupéré chez *Nathan's Famous* décoré des fameux hot-dogs, et même un barbecue qu'Angela ne savait pas allumer.

Elle était fière de son salon. Les meubles anciens, dépareillés, provenaient des marchés aux puces de Fort Greene et Smorgasburg ; elle y chinait le samedi avec June, une négociatrice redoutable. Elle aimait particulièrement le rocking-chair colonial dans lequel elle avait bercé Rosie des heures durant. Seul le canapé en cuir roux n'était pas d'époque. C'était un cadeau de Joey qui adorait s'y installer pour regarder le football avec Luca sur la grande télévision.

Non, franchement, c'était un bel appartement. Mais pourquoi fallait-il, Seigneur, qu'ils soient toujours au Mayflower ? Avec ce que Nick gagnait, Angela se demandait comment la famille pouvait encore avoir droit aux HLM. Une magouille avec ses amis politiciens, probablement.

Elle rinça son verre d'eau, retourna à la chambre et, une fraction de seconde, fut surprise d'y retrouver son mari. C'était tellement inhabituel. La plupart du temps, Nick rentrait alors qu'elle dormait. Et puis de temps en temps, quand il finissait vraiment trop tard – ou vraiment trop ivre –, il passait la nuit à Manhattan, dans son bureau à l'arrière du restaurant de Chambers Street, avec fauteuils moelleux et cabinet de toilette. Enfin, de temps en temps... Disons deux fois par semaine. Angela n'y voyait pas d'inconvénient : elle aimait avoir ses soirées pour elle, à dessiner quand les enfants étaient couchés.

« Nick, quand déménagerons-nous à Manhattan ? Ce sera quand même plus pratique.

— Bientôt, Angie, dit-il en remontant les draps sur lui. Bon sang, on se pèle ici.

— Non, la clim est parfaite. »

Déménager à Manhattan. Un serpent de mer. Elle avait tant posé la question qu'elle ne s'entendait même plus demander. C'était automatique. La réponse aussi. Comme si aucun des deux n'y croyait. Mais tant que c'était là, à l'état de projet, il y avait un but quelque part.

« Je vais mobiliser mes connaissances », dit Nick. *Mobiliser mes connaissances.* Angela eut envie de rire.

« Mais ça reste cher, bébé », conclut-il. Et *bim*, passons à autre chose. Angela n'avait pas sommeil.

« J'étais chez June, aujourd'hui. Avec les enfants.

— Mmh.

— Elle a dit qu'elle trouvait Bill Clinton sexy.

— Qui ça ?

— June. Elle a dit qu'elle trouvait Clinton sexy. »

Nick dormait à moitié. Il gloussa, la tête dans son oreiller. « Moi, c'est la stagiaire que je trouve sexy ! » Piquée, Angela rabattit d'un coup le drap qui recouvrait son mari. Nick faisait partie de ces hommes qui gagneraient à vieillir. Son visage poupin s'était un peu creusé, et il luttait contre les effets conjugués des lasagnes et du whisky *old fashioned* en soulevant de la fonte dans une salle de sport trois fois par semaine – à Manhattan, encore. Bientôt ses tempes grisonneraient. Il ferait moins « bellâtre », comme disait June, qui, ressassant le tabou de la nuit de Manhattan, lui gardait une rancune discrète.

« Hé, dit-il, souriant de toutes ses dents blanches. Monica la stagiaire est sexy, parce qu'elle te ressemble !

— Quoi ? À moi ?

— Oui, bébé. Je crois te revoir quand tu avais son âge, dit-il en lui pinçant la cuisse.

— Tu plaisantes ? »

Non, Nick ne plaisantait pas : la même frange brune, la même bouche gourmande, les mêmes yeux pétillants, il fit une énumération flatteuse des points communs de sa femme avec la mijaurée la plus moquée d'Amérique. Super.

« Nick, cette fille est grosse ! »

Angela était profondément vexée. À celle qui luttait en permanence pour s'aimer un peu physiquement, son mari renvoyait la pire version d'elle-même. « Et elle a l'air stupide. » Amusé, Nick secoua la tête. « Vous, les femmes…, fit-il en lui pinçant la taille.

— Ne me pince pas comme ça. Quoi, *nous, les femmes* ?

— Vous êtes à côté de la plaque. Vous vous retournez toujours le cerveau pour nous séduire alors qu'on est beaucoup plus simples que ça.

— Simples, je vois, railla Angela. Une grosse paire de seins, une mine ébahie par votre virilité et en avant la manœuvre ! Pardonne-nous d'être plus exigeantes envers nous-mêmes. Et oh, Nick, pendant que j'y pense, tu ne voudrais pas qu'on s'amuse avec un cigare ? Puisque mon principal problème dans la vie c'est de me retourner le cerveau pour te séduire.

— T'énerve pas, bébé. Je disais juste…

— Que je ressemble à cette foutue dinde obèse. »

Elle en faisait trop, elle le savait. Elle trouvait Monica Lewinsky plutôt émouvante, et assez mignonne dans son genre. Elle ne voulait seulement pas que Nick la compare au symbole actuel de la gamine opprimée. Elle avait grandi, elle, ne l'avait-il donc pas vu ? Nick éclata de rire. Il n'était pas dupe de sa colère ni de ses jugements à l'emporte-pièce. Dans toute sa simplicité masculine, il dut se dire qu'elle avait seulement besoin d'un compliment, un peu comme une gamine – ou un joli petit chien.

« Tu es aussi gaulée que Sophia Loren, bébé. Ou Gina Lollobrigida. Tu es le sosie de Claudia Cardinale. Ou alors tiens, cette top-model, Monica je sais plus quoi.

— Lewinsky ? persifla Angela.

— Bellucci. Je te jure.

— Arrête donc. »

Elle avait un peu envie de rire, tout de même. Nick était le parfait charmeur italien, celui qui aurait dû l'emmener faire des tours en Vespa devant des vieilles pierres, le Colisée, la tour de Pise ou la basilique San Marco, tous ces trucs qu'elle rêvait de voir autrement que sur la collection de cartes postales punaisées dans le salon exotique de son beau-père, non loin de la *pietà* en bikini – sur le poster funéraire, le bronzage de feu Mme Spoleto avait sérieusement jauni. Elle poussa son avantage : « Nick, quand est-ce qu'on ira en Italie ?

— Bientôt, bébé, je te promets.

— On a de l'argent, non ?

— Euh, oui... Mais il faut encore surveiller la balance budgétaire du restaurant, tu sais. »

La balance budgétaire. Sous-entendu : « Tu ne peux pas comprendre à quelles responsabilités je suis confronté. » Elle éteignit la lampe de chevet en réprimant un soupir. Encore un serpent de mer, une question à réponse automatique. Comme l'appartement à Manhattan. Elle aurait voulu être indépendante financièrement – même si au sein de leur communauté cela ne se faisait pas. La *famiglia* avant tout. Mais le magasin de bonbons, fermé lors de la trêve hivernale, lui rapportait en moyenne guère plus que le petit loyer qu'elle tenait à payer à Irene en échange de la garde des enfants. Elle pouvait s'offrir quelques robes, quelques plaisirs, chiner au Smorgasburg, mais certainement pas un séjour en Europe.

Elle bâilla.

« June dit que ce qu'elle trouve sexy chez Clinton, c'est pas le pouvoir, c'est... la prise de risque, quelque chose comme ça.

— Mmh. Elle sait de quoi elle parle. »

Quoi ? Angela faillit rallumer la lumière, puis préféra ne pas exposer sa stupeur. Nick prétendait-il savoir quelque chose sur June qu'elle ne savait pas elle-même ?

« Adam t'a dit quelque chose ? Parce que sinon ce sont des ragots.

— Je ne vois plus trop Adam. Je suppose qu'il est trop occupé à poursuivre tous les voleurs de bagnole, selon les principes de tolérance zéro du maire. Mais bon, réjouissons-nous, même si Adam ne voit plus ses amis, Manhattan est devenu l'endroit le plus sûr du monde grâce à son armée de procureurs, *tintintin*…

— Ne change pas de sujet. Ce sont des ragots. June n'est pas une femme facile. Ce n'est pas ta stagiaire de la Maison-Blanche. »

Nick se retourna, faisant grincer les ressorts du lits. « Alors ne me demande pas à moi ce qu'elle veut dire par euh… *prise de risque*, dit-il d'une voix étouffée par l'oreiller. Demande-le plutôt à elle. »

Et par la grâce de la simplicité – cette vertu qu'ont les hommes – Nick s'endormit comme une masse, laissant Angela pleine de questions sur la vie, l'adultère et l'amitié.

23

« J'adore ce que vous faites. »

La jeune serveuse de *Nathan's Famous* avait traversé la rue pour venir s'offrir une poignée de chocolats Reese's fourrés au beurre de cacahuète. Punaise, elle devait en avoir marre des hot-dogs et des clams frits.

« Ce n'est pas moi qui les fabrique, sourit Angela en relevant la tête de sa caisse. Ce sont des Reese's tout ce qu'il y a d'industriel. Mais je suis d'accord, c'est atrocement bon.

— Non, non… »

La fille en uniforme jaune et rouge pointa un doigt sur le mur. Angela y avait collé une de ses œuvres pour camoufler la tache noire graisseuse laissée par l'ancien compteur électrique – aucune vanité de sa part, seulement de la précipitation et les moyens du bord. Elle n'y pensait même plus, à ce plan de métro new-yorkais revisité. À ses heures perdues, rêvassant sur des noms de stations telles que Prince Street, Columbus Circle ou Bryant Park, elle avait dessiné par-dessus une statue de la Liberté géante, toute en ombres noires. Elle se retourna, trouvant une nouvelle perspective sur ce dessin oublié. Les contours de la torche étaient un peu brouillons, mais c'est vrai que c'était pas mal.

« Je vous ai vue le gribouiller, il y a quelque temps, expliqua la serveuse, souriante. Vous devriez en faire d'autres. »

Puis elle ramassa sa monnaie et retraversa la rue, rentrant chez *Nathan's* avant même que la porte de la boutique ne se soit refermée dans un tintement de clochette. Rêveuse, Angela râla automatiquement : il faudrait qu'elle graisse cette porte qui mettait des plombes à se rabattre, la chaleur rentrait à chaque fois et déchaînait la clim.

Elle se retourna de nouveau sur le plan de métro au mur. Elle en ferait d'autres, ce n'était pas difficile à trouver. Il y en avait plein de l'autre côté d'Atlantic Avenue, au terminus de la ligne Q. La prochaine fois, elle dessinerait la WonderWheel, tiens.

Surveillant d'un œil les gamins qui plongeaient leurs mains dans les vasques de bonbons – bon sang, pourquoi les parents ne disaient-ils jamais rien ? –, elle reprit son bon de commande là où elle l'avait laissé. Il lui manquait des Jelly Belly, les multicolores, ceux qui partaient le mieux, et aussi des Candy Corns en forme de grains de maïs. Et puis des Airheads à la cerise. Tout ce qui était à la menthe ne marchait pas – sauf auprès des adultes qui sortaient de chez *Nathan's Famous* et s'étaient enfilé le *fish & chips* à 2 900 calories, les malheureux.

La réflexion de Nick sur June l'avait taraudée un moment, mais à la lumière du jour qui dédramatise les échanges nocturnes, elle avait décidé qu'il était dans les habitudes de son mari de hurler avec les loups. Une princesse de Sea Gate, belle et en instance de divorce, attisait tous les fantasmes, c'est tout. Si June était une femme légère, si elle avait trompé Adam, si c'était la cause de leur divorce – et non ces très pratiques « différends irréconciliables » qu'elle invoquait –, bien sûr qu'elle le saurait.

Ou alors cela faisait-il partie de ces choses « profondément personnelles » au sein desquelles son amie avait un jour camouflé un avortement ?

Ou qu'elle-même avait tues la nuit de Manhattan ?

Peu importait, elle demanderait à June ce qu'elle avait voulu dire, à propos de Clinton et du côté sexy de la prise de risque, un autre jour. Il était presque midi, elle avait faim. Elle renonça à l'idée de piquer quelques bonbons dans les vasques pour calmer son estomac, s'infligeant l'image menaçante d'une stagiaire rondouillarde à laquelle elle avait ressemblé un jour, selon son mari. Angela encaissa encore quelques kilos de Wonkas et de Wriggles en rentrant le ventre puis, quand la queue chez *Nathan's* commença à déborder sur le trottoir, elle jugea qu'elle pouvait bien fermer un quart d'heure pour aller s'acheter une salade tomates-fenouil chez Scopolone.

Évidemment, la clochette retentit dès qu'elle se fut penchée pour chercher la clé de la boutique dans le tiroir du bas – celui où elle jetait aussi en vrac les élastiques des cartons de livraison, ses feutres, ses boîtes de Tylenol pédiatrique et d'ibuprofène vides ou pleines, ce qui faisait qu'elle n'y trouvait jamais rien du premier coup.

« On ferme », dit-elle le plus gentiment possible, mais déjà une poupée aux yeux bleus et aux cheveux châtain clair se précipitait dans ses bras.

« Melusine, ma chérie ! »

C'était un joli prénom, mais Angela avait eu du mal, au début. Surtout quand June lui avait expliqué que dans la légende celte, la gentille maman de la fée Melusine l'avait condamnée à devenir serpent au-dessous du nombril pour repousser les hommes qui ne lui porteraient pas un amour véritable. « Comme ça, personne ne l'emmerdera », avait doctement conclu June.

Adam n'avait pas protesté. Il était si heureux d'avoir une fille qu'il n'aurait pas vu d'inconvénient à ce qu'elle s'appelle Renoncule ou Mephista. Et il préférait voir une autre signification dans le prénom de son enfant : en celte ancien, Melusine voulait aussi dire « brouillard de mer », avait-il découvert. Et c'était joli, compte tenu des circonstances qui avaient finalement mené à sa conception : cette fameuse tempête qui avait provoqué l'accident de June et une prise de conscience de sa propre mort qui l'avait conduite à mettre au monde une prolongation d'elle-même.

Car c'est bien ainsi que June voyait Melusine, Angela s'en rendait compte : davantage qu'une enfant, l'assurance de laisser sur terre une meilleure version de June Verhoeven-Sinclair. D'ailleurs, elle ne parlait jamais à sa fille comme à une enfant.

Adam entra dans le magasin, sourire aux lèvres, le sac à dos de sa fille à bout de bras : c'était son jour, cette fois, et June n'aurait rien pu y faire.

Le *fish & chips* à 2 900 calories avait fait long feu. Pour la forme, Angela repoussa un dernier morceau de pain au maïs, avec un vague sentiment de culpabilité, mais elle avait eu vraiment trop faim.

Ils s'étaient installés sur la plage, en retrait du champ de parasols multicolores, dans un carré d'ombre projeté par une cabane de rangement.

Melusine voulait aller aux manèges. En jetant à la poubelle les reliefs de la boîte de polystyrène, Angela se dit qu'elle rouvrirait le magasin plus tard. Elle aimait être avec eux. Depuis la naissance de Melusine, elle n'éprouvait plus aucune gêne envers Adam ; quelque chose avait été acté. La petite servait de paravent aux sentiments brouillons qu'elle éprouvait à son égard. En entrant dans la catégorie des pères de famille, Adam n'incarnait plus cet incompréhensible regret qu'elle avait si longtemps chassé de son esprit – croyait-elle.

Et puis elle avait prévenu June : en périphérie de leur divorce depuis longtemps prévisible, elle ne choisirait jamais de camp. Entre l'amie tant aimée, mais aussi compliquée que le mécanisme des montagnes russes en bois du Cyclone, et le type droit qu'était Adam, il n'y avait pas de parti à prendre. June avait bien compris.

« Le manège, d'accord, dit Adam à sa fille. Mais tu viens de manger trois kilos de frites, donc on va éviter les trucs qui mettent la tête à l'envers.

— À part les chevaux de bois, tout est très vomitif, rit Angela.

— Tiens, en parlant de ça, qui a gagné le concours de hot-dogs, le 4 juillet ?

— Hirofumi Nakajima, dit « la terreur de Tokyo ». Dix-neuf hot-dogs en douze minutes.

— Tu rigoles ? Les Japonais viennent nous défier sur nos terres ? On n'avait pas vu ça depuis Pearl Harbor !

— Oui, mais ils ont l'estomac fragile. Nakajima se fait aussi appeler « le trou noir de Kofu », mais il a pas avalé grand-chose. Franchement, dix-neuf c'est ridicule. Bien entraînée, je ferais plus. J'ai rien à perdre, hier soir Nick m'a comparée à Monica Lewinsky. »

À cet instant précis, il se produisit une drôle de réaction dans l'air qui flottait entre eux, au-dessus du sable chaud : dans un premier temps, Adam s'esclaffa, puis il y eut un changement subtil dans son regard, comme s'il avait ri trop vite et qu'il réalisait son erreur. Ce fut presque indécelable, mais Angela connaissait suffisamment Adam.

« Quoi ? demanda-t-elle. Tu peux rire, tu sais, je suis la championne de l'autodérision et c'est vrai que j'ai jamais été filif...

— Non, la coupa-t-il. Tu es sublime. C'est juste que Nick... Angie, Nick est gentil avec toi ?

— Oui, lâcha-t-elle, refroidie. Oui, il est gentil, qu'est-ce que tu crois ? On a l'habitude de se chahuter un peu, tous les deux. Je ne le ménage pas non plus. Adam, qu'est-ce que... ? »

Elle plongea dans ses beaux yeux sous les sourcils froncés, interrogative. Il remit ses lunettes de soleil d'un geste sec, lui sourit.

« Eh bien, c'est parfait, dit-il, un peu à côté de la plaque. On va aux manèges ? Tu as le temps ?

— Oui, oui, balbutia-t-elle.

— Super. Melusine, viens, on va désintégrer tes frites. »

La petite leur demanda ce que voulait dire ce verbe compliqué, et c'en fut fini de ce moment étrange.

Angela avait ôté ses sandales dans le sable, elle les garda à la main pour arpenter la promenade Riegelmann au côté d'Adam. Elle aimait sentir le bois sous ses orteils.

Pieds nus, le monde semblait aller moins vite. C'était un sentiment d'école buissonnière, de liberté volée par la seule grâce d'une lanière en cuir se balançant au bout d'un doigt nonchalant. Elle aurait pu envoyer ses chaussures à l'océan, si elle avait voulu.

Adam n'avait pas changé. Il n'était pas du genre à se couler dans la foule en tongs et bermuda à fleurs. En jean foncé et chemise en lin, il semblait marcher à contre-courant – comme toujours ici, en somme. Angela se demandait parfois si la tranquille autorité qui se dégageait de lui venait de son travail ou de ses origines sociales. Elle le regarda s'éponger discrètement la tempe du revers de la main et rit sans vergogne.

« Je suis sûre que si l'on demande à n'importe lequel de ces touristes de deviner ton métier, il dira avocat ou procureur. Quoique les avocats sont plus décontractés, non ?

— Tu te fiches de moi, Monica Lewinsky.

— Oh, c'est un coup bas. Attends, je demande... Madame, s'il vous plaît ! »

Elle arrêta une jeune femme derrière une poussette aussi chargée qu'une fourgonnette de déménagement, suivie d'un grand blond barbu avec un gamin accroché à son dos.

« Excusez-moi, c'est pour un pari. Quel est selon vous le métier de monsieur ici présent ? Oui, celui-ci, avec le costard et l'air pas commode.

— Je ne porte pas de costard, fit Adam, ébahi.

— Euh..., réfléchit la jeune femme, prise de court. Je ne sais pas... Il fait des photos de mode ?

— Non madame, répliqua Angela. Il a certes un physique avantageux, mais ce n'est pas ça du tout. Encore un effort.

— Flic ! » lança le mari barbu.

Puis d'un geste impatient, il enjoignit à sa femme de passer son chemin.

« Tu vois, on y était presque, fit Angela en faisant mine d'arrêter quelqu'un d'autre.

— Stop, j'ai compris. La prochaine fois, je viendrai en caleçon plein d'hibiscus fluos pour m'adapter aux autochtones. Miss Cyclone, tu es une vraie dingue, tu le sais, ça ? »

Angela eut envie de lui dire qu'elle ne l'était qu'avec lui, mais elle se contenta de lui sourire. Devant eux, Melusine courait en zigzag, fendant l'air chargé de monoï sucré et du parfum régressif des crèmes solaires épaisses qu'on étale sur les épaules rougies des enfants.

Une fois passé le portique un peu pompier d'Astroland avec ses fanions virevoltants, ses infatigables moulins à vent multicolores qui, l'hiver venu, feraient ressembler les lieux désertés à un décor de film d'épouvante – ainsi tournait le monde de la bamboche, c'est l'odeur des pop-corn et du caramel vernissant les pommes d'amour qui prenait presque toute la tête. Le charivari des sirènes, le chuintement des soufflets des manèges et le staccato des vérins qui soulevaient les nacelles occupaient le reste.

Melusine les tenant chacun par la main, Adam et Angela coupèrent les groupes suffoquant de chaleur dans la queue de la WonderWheel pour aller voir Joey. Les autotamponneuses Spoleto attiraient certes moins de monde que le Cyclone ou le train fantôme du Dante's Inferno, mais elles restaient une valeur sûre. Et Joey était dans son élément. Seigneur, comment avait-il seulement pu imaginer prendre sa retraite ?

Oui, les affaires marchaient bien, pas de raison de se plaindre. Joey sortit trois bières fraîches de la glacière cachée sous son comptoir, et les emmaillota dans du papier brun.

« Santé ! Mais bon, dit-il à Adam, qu'est-ce que tu veux, mon garçon, maintenant les gamins sont habitués à jouer à ces jeux idiots sur ces trucs portables, hein Angie ?

— C'est vous qui avez offert une Game Boy à Luca, Joey.

— Oui, eh bien, je sais même pas comment ça s'appelle. En tout cas, rien ne les impressionne plus, et surtout pas des autotamponneuses. Tiens, Melanie, tu veux faire un tour d'autotamponneuse ?

— Elle s'appelle Melusine, pouffa Angela.

— Oui, c'est ça, Melanine, viens donc. Bon Dieu, ce qu'elle a un nom compliqué, cette petite ! »

Hilares, Angela et Adam restèrent à l'abri de la cahute, sirotant leur bière pendant que Joey initiait la petite fille à la conduite accompagnée. Il y avait tant de monde sur la piste que les autos avaient à peine la place de se frôler. À côté de Joey, Melusine riait aux éclats.

« Elle a l'air de bien vivre les choses, dit Angela à Adam. Le divorce. » Il haussa les épaules, son attention tout entière sur sa fille adorée. « On ne peut pas dire qu'on ait jamais formé la famille idéale. Je suppose qu'elle n'a rien à regretter. »

Angela hocha la tête, but une gorgée fraîche et amère. La Coor's dissolvait l'amas de *fish & chips* qui lui plombait l'estomac, elle se sentait plus légère.

« June est dure avec toi », lâcha-t-elle. Il la regarda un moment sans rien dire. « Je l'ai entendue au téléphone, hier », poursuivit-elle. Il eut un petit rire âcre.

« Un collègue m'avait refilé des places pour *Le Roi lion* à Broadway.

— Tu voulais y emmener Melusine, et June n'a pas voulu ? C'est dégueulasse.

— Ce n'était pas mon jour.

— Tu parles ! On a passé la journée à la piscine, qu'est-ce que ça pouvait bien faire ?

— Pas grave. Il y aura d'autres occasions. »

Angela hocha la tête, agacée. Parfois, elle se disait qu'elle ne pardonnerait jamais cette attitude à une autre que June. Mais avec Adam, son amie jouait sur du velours.

« Adam, dit-elle, mise en jambes par la bière et les rires de la petite fille qui passait devant eux. Ce n'est pas parce que June a accepté de te faire un enfant qu'il faut que tu t'estimes heureux.

— Mais je m'estime heureux. À chaque fois qu'elle s'est plainte d'une nausée au début de sa grossesse, j'ai craint qu'elle file directement à cette fameuse clinique pour se débarrasser du problème. Lorsque le délai légal a été dépassé, j'ai pris la cuite de ma vie. (Il la regarda.) Avec Nick, tiens.

— Il ne me l'a jamais dit.

— C'était pas beau à voir.

— Je me fiche bien que vous ayez pris une cuite monumentale, c'est pas ça. Je regrette d'être passée à côté du problème. De ne pas avoir su quel enfer tu traversais. J'aurais parlé à June. »

Adam rit de nouveau. « Et pour lui dire quoi ? De ne plus être June ? Je savais à quoi m'attendre, tu sais. Je ne suis pas une victime. J'aurais pu faire un enfant avec d'autres femmes avant elle. »

Une cacophonie de klaxons annonçant la fin du tour leur épargna la suite de la conversation. Angela avait chaud. Elle détestait le sentiment ennemi qui l'envahissait.

Quelque chose de lourd qui de tout son poids appuyait sur son cœur.

24

Devant le grand jury, Bill Clinton avait avoué. Oui, il avait bien eu un « contact intime inapproprié » avec Miss Lewinsky. Mais, selon lui, il n'avait jamais commis de parjure à ce sujet. L'habile construction syntaxique de sa déclaration initiale de janvier (« Je n'ai pas eu de relation sexuelle avec cette femme, Miss Lewinsky ») l'en exonérait. Les actes dont il était question avaient été pratiqués *sur* lui, et non *par* lui, il n'avait donc pas été engagé dans une relation sexuelle.

Et puis selon les manuels juridiques, un adultère ne pouvait être prononcé sur une fellation. « Punaise, c'est plus le bureau ovale, mais le bureau oral », avait rigolé June au téléphone.

L'Amérique puritaine se perdait en conjectures : engoncés dans leurs costumes, les commentateurs télé dissertaient sur la définition de la fellation en tant que rapport sexuel ou non – quant au cigare, il posait des problèmes inédits.

Allons donc, se disait Angela face au mur de journaux qui se dressait sur les sièges face à elle dans le métro.

Si l'homme est passif, il n'est coupable de rien, alors ? Au fond, il lui suffit de ne pas dire non.

Le trajet vers Manhattan durait presque une heure, le train stoppant toutes les minutes dans les stations en plein air de Coney Island jusqu'au cœur de Brooklyn. Les journaux se pliaient dans un bruissement général, des gens descendaient, montaient, d'autres journaux s'ouvraient, isolant les uns des autres. Les titres étaient tous les mêmes – « Aveux », « Scandale ! », « Démission ? »

Puis, peu après Prospect Park, on s'enfonçait de nouveau sous terre pour traverser l'East River. Au fur et à mesure, dans un savant dosage social, les shorts et les sandales étaient remplacés par des costumes légers et des chaussures cirées. À Chambers Street, la population avait complètement changé : on ne lisait plus de tabloïds, mais les grandes feuilles du *Wall Street Journal*. Il fallait bien rester une heure dans ce métro sans fin de la ligne Q pour mesurer les strates de la population new-yorkaise.

Quand Angela descendit à Canal Street, elle avait en tête ces recommandations du pédiatre pour faire évoluer l'alimentation des enfants : y aller graduellement, remplacer un légume par un autre, puis un autre, jusqu'à ce que toute l'assiette fût changée sans heurter le goût. C'est exactement ce à quoi lui avait fait penser son voyage.

Le loft d'Adam donnait sur Broadway, qui déroulait ses cinquante-trois kilomètres depuis Westchester County et le Bronx jusqu'au sud de Manhattan. À SoHo, on était loin des théâtres, mais le quartier était plein de vie. Des commerces s'ouvraient tous les jours, grâce à une économie florissante – le chômage était au plus bas. Le taux de délinquance s'effondrait, la prostitution avait été éradiquée de Times Square. Le nombre de meurtres par an avait été divisé par trois, depuis l'arrivée du maire républicain Rudy Giuliani.

Mais Adam avait du boulot – comme peut-être il n'en avait jamais eu. La baisse de la criminalité ne s'était pas faite par l'opération du Saint-Esprit, ni par une soudaine prise de conscience des New-Yorkais de la beauté gangrenée de leur ville. C'était plutôt à la politique de tolérance zéro de Giuliani et à une omniprésence policière qu'ils la devaient. Les quartiers nord de Manhattan avaient été réhabilités, les minorités ethniques intégrées dans les forces de police mais, en échange de ces efforts socio-économiques, monsieur le maire ne pardonnait rien.

Il était secondé en cela par William Bratton, le chef de la police, et la théorie de la « vitre cassée » selon laquelle « tout crime, même insignifiant, doit être sanctionné de la manière la plus sévère qui soit pour un effet dissuasif maximum ». Adam et l'équipe de substituts du procureur envoyaient en prison à tour de bras dealers insignifiants et voleurs d'autoradios.

Angela avait assisté à de petits procès rien que pour le frisson de le voir faire son réquisitoire. Debout, imposant, immense dans son costume foncé, sa voix résonnait dans le tribunal comme s'il avait été sur une scène de théâtre, et le public semblait n'avoir d'yeux que pour lui. Il était éblouissant. Elle était si fière. Mais, lassé, Adam envisageait de passer de l'autre côté du prétoire.

« Avocat ? lui demanda Angela, alors qu'il lui servait un café. Dis donc, je n'aurais jamais cru ! »

Elle se souvenait de leur première discussion, dix-huit ans auparavant, dans une cahute d'Astroland. Ce désir d'être procureur pour être au contact des gens « normaux » plutôt que de devenir le même avocat que son père, à défendre les riches sans état d'âme. C'était il y a une éternité. Le lendemain de l'assassinat de John Lennon. Quelques jours avant le grand rassemblement de Central Park et… la nuit de Manhattan.

Et maintenant ils étaient là, tous les deux, assis dans une kitchenette de SoHo, elle la mère de famille nombreuse, lui le père en instance de divorce. Angela avait été chargée par June de récupérer Melusine à midi pétant, après l'intermède paternel. Bien sûr, Angela avait accepté, pour éviter une engueulade supplémentaire des parents devant la petite fille. Et puis elle était heureuse de cette escapade improvisée – elle irait voir Nick, lui ferait la surprise. À Coney Island, Irene tenait la boutique, Johnny et ses copains avaient emmené ses petits frère et sœurs à la plage. Tout allait bien.

« J'aurais voulu t'emmener déjeuner quelque part, dit Adam en enfilant sa veste. Mais j'ai un réquisitoire en début d'après-midi, et pas l'ombre d'une idée de ce que je vais pouvoir dire pour envoyer une voleuse de dix-sept ans à Rikers.

— C'est pas grave, Adam, je vais me balader avec Melusine. On ira à Little Italy manger une glace. »

Il la regarda au-dessus de sa tasse de café, semblant hésiter. L'ombre d'un instant, Angela eut l'impression qu'il allait tout envoyer valdinguer pour venir avec elle – comme elle-même l'avait fait la veille.

« La fille, dit-il. Elle a piqué du maquillage dans un supermarché. Un vernis à ongles et, je ne sais plus, ce truc qu'on met sur les yeux.

— Un mascara.

— Voilà. Ce truc-là. Bref, il y en a pour 12 billets, et le supermarché balance tous les jours quelques centaines de dollars de marchandises périmées dans une benne qu'il arrose de détergent. »

Elle hocha la tête. Il recommanderait la clémence, il devait y aller. Et puis un jour, il passerait dans le camp adverse.

Ils traversèrent le duplex à peine meublé, aux murs nus. Riche, propre, mais sans âme. « Si tu veux, dit-elle, prise d'un élan, je pourrais t'aider à décorer un peu ? Chiner des tapis, accrocher des tableaux au mur. »

Évidemment, la photo de Central Park de 1980, puis sa jumelle prise douze ans plus tard lors du mariage d'Adam avec June, ne verraient jamais cet appartement qui ressemblait à une table rase.

En revanche, elles trônaient en bonne place chez Angela et Nick, au Mayflower, se faisant face sur les deux murs de l'entrée. C'était l'endroit le plus sombre de l'appartement, mais elles étaient bien là. À Sea Gate, les clichés avaient disparu de chez June depuis un temps indéterminé.

« J'aimerais bien un de ces plans de métro que tu repeins, dit-il comme s'il lui demandait la lune.

— Bien sûr ! »

Et cela la rendit heureuse.

La trattoria de Nick, sur Mott Street, était couronnée de touristes jusqu'au ras du trottoir. L'endroit avait acquis une réputation grâce aux guides qui le classaient dans les meilleurs restaurants de Little Italy. Angela sentit l'ail lui chatouiller les sens, entrevoyant dans les assiettes des gambas survolant un nid de spaghettis, ou un tableau de carpaccio piqué de basilic. Elle aurait bien échangé sa *gelata* au citron contre un *vitello tonnato*, cet émincé de veau froid recouvert d'une sauce au thon, câpres et anchois. Il faisait si chaud.

Ne lâchant pas Melusine de la main, elle passa une tête à l'intérieur, ôtant ses lunettes de soleil. Le temps d'accoutumer ses yeux à la pénombre fraîche qui baignait le restaurant, elle aperçut l'associé de Nick, dont elle ne se souvenait jamais du prénom : était-ce Vittorio ou Vincenzo ? Virgilio ? Elle ne venait pas assez souvent ici. En revanche, lui sembla la reconnaître tout de suite : ses yeux clairs s'éclairèrent au-dessus d'une barbe taillée avec soin. Il virevolta au milieu des tables, s'essuyant machinalement les mains sur son pantalon noir. « Madame Spoleto, dit-il, Angela ! C'est votre petite fille ? Venez vous asseoir, je vous trouve une table pour manger ! Nick est au *Rendez-Vous*.

— Quel rendez-vous ?

— Non, au *Rendez-Vous*, son restaurant chic de Chambers Street », rectifia Vittorio ou Vincenzo.

Il lui serrait la main sans vouloir la lâcher, un grand sourire aux lèvres. Mon Dieu, faisait-elle donc encore cet effet aux hommes ? Elle se sentit rougir. Ce type était très séduisant, par-dessus le marché. Pas autant qu'Adam, pensa-t-elle furtivement, mais quand même. Nick ne lui vint même pas à l'esprit.

C'était gentil, mais il lui fallait repartir, car non, cette petite fille n'était pas la sienne et elle devait la ramener à sa mère.

« Virgilio, lança une serveuse au passage, le groupe en terrasse veut te voir. »

Virgilio, se dit Angela, *d'un seul regard, tu as illuminé le reste de ma journée*. Elle passa ses mains sur sa jupe à fleurs dans un geste inutile pour la défroisser, rattrapa celle de Melusine et sortit du restaurant avec l'humeur canaille d'une stagiaire de la Maison-Blanche. Elle allait se montrer à Nick, dans cette jupe qui soulignait sa taille et ce chemisier cintré qui semblaient lui aller si bien.

Elles descendirent sur Broadway, toutes deux d'excellente humeur. Melusine n'en finissait plus de parler – les manèges d'hier, la traversée du pont de Brooklyn qu'elle avait faite à pied la nuit tombée avec son père, les lumières de la *skyline* vue des pylônes de granite. Avec sa syntaxe surprenante, ses mots d'adulte enseignés par June qui s'était toujours refusée à bêtifier devant elle, même bébé. Pour Melusine, tout ce qui aurait dû être « cool » était déjà « merveilleux », et elle appelait un chat un chat.

« Cette femme, dit-elle en pointant du doigt une affiche Wonderbra sur un bus. Ses seins sortent de son maillot, il doit être trop petit. » Angela se mordit les lèvres pour ne pas rire.

Lorsqu'elles traversèrent le parc de l'hôtel de ville, la petite donna un *quarter* à un type avachi sur un banc, pour « faire ce que tu veux ». Mon Dieu, elle était tellement différente de Rosie, qui malgré un an de plus ne songeait qu'à sa collection de poupées Barbie ou à sauter sur son lit avec sa sœur.

Elles tournèrent sur Chambers Street, et il fallut s'arrêter pour contempler la vue. L'apparition soudaine des tours jumelles du World Trade Center, jaillissant vers le ciel, coupait le souffle comme un tour de magie. Au ras des immeubles sur Broadway, on ne voyait rien, et puis soudain, au détour d'une rue, elles étaient là. C'était d'une telle perfection moderne qu'on en ressentait la même émotion que devant une sculpture antique.

« Plus tard, je travaillerai là-bas, dit Melusine.

— Oui, ma chérie ? Et tu feras quoi ?

— Je m'occuperai des animaux. Des chiens et des chats qui habitent dans les tours. »

Angela n'était pas persuadée qu'il y ait la moindre population canine ou féline dans ces immeubles de bureaux, mais elle acquiesça vigoureusement : Melusine gardait tout de même quelques illusions d'enfant, ce qui était plutôt rassurant.

La façade du *Rendez-Vous* s'étalait sur deux numéros de la rue, et jouait la sobriété : les vitres teintées et les caractères noirs de l'enseigne, comme tapés à la machine sur un fond blanc crémeux, disaient en creux toute la publicité dont l'endroit n'avait pas besoin. Inutile d'être tape à l'œil quand le fils Kennedy et Robert De Niro tiennent table ouverte chez vous. Deux gros bacs carrés plantés d'une espèce de buissons ronds aux petites feuilles denses – *des buis*, se demanda Angela, *ou des oliviers miniatures ?* – délimitaient la devanture et devaient accessoirement servir de points de filtrage. Personne de célèbre en terrasse, bien sûr, se dit Angela, vaguement excitée. Ici, elle n'était jamais venue.

Sur les tables d'un noir ciré, les tasses à café étaient les plus minuscules qu'elle ait jamais vues – le genre de cône où l'on sert un centimètre d'*espresso* aussi dense et cher que du pétrole. Dans une rapide vue d'ensemble, elle compta beaucoup de paires de lunettes fumées, bras de chemise immaculés et sandales vertigineuses, des salades en dômes légers sur des assiettes carrées escortées de soucoupes d'huile d'olive d'un vert précieux dans lesquelles des ongles manucurés trempaient une *ciabatta* odorante.

Nick, se dit-elle, *tu es bien loin de tes origines sociales. L'argent de ta mère a bien poussé.*

Elle s'amusa un moment du spectacle, un peu en retrait, tandis que les yeux de Melusine plafonnaient toujours à 415 mètres d'altitude, tout en haut des tours jumelles.

« Viens Melusine, on va voir Nick. C'est une surprise.

— Attends un peu, je compte les étages.

— Tu ne peux pas les compter, chérie, on ne les... »

Une apparition surgie du côté obscur de sa mémoire la rendit muette. Une chevelure rousse, queue-de-cheval volant au courant d'air de la porte qui s'ouvrait. Un sourire qu'on lance derrière soi, un poignet fin sur le bras d'un homme. La dernière fois qu'Angela avait vu Margaret Baylor, elle était en tailleur, sur les marches de la Court House. Non, c'était au mariage d'Adam et June, elle portait une robe en soie verte, et elle ne les avait pas salués, elle et Nick.

Alors que là, dans son jean et son tee-shirt tout simples, une seule clé au bout des doigts, Margaret caressait le bras de Nick et d'un pas léger traversait la rue pour entrer dans l'immeuble d'en face.

25

Lorsque Nick l'aperçut, Angela eut la sensation violente d'être repoussée contre un mur. C'était presque physique. Son dos se contracta, dans un vain effort pour redresser ses épaules et ressembler de nouveau à quelque chose dans sa jupe à fleurs et son chemisier cintré. Mais la jolie femme en elle s'était repliée. Il ne restait qu'une importune tenant la main d'une gamine qui n'était même pas à elle.

Le visage de Nick exprima tant de sentiments successifs qu'il lui sembla affublé d'un masque – choc, surprise, frayeur, la combinaison de toutes ces émotions qui ne lui ressemblaient pas faisait de son mari un homme qui lui était totalement étranger.

Il avança vers elle, balayant au passage d'une main sèche les branches du buisson rond qui faisaient encore rempart. Puis il fut exposé, sa silhouette sombre en plein soleil, plissant les yeux. Angela le jaugea rapidement : ses cheveux gominés, sa chemise savamment entrouverte, son ceinturon, son pantalon lustré et ses mocassins italiens, tout était noir, si noir qu'il n'absorbait pas la lumière, comme s'il avait été d'un autre monde. Pas vraiment là, une simple projection de son esprit. Elle voulut faire demi-tour, retourner à sa journée pleine de promesses.

« Hé, s'écria Nick, quelle surprise ! Je n'y crois pas ! »

Et c'était vrai, manifestement : il n'y croyait pas. Angela l'observa qui rassemblait ses esprits tandis que Melusine allait tranquillement l'embrasser.

« En voilà une jolie petite fille ! Qui va manger une glace ?

— Elle vient d'en manger une, s'entendit dire Angela.

— Eh bien, ça fera deux. Je suis sûr qu'elles sont meilleures ici. Melusine, ma chérie, demande ce que tu veux à Katy qui est là, elle va te faire une coupe. »

Katy. Une splendide blonde en short noir. Ses jambes mesuraient au moins 2 mètres. Elle se pencha sur Melusine avec l'air qu'on prend pour parler à un bébé de six mois ou à un chihuahua et l'entraîna à l'intérieur en débitant des inepties, ne sachant pas à qui elle avait affaire. La petite lança un œil étonné à Angela et disparut dans l'ashram des *happy few* new-yorkais.

« Qu'est-ce qu'elle fait là ? demanda Angela d'une voix rauque.

— Katy ? C'est un job d'été, mais je ne sais pas si je vais la garder.

— Joue pas au con, Nick. Je te parle de Margaret. »

Nick baissa les bras, l'air de démissionner.

« Elle travaille dans le coin. Écoute, bébé, je sais que tu ne l'aimes pas… » Il ne termina pas sa phrase, faisant à la place ce geste vertical de la main signifiant de baisser le son de la dispute qui ne manquerait pas de suivre. Mais Angela ne ferait pas d'esclandre. Pas ici, devant ce restaurant d'une autre planète que la sienne, à l'ombre du World Trade Center. Elle voulait juste partir.

« Je peux entrer récupérer Melusine ? demanda-t-elle, haussant les sourcils. Je m'essuierai bien les pieds.

— Ne sois pas ridicule.

— Trop tard pour ça. »

Elle le bouscula légèrement en passant, offrit un large sourire à la clientèle attablée en terrasse, et poussa la porte. Le contraste soudain entre la chaleur extérieure et la climatisation, la lumière éblouissante du soleil et la pénombre des box en cuir, sa tête froide et son sang bouillant dans ses veines... Elle eut un vertige. Sans lâcher la poignée, elle s'affaissa sur ses talons, voyant au ralenti défiler les images de Margaret sur le banc de Central Park, avec Nick, fumant ce maudit pétard... Puis le canapé, la couverture fourrée dans la poubelle. Mon Dieu, tout était si lent.

Elle vit les jambes de 2 mètres se précipiter vers elle, puis soudain ce fut fini, tout revint à la normale. « Qu'est-ce qui vous arrive ? miaula Katy en l'attrapant d'une main douce.

— Oh, c'est rien. Pardon. Un coup de chaud. »

Angela se releva, mais déjà l'autre appelait Nick, Nick qui reprenait le dessus sur elle, la pilotait vers un coin de la pièce malgré ses protestations, Nick qui l'installait dans un fauteuil derrière une porte en maugréant toutes sortes de reproches – « Sortir avec cette canicule... Un chapeau... Pas assez hydratée... » – comme si elle était une gamine de douze ans.

Il alla lui chercher un verre d'eau, elle regarda autour d'elle : une petite table encombrée de prospectus et de verres vides, deux fauteuils, dont celui où elle était assise, des murs en brique rouge. Le bureau de Nick ? Celui où il dormait, une ou deux fois par semaine ? Pas de fenêtre. Pas d'autre porte que celle qui donnait sur le restaurant.

Comme piquée par une bête, elle se releva du fauteuil étroit, se heurta à son mari qui revenait en franchissant la porte, renversant de l'eau un peu partout, sur son pantalon noir à lui, sa jupe à fleurs à elle.

« Viens, chérie, on doit y aller », dit-elle à Melusine qui terminait sa glace. Katy lui fit un gentil sourire.

« Elle est impec, dit Angela à Nick qui arrivait dans son dos. Tu devrais la garder. »

Le bureau de June au Brooklyn Navy Yard était à son image : un empilement de choses parfaites qui allaient parfaitement bien ensemble. De l'ancienne usine de construction navale subsistaient quelques reliques usuelles qu'elle avait su rendre élégantes, comme ce plan ancien sous verre qui lui servait de table à dessins. Au mur, des hublots en bronze encadraient des photos de Melusine – Melusine à la plage, Melusine déguisée en sirène pour la parade. Plus aucune trace d'Adam, évidemment. Angela se souvenait avoir vu sur la table en verre un magnifique portrait en noir et blanc des jeunes mariés. Adam enlaçait June qui regardait ailleurs, cigarette aux lèvres. On aurait dit une affiche de film, *Bonnie & Clyde*, quelque chose comme ça. Mais elle n'était plus là.

Angela déplaça machinalement une lampe pigeon qui lui cachait la vue : le spectacle de June présentant sa fille aux hommes de son équipe valait le coup d'œil. Les types à lunettes relevant la tête de leurs calculs ne savaient que faire devant cette enfant sérieuse que sa mère chaperonnait comme une princesse. L'un d'entre eux la gratifia d'ailleurs d'un baisemain.

Puis June installa Melusine à côté d'un jeune homme médusé, lui donnant une pile de feuilles blanches et un paquet de crayons, et fit coulisser la baie vitrée qui servait de séparation. C'était *son* équipe. Elle qui commandait. Angela était toujours ébahie de voir comment une fille aussi lunaire que June pouvait se transformer en capitaine de vaisseau. Comme toujours avec elle, la précision avait beaucoup à y voir.

« On bosse sur l'ameublement d'un jet privé, dit-elle en s'asseyant derrière sa belle table en verre. Mais, mois de juillet, effectif réduit… »

Elle eut un geste vague pour dire que ce n'était pas gagné. « Embauche ta fille, sourit Angela.

— Non, mais en revanche je me disais que Johnny pourrait faire l'affaire ?

— Mon fils ?

— Oui, John, ton fils. Il est doué en informatique, non ? Il pourrait nous aider à rentrer toutes ces foutues données dans le système, le propriétaire du jet veut des plans pour hier, et il passe l'été aux Caïmans, l'animal. »

Angela pensa au jeune homme doux et sérieux qu'était devenu son petit garçon. À sa compagnie d'avions en papier baptisée AngelAir, aux études d'aéronautique qu'elle voudrait bien lui payer si seulement Nick… Elle serra les dents.

« Oui, bien sûr, dit-elle. Demande-lui, il va adorer.

— Oh, c'est pas grand-chose, juste de l'informatique, mais pour cet été…

— Ce serait super, Junie. Vraiment.

— OK. Bon, qu'est-ce qu'il y a ? »

Angela regarda son amie, la vision un peu brouillée. En partant du *Rendez-Vous*, à Chambers Street, elle s'était trompée deux fois de métro, était remontée bien trop haut, avait dû traverser la station tentaculaire et surchauffée d'Union Square, Melusine à la main, avant de décider que le long voyage du retour lui serait insupportable. Pas d'un trait, pas comme ça, sans parler à personne. Alors elle était descendue en route et avait pris la ligne F jusqu'au Navy Yard.

Mais June ne savait pas tout cela, rien de ce qui la tourmentait depuis son intrusion dans le monde de Nick. Son mari. Bien sûr, June pensait à autre chose, à son divorce avec Adam, sa bataille sans fin contre ses propres moulins à vent. Alors Angela commença par ça.

« Junie, pourquoi es-tu si dure avec Adam ?

— Bon, OK. Qu'est-ce qu'il a dit, encore ?

— Il n'a rien dit. Pourquoi lui en veux-tu autant ? »

June jeta un œil derrière la baie vitrée, où Melusine s'appliquait au-dessus de sa planche à dessin.

« Je lui en veux parce qu'il ne m'aime pas.

— Ce n'est pas vrai, Junie.

— D'accord. Alors je lui en veux parce qu'il ne m'aime pas comme je le voudrais. »

Elle se mit à aligner des crayons jusqu'à en faire un chemin aussi droit que la promenade Riegelmann. Angela regarda par-dessus son épaule, vit Melusine, cette enfant qui avait demandé tant d'efforts à June, et se dit que son amie avait *peut-être* vraiment ressenti cette naissance comme un sacrifice, aussi inconvenant que cela puisse paraître. Et que *peut-être*, Adam n'avait pas su en prendre la mesure, ni y répondre. June releva la tête, une petite flamme ironique dans les yeux.

« Je veux être une princesse. La seule, l'unique. Tu le sais bien.

— Il t'a trompée ? » demanda Angela, alarmée. *Non, pas Adam...*

Le regard que June posa sur elle, à ce moment précis, plein d'une sorte de désenchantement incrédule, lui échappa : « Oh, Angie », fit simplement June.

Sur la table, le *New York Post* étalait l'adultère présidentiel en première page. *On est en plein dedans, alors allons-y,* se dit Angela.

« Et toi ? » lâcha-t-elle.

D'un geste surprenant, June détruisit la promenade Riegelmann qu'elle s'était donné tant de mal à faire, éparpillant les crayons dans tous les sens.

— Moi ? Tu ne veux pas le savoir. Tu ne mérites pas que je trahisse tous les efforts que tu fais pour que la vie soit parfaite.

— Junie !

— S'il te plaît, on en parlera un autre jour.

— Quelle vie parfaite ? souffla Angela. Sais-tu qui j'ai croisé au restaurant de Nick ? Je venais lui faire une surprise et...

— Margaret Baylor. »

June la regardait tranquillement, sans émotion particulière – ni surprise ni agacement. Juste comme ça, ce nom qui tombait de sa bouche comme une évidence.

« Putain, Junie, si tu sais quelque chose...

— À propos de quoi ? Non, je ne sais rien, Angie, c'est juste que cette fille est ton diable à toi. Elle est le début et la fin. Tu crois que Nick couche avec Margaret ? »

Sonnée, Angela eut un mouvement de recul. C'était si violent, cette question. Verbaliser ses doutes était violent. « Je n'en sais rien », répondit-elle, perdue. Non, elle ne savait rien que ne savait déjà June : Margaret était son diable à elle. *Le début et la fin.* Brillante analyse, en effet. Il y avait une certaine logique à ce que Margaret Baylor, pourtant plus âgée qu'elle, plus âgée que Nick, soit la femme à combattre, alors que l'idée que son mari ait pu jeter son dévolu sur tout un panel de très jeunes Katy aux longues jambes ne lui venait même pas à l'esprit. Ce devait être Margaret. *Le début et la fin.*

Même si sa main effleurant le bras de Nick ne prouvait rien. Non, ce n'était pas ça. Il y avait autre chose, de bien plus évocateur, qui faisait surface.

Angela plissa les yeux : elle avait compris.

« La façon dont elle était habillée, dit-elle.

— Quoi ? fit June. Elle se pavanait en porte-jarretelles dans les cuisines du resto ?

— Non, justement. Elle était en jean et tee-shirt. Elle avait l'air de passage, comme si c'était habituel. Et elle n'avait pas de sac. Juste une clé à la main.

— C'est une avocate qui a les moyens de se payer des congés en plein mois de juillet, Angie, et de laisser son tailleur au bureau. Et elle habite sûrement dans le quartier, c'est pas loin du tribunal.

— Elle habite l'immeuble d'en face. Sur Chambers Street. Elle est entrée dans l'immeuble face au *Rendez-Vous.*

— Eh bien, voilà, tout s'explique. Tu te fais du souci pour rien.

— Junie. Il n'y a pas de cabinet de toilette dans le bureau de Nick.

— Je ne vois pas ce que…

— Même pas de quoi dormir, juste deux fauteuils trop durs où on ne peut pas s'allonger. Pas confortable du tout. »

June parut prendre conscience des gradations qui marquaient le problème dans l'esprit d'Angela, jusqu'à en faire une incontournable évidence. D'un regard désabusé, elle l'encouragea à conclure.

« June, dit Angela, où mon mari dort-il, les nuits où il ne rentre pas ? »

26

Bien sûr, elle n'avait jamais grandi. Comment l'aurait-elle pu, alors qu'au moment où elle sortait de l'enfance Nick était apparu, avec sa force, sa belle tranquillité et son avenir tout tracé ? Au fond, elle ne s'était jamais frottée à rien de rude, d'inconfortable, n'avait jamais douté. Au contraire d'une déchirure, la nuit de Manhattan avait été un renfort au moment où son esprit d'adolescente se prenait à vagabonder. Une fatalité qui la replaçait sur le droit chemin. Ses maternités n'avaient été que des exploits techniques, au fond. Dans sa tête, elle n'était toujours qu'une gamine, innocente du monde qui tournait en vrac, de ses grands désenchantements et de ses petites trahisons.

Au moment où le barnum médiatique de l'affaire Clinton avait de foireuses résonances dans sa vie personnelle – sa vie de couple, sa vie avec Nick, soit sa vie entière –, Angela se sentait moins évoluée qu'une Monica Lewinsky, la stagiaire qui tenait le sort de l'homme le plus puissant du monde entre ses mains.

Moins évoluée que Margaret Baylor.

Angela aurait voulu tuer Nick. Elle s'en sentait capable, toute cette rage que sa vie tranquille ne lui avait jamais donné l'occasion de dompter déferlant en une seule masse galopante, ce soir de juillet où les Américains se repassaient en boucle les aveux tranquilles du premier d'entre eux. Mais elle n'aurait été qu'un banal fait divers. Elle se demandait si Hillary Clinton voulait tuer Bill. Si, à elle, on le lui aurait pardonné.

Elle contemplait ses quatre enfants assis autour de la table – ses quatre exploits techniques. Johnny était si grand, tellement homme déjà.

« Au fait, se reprit-elle. Johnny, il faut que tu appelles June. Elle a un travail à te proposer. Va l'appeler maintenant. » Son fils leva les sourcils, les yeux brillants, et elle prit en plein visage le fait qu'elle avait seulement le double de son âge. Il avait dix-sept ans, la saison de tous les possibles, celle de l'excitation d'un premier travail, de tomber amoureux d'une personne qu'on ne recroisera peut-être plus. Elle chercha des yeux la photo de Central Park, réalisant soudain qu'elle n'était pas chez elle. Elle n'avait pas voulu rentrer, proposant à Irene de descendre acheter des tortellini chez Scopolone et de manger tous ensemble dans l'appartement de son enfance.

La photo était aussi chez Irene, là, derrière elle. Nick et Angela, Adam et June. Les choses étaient-elles écrites ainsi, ou auraient-ils tous pu les changer ?

« Tu ne dis rien, lui fit remarquer Irene, alors qu'elles débarrassaient la table.

— Je suis fatiguée. Les enfants font du bruit avec cette télé.

— Laisse-les regarder leurs clips, ils dormiront plus tard. Qu'ils profitent de leurs vacances. Viens à la cuisine, *amaretta.* »

Irene avait quelqu'un dans sa vie, Angela en était à peu près sûre. En dehors de son allure juvénile et de sa nouvelle coupe de cheveux, des indices étaient semés çà et là – un petit trousseau de clés sur le buffet de l'entrée, un cendrier soigneusement lavé retourné sur l'évier. Oh, ce n'était pas aussi ostentatoire que Joey Spoleto qui paradait au Cercle des Ours polaires avec la caissière du Dante's Inferno, mais c'était sans doute un appel aux questions qu'Angela n'osait pas encore poser à sa mère.

« Tout va bien, Angie ? demanda Irene, soucieuse, en lui servant une infusion.

— Maman. Si Nick me trompait, que devrais-je faire ? »

Surprise, Irene s'assit un peu gauchement sur sa chaise. « Dis donc, souffla-t-elle, en ce moment c'est la mode. Mais il ne faut pas voir le mal partout…

— Vraiment, maman, que devrais-je faire ?

— Il t'a dit quelque chose ? »

Angela soupira. Bien sûr, pour qu'une chose soit posée, il fallait qu'elle vienne de Nick, puisque elle-même n'était pas fichue de voir une poutre dans son œil. « Non, il ne m'a rien dit. Mais j'ai cru voir quelque chose. »

Pensive, Irene attrapa sa tasse à deux mains comme si elle cherchait à y puiser une énergie quelconque. Puis son regard en fuite finit par revenir sur sa fille.

« Nick est un gentil garçon.

— Ça n'a rien à voir, il me semble.

— Ce que je veux dire, *amaretta*... Tu es bien avec lui, n'est-ce pas ? Vous êtes faits l'un pour l'autre, alors pourquoi ces questions ?

— Faits l'un pour l'autre... Oh, merde, maman, que tout le monde arrête avec cette rengaine !

— Angela ! Je ne sais pas ce que tu as vu, mais ça ne mérite certainement pas de tout remettre en question ! Même le président des États-Unis trompe sa femme, et on voudrait que ça empêche le monde de tourner ? »

Irene reposa sa tasse d'un geste brusque, et le liquide se répandit sur la nappe à carreaux. Elle maugréa, se leva pour chercher un torchon, frotta la nappe comme s'il s'était agi d'une galette de pétrole échouée sur la plage. Angela était médusée.

« C'est à moi que ça arrive, maman, protesta-t-elle.

— Justement, lâcha Irene. Justement. Avec Nick tu es à l'abri.

— À l'abri de quoi ? »

Irene se rassit, soudain épuisée.

« Écoute, Angela. Je ne suis pas la femme à qui on peut demander son avis sur ces choses-là.

— Parce que tu es ma mère ? Alors à qui...

— Parce que je suis une femme qui s'est toujours trompée et qui essaye de ne plus le faire. (Elle hésita un instant.) *Amaretta*, j'ai vécu avec un homme mauvais, et je n'ai rien appris.

— Mon père ? » balbutia Angela.

On y était. Toutes les fois où elle s'était crue prête à demander à Irene de lever le voile mortifère jeté sur son passé, toutes ces fois où elle n'avait pas osé. « Maman, dis-moi... », dit-elle doucement. Elle était sûre que cela l'aiderait – au moins à éclaircir le regard que sa mère portait sur son couple.

« C'était une ordure, dit Irene fermement. Et crois-moi, ce n'est pas facile de dire à sa fille qu'elle est l'enfant d'une ordure, tu comprends pourquoi je ne t'en ai jamais… (Secouant la tête, elle reprit sa respiration.) Il cachait bien son jeu, au début. Galant, enjôleur. C'était un excellent mécanicien, je te l'ai dit, il était très populaire. Il y avait un monde fou à notre mariage. Tous ces marins ! (Elle esquissa un sourire.) Si tu avais vu ces uniformes, c'était d'une classe… »

Irene se leva pour prendre la bouilloire sur le buffet en Formica, remplit de nouveau leurs tasses. Elle cherchait à gagner du temps, pensa Angela, qui ne dit rien pour la relancer. *À son rythme, à son rythme*, psalmodiait-elle en son for intérieur.

« Un jour, il m'a cassé un bras parce que je refusais de monter dans la voiture », dit Irene, tout à trac. Angela eut envie de vomir. « Comme ça, *crac !* C'était une force de la nature. Il valait mieux ne pas se disputer avec lui, même pour des broutilles. Bien sûr, il me trompait. Mais ce n'était tellement rien… (Irene regarda sa fille droit dans les yeux.) Angela, ces tromperies, ce n'était tellement rien, à côté de sa violence.

— Je comprends, maman. Mais…

— J'aurais tant aimé qu'il parte avec une autre, l'interrompit Irene. Mais pour Dieu sait quelle raison, il revenait toujours vers moi. Seigneur, il aurait fallu qu'il en aime une autre, qu'il s'en aille car, moi, je n'en avais pas le courage. »

Elle se tut un instant. Angela était traversée de part en part par des sentiments contradictoires, aussi rapides et blessants que des flèches. Ignorance, égoïsme, impuissance, rage, quel était celui avec lequel elle devrait se colleter en priorité ?

« Toi, disait Irene, tu n'auras jamais à chercher ce courage-là.

— Non, murmura Angela. Juste celui de pardonner. »

Elle ne savait même pas si elle en serait capable. Irene resta un instant le nez dans sa tasse, les yeux dans le vide. Du salon s'échappait la mélopée de Madonna, *Frozen*, et c'est exactement ainsi que se sentait Angela, glacée et mélancolique.

« Et il est mort, s'entendit-elle dire.

— Oui.

— Comment ?

— Il était ivre. Il est tombé à l'eau. »

Angela regarda sa mère, et ce qui passa entre elles à ce moment-là était de l'ordre de l'indicible.

« Il était ivre, répéta Irene. Nous étions sur un bateau. Et il est tombé à l'eau. »

Dans le silence opaque qui s'ensuivit, dans les yeux sombres de sa mère, Angela mesura toute la différence entre la douleur et la colère, entre une tragédie poisseuse et un minable vaudeville. Et elle sut que, quoi que lui ait fait Nick, rien ne mériterait qu'elle le tue.

Elle s'était enfuie du Mayflower en laissant ses enfants devant les clips de Madonna qui leur apprenaient que « l'amour est un oiseau, il a besoin de voler ». Il fallait qu'elle se reprenne, avant d'affronter Nick. Il avait téléphoné chez Irene – mais où était sa femme, qui ne l'attendait pas tranquillement à la maison ? Irene l'avait gentiment éconduit : qu'il ne se fasse pas de bile, Angie avait simplement besoin de respirer.

Un gilet sur les épaules, ses sandales à la main, Angela rejoignit la digue à l'est de la promenade Riegelmann, encore encombrée de touristes au soleil couchant. Le brise-lames avançait loin dans l'océan, si bien que lorsqu'on se retournait sur la plage couronnée par les centaines d'ampoules de la WonderWheel, on avait l'impression d'être sur une île. Les vagues se jetaient sur le ponton en bois, s'évaporant dans l'air tiède en nuages frais. Cette brumisation qui irisait les jambes sous les lampadaires venant tout juste de s'allumer était délicieuse. Arrivée au bout de la jetée, Angela s'était complètement désolidarisée de la foule, de la fête, de cette journée qui n'en finissait pas. Sa mère avait-elle poussé son père, oui ou non, par préméditation ou légitime défense ? Voilà quelle était la dernière question en date. Curieusement, elle glissait sur elle comme l'eau sur les plumes des cormorans qui coassaient au loin. Au final, seul importait le regard biaisé d'une mère qui se souciait bien mal d'elle, par trop de crainte. Il fallait qu'elle s'émancipe, qu'elle trouve ses propres solutions.

Elle aurait pu aller jusqu'à Sea Gate, répandre le bazar qu'elle avait dans la tête sur le canapé de June et y faire le tri avec elle. Mais elle avait choisi une autre option. Elle avait besoin de sortir de sa zone de confort. De sentir son cœur palpiter au parfum grisant du danger.

Adam émergea de la semi-pénombre, longue silhouette obsédante. Assise sur un banc en bois qui exhalait une odeur d'huile solaire bon marché, elle le regarda arriver vers elle de son pas familier, sans se presser. Elle lui avait bien dit de ne pas s'inquiéter – elle avait juste envie de le voir, de parler, si bien sûr il avait le temps.

Quand même, se dit-elle lorsqu'il s'assit auprès d'elle, faussement décontracté, il avait dû brûler tous les feux rouges pour arriver aussi vite.

« Plus romantique, tu meurs, siffla-t-il en regardant autour de lui.

— N'est-ce pas. Je voulais savoir ce que ça faisait de me retrouver avec un très bel homme au clair de lune.

— Un très bel homme riche.

— Ça tombe bien, j'en ai marre d'être une prolétaire gauchiste. »

Il rit doucement. Le souvenir de leur premier débat animé sous une bâche d'Astroland revenait souvent entre eux. Angela goûtait cette complicité comme un alcool fort, délicieusement culpabilisant. La tête lui tournait un peu.

« Tu as pu sauver la jeune voleuse de mascara ? »

Il soupira, se laissant aller tête en arrière sur le dossier du banc. « Elle a pris six mois ferme. J'ai bien essayé d'être nul, mais son avocate était pire que moi.

— Margaret Baylor ? »

Il y eut un silence – oh, un tout petit silence, mais aussi précis et pointu qu'un point dans la conversation. « Margaret est une très bonne avocate, dit Adam en se redressant. Non, la petite voleuse a eu droit à une jeune commise d'office qui doit gérer cinquante dossiers en même temps. » Le ton avait changé. Angela crut déceler de la méfiance dans sa voix – ou quelque chose comme de la crainte.

Le vent aussi avait tourné. Il ramenait maintenant vers eux le tohu-bohu d'Astroland, ainsi que des remugles de poisson frit.

« Tu vas me dire ce qui se passe ? finit par demander Adam.

— Tu es au courant, pour Nick et Margaret ?

— Pardon ? Je ne vois plus trop Nick, Angie.

— Et pourquoi ne vois-tu plus trop Nick ? »

Elle s'était retournée vers lui, d'une froideur minérale. En bon substitut du procureur, il sembla calculer quel projectile la blesserait le moins, puis décida que la Miss Cyclone qu'il connaissait parerait toutes les balles.

« Je ne voyais déjà plus trop Nick depuis que June m'avait appris ce qui s'était passé dans mon appart, la nuit du rassemblement à Central Park.

— Adam…

— Laisse-moi finir. Et je ne vois plus du tout Nick depuis que je sais qu'il te trompe avec Margaret. Je m'arrange pour ne pas traiter les affaires que plaide Margaret Baylor. Et si je croise à nouveau Nick, je crois que c'est moi qui me retrouverai derrière les barreaux. Tu as entendu tout ce que je viens de dire, Angie ? Alors arrêtons ces conneries hypocrites, va trouver un avocat et demande le divorce. »

Sonnée, elle hocha la tête. Il avait l'air tellement furieux – mais elle devina qu'il l'était surtout contre lui-même : « Depuis combien de temps le sais-tu ? lui demanda-t-elle d'une voix rauque.

— Peu importe, même une seule semaine aurait fait de moi un lâche. Je n'ai rien vu, on me l'a dit. Les couloirs du Palais sont pleins de bourdonnements… Et toi, depuis combien de temps savais-tu pour June ?

— Quoi ? Je ne sais rien, Adam. Je te le jure, est-ce que June… »

Elle ne termina pas sa phrase, mesurant tout le malentendu entre eux. À ce qu'il supposait être une connivence entre les deux meilleures amies du monde, il avait répondu par une solidarité masculine souterraine, un piteux ersatz du secret de l'instruction qu'il pratiquait tous les jours.

« Est-ce que June m'a trompé ? (Il eut un petit rire.) Elle n'a pas arrêté. Bien sûr, j'étais blessé dans mon orgueil, mais le fond du problème c'est que je m'en foutais. Alors elle recommençait, pour voir. Si elle ne t'a rien dit, c'est parce que ces histoires n'avaient aucune importance. Ça n'avait rien à voir avec l'adultère, ni même le sexe, c'était juste sa façon à elle de me montrer à quel point elle se détestait.

— N'importe quoi. Pourquoi se détesterait-elle ? »

Il lui jeta un regard qui traversa comme un éclair brillant l'espace entre eux. « Peut-être parce que je ne l'ai jamais aimée. Elle le savait depuis le début, mais elle n'a pas voulu renoncer. Alors j'ai essayé. Mais ce n'est pas June que j'avais dans la tête. Tout comme toi qui n'avais plus Nick dans la tienne, à un certain moment. Sauf que Nick a su te retenir. Au fait, tu sais que ça s'appelle un viol, Angela, n'est-ce pas ? »

Elle tourna la tête. Elle n'arrivait plus à défendre Nick. Rien d'autre ne lui importait que ce que lui disait Adam sur les actes manqués, les occasions perdues. Leur vie à deux aurait été si belle. Mais elle n'avait pas pris le bon virage.

« Tu sais qu'on ne le fera jamais, Adam ? dit-elle, prise dans une douloureuse mélancolie.

— Je ne sais pas.

— On ne sera pas comme eux. On ne sera pas médiocres. »

Elle le sentit soupirer dans son dos, son souffle chaud l'enveloppant de tristesse. Elle aurait voulu qu'il l'emmène avec lui n'importe où, un endroit où ils seraient seuls, oublieux du monde et des convenances bafouées. Parce qu'il s'agissait bien de cela, de ce vertige prêt à les happer. Elle frissonna. Il ne la toucha pas, conscient du vide qui s'ouvrait.

« Vis ta vie, dit-il brusquement. Divorce, récupère la moitié du fric, tu le mérites. Parce que Nick en a, Angie. Je le sais. Il a un avocat fiscaliste que je connais bien.

— Adam, je ne suis pas sûre d'être capable de haïr Nick à ce point, murmura-t-elle.

— Il le faut. T'es-tu jamais demandée ce qu'il faisait de son argent, pendant que tu rêvais de Manhattan dans ton HLM de Coney Island ?

— Quoi ? »

Elle le dévisagea de nouveau. Il pouvait lui apprendre n'importe quoi, elle n'avait même plus peur. D'un mouvement du menton, il eut l'air de lui demander si elle était prête. Angela ferma les yeux.

« Bon, dit-il. Margaret a un fils. Il a treize ans, et il étudie dans une des meilleures écoles privées de la ville. »

Il y eut un bref instant de vide dans son cerveau – toutes ses facultés de raisonnement s'arc-boutant pour trouver la réaction propice. Puis elle éclata de rire. En fait, depuis ce matin, elle vivait dans un *soap opera*. Elle s'était toujours demandé ce qui poussait Irene à s'asseoir religieusement, tous les matins que Dieu fait, devant *Les Feux de l'amour* – cette planète parallèle où les femmes épousent trois fois le même homme, divorcent douze fois et où leurs enfants expédiés l'espace d'une saison dans un pensionnat suisse reviennent sous forme de jeunes adultes pour renouveler le scénario. Elle avait la réponse : la caricature avait un rôle de modérateur. Rien de ce qui pouvait arriver dans la vraie vie n'était aussi compliqué qu'un épisode des *Feux de l'amour*.

Sauf que là, Angela était en plein dedans. Et c'était presque excitant. « C'est pas vrai, se calma-t-elle. Mon mari a eu un enfant avec cette sorcière ?

— Je n'en sais rien. »

Elle vit entre ses cils humides Adam qui l'observait, inquiet, et eut envie de lui dire de se détendre et d'apprécier le scénario.

« C'est dingue. Adam, c'est dingue, non ?

— Écoute, tout ce que je sais, c'est que le gamin n'a pas de père reconnu. Et que lorsqu'il était petit, Margaret le laissait de temps en temps à la trattoria. Je n'en ai jamais parlé avec elle, ni avec Nick. Mais à la lumière de ce que je sais maintenant, j'ai de sérieux doutes. Et comme je ne veux plus rien garder pour moi, je préfère te le dire. Veux-tu que je cherche à en savoir plus ?

— Oh, non. Je vais simplement poser la question à Nick. C'est dingue… Dingue. »

Elle le répéta plusieurs fois, pendant qu'un changement subtil s'opérait dans les rouages de son esprit. Du divertissement réjouissant, on bifurquait vers des zones graduellement plus sombres – la sidération, la colère – dont le terminus serait très probablement une envie de meurtre.

Ils passèrent un moment côte à côte, les yeux plantés dans le noir de l'océan. La frontière entre l'eau et le ciel était devenue mouvante, puis avait tout à fait disparu. Adam eut un petit rire.

« Regarde de quoi on a l'air. Deux gobe-mouches. » Machinalement, Angela prit sa main, et le temps s'arrêta, le bruit de la foire s'arrêta, et les vagues, et le vent. Elle sentait le parfum de la peau d'Adam lui monter à la tête, prise d'un bourdonnement incontrôlable. Son ventre se serra douloureusement. Elle n'avait jamais embrassé d'autre homme que Nick, jamais ressenti la jouissance avec aucun autre. Elle se sentit prête à basculer, se leva brusquement.

« Je vais rentrer, dit-elle. Mes enfants… Ils ont au moins droit à une mère correcte.

— Je t'aime, Miss Cyclone, tu sais. »

Il se leva à son tour, prit son bras et la raccompagna vers la promenade Riegelmann et le barnum des fêtards.

27

« Qu'est-ce que c'est ? Dis-moi, Nick. La puissance ? Ce fameux goût du risque ? »

Elle avait attendu que les enfants soient partis. Tôt ce matin, Johnny avait pris le métro pour le Navy Yard, avec June. Irene était venue chercher ses deux petites-filles, jetant un regard triste à Nick qui méditait dans la vapeur de la machine à *espresso*. Luca avait rejoint son grand-père pour aller disputer un tournoi de foot au Cercle des Ours polaires. C'était une belle journée.

En faisant un signe à Joey par la fenêtre de la cuisine, Angela avait mesuré la longueur du calvaire que son beau-père s'apprêtait à emprunter sans même le savoir. Il était si fier de son fils, de sa réussite, de sa famille prospérant grâce aux bons investissements de « l'argent de ta mère ». Il ne le lui pardonnerait jamais.

Nick n'était rentré qu'à l'aube et n'avait pas dormi. Il donnait l'impression d'un grand singe accablé par son propre poids. Les gestes étaient gauches, l'échine courbée. Il renversa son café, se leva pour chercher un torchon. « Laisse, je vais le faire, dit Angela, dangereusement calme.

— Je suis désolé.

— Pas grave, c'est que du café. Parce que ne me dis pas que tu es désolé pour autre chose. On ne peut pas être désolé pour quelque chose qu'on fait sciemment, et depuis des années.

— Angie…

— Ferme-la ou je ne sais pas ce que je vais faire, Nick Spoleto. Te gifler, ou prendre un couteau dans le putain de tiroir de cette putain de cuisine. Réponds simplement aux questions. »

Il rattrapa le torchon que sa femme lui envoyait à travers la figure, mâchoires serrées.

« Depuis quand ?

— Depuis le début. L'hiver 1980. »

Angela s'assit, soufflée. « Tu veux dire que Margaret m'a volé ma vie en même temps qu'elle me volait mon mari ? Qu'elle a gagné sur les deux tableaux ? » Nick la regarda, faisant mine de ne pas comprendre.

« Ce n'est pas de sa faute, Angie…

— Tais-toi ! Si cette fille ne t'avait pas fait fumer ce jour-là, tu ne m'aurais pas fait ce que tu m'as fait. Toute ma vie de femme s'est construite sur un pétard offert par Margaret. »

Nick eut un geste de recul sur sa chaise, comme sous l'effet d'une gifle. Le tabou volait en éclats dans la cuisine. Angela ferma les yeux. Elle ne voulait pas voir le visage de Nick à ce moment précis où le masque tombait.

« Je t'ai dit non, Nick, plusieurs fois, je m'en souviens comme si c'était hier. Et toi, tu as continué. Et ma vie a été tracée.

— Et la mienne ? Tu ne crois pas que j'ai payé ? »

Angela rouvrit les yeux, pour se retrouver face à ce monstre d'égoïsme qu'était son mari. Il s'était levé, en sueur dans sa chemise noire. Dans un de ses yeux, un petit vaisseau s'était rompu, irriguant le blanc d'un faisceau rouge. Il semblait se battre contre une énorme gueule de bois. « J'ai fait cette connerie sans même en avoir conscience, alors que dans le même temps je tombais amoureux d'une autre. Tu ne peux pas te rendre compte… » Il secoua la tête, à bout d'arguments. Angela avait la nausée. Cette histoire était le miroir de la sienne, mais la vie dans ce qu'elle a de plus pervers avait été favorable à Nick. Angela avait une morale, Nick sa propre éthique – et le sens du sacrifice n'était pas dans la nomenclature. Peut-être parce que ce n'était pas lui qui avait porté l'enfant de la nuit de Manhattan, pas lui qui s'était subtilement coulé dans le moule du couple et de la maternité.

« Alors tu as préféré ne pas choisir, lâcha-t-elle, amère. Remarque, je te comprends, au fond, tu n'imagines même pas à quel point.

— Je m'étais piégé moi-même. Si cette nuit-là n'avait pas eu lieu, j'aurais fini par t'expliquer, on était si jeunes, on avait encore le temps. Mais c'est allé si vite, Angie, on n'a même pas eu notre mot à dire, souviens-toi…

— C'est sûr, railla-t-elle. Mais un avortement aurait été encore plus rapide pour toi. »

Nick fit un pas vers elle, essaya de la toucher, mais elle leva la main sur lui.

« Recule, dit-elle, menaçante. Je te jure que je te frapperai avec une force que tu n'imagines même pas. Est-ce que cet enfant est de toi ? »

Il ouvrit la bouche mais resta muet, dépassé, la regardant fixement. Angela voyait une petite veine battre sur sa tempe à toute vitesse.

« Margaret a un fils qui n'a pas de père, poursuivit-elle. Est-ce que c'est toi ?

— Je... » Il s'écroula sur sa chaise. Comme un robot, Angela se dirigea vers le meuble de la cuisine, ouvrit le tiroir. Un long moment elle considéra le couteau à viande, celui qu'elle avait reçu pour son mariage avec une batterie de casseroles et un ensemble de couverts en Inox, bien rangés dans leur ménagère capitonnée. Elle n'avait rien égaré. Elle savait prendre soin de ce qu'on lui offrait. Elle pensa à Irene, à ses secrets si lourds à porter, éventés trente-cinq ans plus tard, et décida qu'elle n'aurait pas cette vie-là. Elle referma doucement le tiroir. Harassé, Nick n'avait même pas bougé.

« Il faut qu'on fasse quelque chose, dit-elle calmement. Pour les enfants. Pour ton père. Ce fils-là n'existe pas. Margaret Baylor n'existe pas encore. Toi et moi, on va divorcer pour ces "différends irréconciliables", tu sais, les mêmes que June et Adam. Ce n'est pas si grave, ça arrive tout le temps. Et puis la frontière est si haute, entre Brooklyn et Manhattan, si étanche que tu pourras encore bien cacher quelque temps cette autre vie que tu as réussi à mener.

— Angie, je n'ai jamais exposé Margaret. Personne...

— Je veux de l'argent, Nick. La moitié de ce que tu as. Rubis sur l'ongle. J'ai une vie à construire.

— D'accord. »

Il soupira, passa la main dans ses cheveux d'un noir luisant. *Dix-huit ans*, se dit Angela. Elle en était presque admirative. Ce n'était pas une passade. Elle s'adossa au buffet, bras croisés sur son estomac qui se révoltait en de longues goulées brûlantes lui remontant dans la gorge.

« Nick ?

— Bébé, répondit-il machinalement.

— Pourquoi Margaret ne s'est-elle pas effacée ? »

Adam l'avait bien fait, lui, se dit-elle.

Nick leva son œil blessé vers elle, au bord des larmes. « Parce qu'elle m'aimait... », dit-il.

Et sa voix s'élevait dans les aigus comme si c'était une interrogation, une chose peut-être possible.

Ils ne se voyaient plus beaucoup, Nick avait trop de travail, les liens s'étaient distendus et Angela méritait autre chose. Voilà le scénario qu'ils offrirent à un Joey atterré. Ne sachant pas qu'ils le préservaient d'une plus grande déception encore, le grand-père en appela au bon Dieu qui les avait unis, à la raison qu'il leur fallait garder, aux enfants et même au souvenir de Mme Spoleto, qui là-haut sur son poster fané, ne s'en remettrait jamais.

Irene, dupe de rien, les écouta parler d'une même voix sans rien dire. Dans l'adversité, Angela prenait de la force, une épaisseur contre laquelle sa mère ne pouvait pas lutter.

Les enfants furent rassurés par l'unité de façade de leurs parents, le paradoxe étant qu'ils ne les avaient jusque-là que très peu vus ensemble – il y avait au moins ça de vrai dans le scénario. Seul John eut l'air d'en vouloir à son père, à son absence endémique, à l'abandon de sa mère. Il refusa de lui parler pendant quelque temps, s'abritant derrière son nouveau travail au Navy Yard.

« Ça alors, dit June, lorsque Angela lui montra les papiers du divorce, il faut le voir pour le croire. Jamais je n'aurais imaginé qu'une chose pareille puisse arriver. »

Angela avait beau essayer de s'en défendre, la gêne entre elles était palpable. Elle avait du mal à pardonner à son amie ce qu'elle avait fait à Adam. Sa dissimulation chronique. Les névroses de June étaient exotiques, mais ses trahisons irrémissibles. Ou alors, il faudrait du temps.

Le même jour où Angela signait les papiers qui la sépareraient de Nick Spoleto, sous le contrôle d'une avocate rigoureuse dépêchée par Adam, le procureur indépendant Kenneth Starr remettait son rapport sur l'affaire Clinton/Lewinsky. La procédure d'*impeachment* fut engagée le 8 octobre 1998, et votée deux mois plus tard par la Chambre des représentants, sous les chefs d'inculpation de parjure et d'obstruction à la justice.

En février de l'année suivante, au moment où les sénateurs repoussaient l'*impeachment*, maintenant en place un président dont les failles humaines avaient contre toute attente renfloué le capital sympathie, Angela préservait celui de Nick Spoleto en empochant un demi-million de dollars. Dans la discrétion ouatée du bureau du juge aux affaires familiales, elle redevint Visconti, avec la ferme intention de ne plus jamais cesser de l'être.

De son côté, l'ex-stagiaire Monica Lewinsky, obscur objet du désir de l'homme le plus puissant du monde, devenait la femme la plus moquée d'Amérique – première victime des réseaux sociaux qui commençaient leur croissance tentaculaire.

QUATRIÈME PARTIE

11 septembre 2001

28

Angela se tenait devant le Brown Building, adossée à un arbre, son stylo-feutre tournant machinalement entre ses doigts comme un bâton de majorette. Le carnet de dessin était toujours dans son sac. Angela attendait – que le vent souffle à travers les branches, que les enfants sur les balançoires du Washington Square Park entonnent une comptine, ou qu'un musicien d'occasion veuille bien s'installer derrière le piano qui trônait, désenchanté, au milieu de l'allée, bref, elle attendait un signal qui tombe du ciel.

À vrai dire, elle ne savait pas trop par quelle amorce s'enclencherait son inspiration, et faute de voir venir quoi que ce soit, elle s'imaginait que le déclic serait sonore, musical. Et qu'ensuite, elle ferait comme elle faisait d'habitude, laissant son feutre biseauté s'emballer sur le papier glissant du carnet pour tracer une première ébauche qui, après quelques ajustements, terminerait en majesté sur une grande carte de la MTA dépliée. Ces dessins en relief sur des plans de métro, c'était sa signature, ce qu'elle vendait aux touristes et aux amoureux de la ville, pas très loin d'ici au Chelsea Market.

Elle avait essayé plusieurs fois de dessiner cet immeuble somme toute assez banal – à chaque fois qu'elle attendait June pour déjeuner au parc, elle arrivait même en avance pour ça. Mais rien ne venait. L'architecture du Brown Building, gros édifice de style néorenaissance qui asseyait lourdement ses dix étages gris à l'angle est du square, n'avait rien de remarquable, aucun trait qu'un dessin pourrait enchanter. Angela se disait bien que le contraste produit par les aplats mats de la silhouette du building tracée au feutre noir sur l'entrelacs coloré des lignes de métro ferait son effet, mais elle avait des scrupules.

Voilà, c'était ça, des scrupules, se dit-elle en lâchant le stylo dans son sac ouvert à ses pieds. Même s'il faisait partie de l'histoire de la ville, même s'il était inscrit au *National Register of Historic Places* – comme le Cyclone ou la WonderWheel à Coney Island –, le Brown Building n'avait rien de convenablement touristique. C'était comme dessiner le Dakota, au pied duquel John Lennon était mort. Non, ce n'était pas convenable, renonça Angela une fois pour toutes, récupérant son sac pour retourner sous les frondaisons rassurantes du parc. Pas touristique. C'était même glauque. Il fallait qu'elle arrête avec cet immeuble.

Elle jeta un dernier coup d'œil aux plaques commémoratives sur lesquelles le soleil envoyait un pinceau de lumière, comme pour attirer d'un doigt divin l'attention des passants sur la tragédie qui s'était jouée ici.

Angela était fascinée, presque obsédée par l'édifice depuis que June y travaillait. Elle avait tout lu sur l'incendie du Brown Building, en 1911 – qui à l'époque s'appelait encore l'Asch Building. Jusqu'à ce qu'elle tombe sur la plaque, un midi en attendant June, elle avait découvert qu'à sa grande honte elle ne connaissait rien du drame qui avait emporté ses petites sœurs italiennes : des jeunes filles immigrées, gaies, travailleuses, pleines d'espoir et gorgées d'un désir d'indépendance alors inédit. Des ouvrières du textile œuvrant à transformer les bourgeoises du début du siècle en de parfaites reproductions de la *Gibson Girl* qu'on voyait dans les journaux, silhouette fine et frondeuse tracée au crayon par l'illustrateur satirique Charles Dana Gibson. L'ancêtre de la pin-up.

Les ouvrières de la Triangle ShirtWaist Factory, qui occupait les trois derniers étages de l'Asch Building, cousaient alors des chemisiers – ces chemisiers bouffants qui, portés par-dessus le corset, faisaient une taille de guêpe. De la soie légère, du satin moiré, du coton égyptien, du tulle vaporeux, voilà ce qu'elles déroulaient sur les tables en chêne des huitième, neuvième et dixième étages de l'immeuble de Greenwich Village, les petites couturières italiennes. Probablement que ce faisant, et en piquant, et en fronçant, elles entonnaient des *tarentelle*, parlaient fort et riaient si c'était permis.

Peut-être qu'à la pause, elles sortaient des *amarette* de sacs en papier, déballaient des parts de pizza de leur tissu à torchon – et sûrement qu'elles fumaient, aussi, assises en grappes sur les marches des escaliers en bois et que c'est ainsi que tout arriva.

Un jour – c'était le 25 mars 1911 –, un feu se déclencha là-haut. On supposa plus tard qu'une des petites couturières, après avoir allumé une cigarette, avait laissé tomber une allumette – à l'époque des suffragettes, les femmes cherchaient à être les égales des hommes, voyez ce que cela avait donné…

Les beaux tissus, les tables en bois, tout était très inflammable et tout s'enflamma : les mannequins de couture Stockman, fabriqués à Paris, réglés aux mesures des belles bourgeoises, mais aussi les jeunes ouvrières prisonnières du brasier. Les propriétaires avaient verrouillé les portes, pour éviter qu'elles ne volent les chutes de tissu, s'en fassent des rubans de chapeau, des mouchoirs ou Dieu savait quoi.

Et l'échelle des pompiers dépêchés sur place ne dépassait pas le sixième étage.

C'était le milieu de l'après-midi, et les passants horrifiés, les familles accourues et les commerçants sortis des boutiques de Greenwich Village virent les jeunes filles grimper sur les fenêtres, la fumée noire derrière elles, et sauter, les unes à la suite des autres, seules ou par deux, se tenant parfois la main, comme des enfants plongeant dans l'eau de la baie pour s'amuser.

Elles furent 146 à mourir en seulement quelques minutes, 66 s'écrasèrent sur le trottoir dans des flots de dentelle, de soie et de coton, sans aucun espoir.

Les deux plus jeunes victimes n'avaient que quatorze ans, Angela connaissait même leurs noms : Kate Leone et Sara Rosaria Maltese. Et finalement, non, elle ne trouvait rien d'assez pudique, d'assez honorable à dessiner pour leur rendre hommage. Rien qui puisse s'accrocher dans un salon à côté d'un pêle-mêle de cartes postales et d'une affiche d'un match de boxe au Madison Square Garden.

Depuis deux ou trois ans, elle avait presque tout dépeint de New York, elle tournait un peu en rond mais elle ne dessinerait ni le Dakota ni le Brown Building.

Elle s'assit sur un banc en bordure du parc, consulta sa montre, pensa à autre chose. Elle avait apporté des *bruschette* à la tomate et à l'ail, il faudrait qu'elle achète des pastilles à la menthe avant de retourner à la galerie, sans ça les clients fuiraient son stand et sa pile de plans. Combien lui en restait-il, d'ailleurs ? Une dizaine. Elle sortit un carnet de sa poche, vérifia ce qu'elle avait coché. Bien sûr, elle n'avait presque plus de statues de la Liberté. C'était évidemment ce qui partait le plus vite. Elle soupira : elle en avait un peu marre de la dessiner, Libby. Les Twin Towers aussi, d'ailleurs. Les gens n'avaient-ils donc que cette idée de New York ?

Bientôt midi, June ne tarderait plus. Tout l'été, son amie avait travaillé au Brown Building, qui faisait depuis longtemps partie intégrante de l'université de New York, comme tous les bâtiments autour du parc. Elle avait été chargée avec son équipe de réorganiser les laboratoires de biologie et de chimie qui occupaient une grande partie de l'immeuble, et elle s'amusait d'être l'une des rares personnes à pénétrer dans le hall sans blouse blanche ni lunettes – « ni acné sur le nez », persiflait-elle.

June n'avait que peu d'intérêt pour l'histoire tragique de l'endroit, son sens pratique s'accommodant mal du sentimentalisme. D'ailleurs, elle avait récemment fait déménager ses bureaux du si typique Brooklyn Navy Yard jusqu'au vingt-troisième étage de la tour nord du World Trade Center, d'une modernité froide, pour la seule raison qu'un nouveau bâtiment lui bouchait la vue sur l'East River. En réalité, de sa fenêtre donnant sur les anciens chantiers navals, on en voyait à peine un pan de mur, mais cela bouleversait son paysage si bien ordonné. Elle avait pris l'endroit en grippe. Pas de regrets, passons à autre chose.

Angela offrit son visage au soleil. Septembre était si beau, à Manhattan. La lumière bouton-d'or de l'été, la perfection azuréenne du ciel de satin qui se déroulait au-dessus de la ville, l'air presque frais sous les arbres. La canicule était passée, avec ses jours de plomb où l'on pouvait à peine avancer.

Elle soupira. June était en retard. Angela ne pouvait pas s'absenter de la galerie trop longtemps, son amie le savait, pourtant. Elles mangeraient leurs *bruschette* en quatrième vitesse. Et il faudrait qu'elle s'arrête en route pour les pastilles à… *Ah, la voilà!* se dit-elle, mettant sa main en visière pour mieux voir la silhouette de liane qui sortait du building, ses longs cheveux blonds en étendard.

June discutait avec un homme, si proche d'elle qu'elle le cachait. Angela plissa les yeux. Elle n'avait pas trop envie que son amie lui amène un collègue pour le déjeuner – avec ou sans ail, d'ailleurs. June la fatiguait avec ça. « Donne une chance au produit », lui soufflait-elle malicieusement en lui mettant un jeune homme dans les pattes, dont elle ne savait plus comment se dépêtrer ensuite. Deux fois, un innocent lui avait demandé son numéro de téléphone après le repas, et cela malgré l'arôme tenace des *bruschette*, sans savoir à quelle divorcée psychorigide il avait affaire.

« Non, Junie, pitié », marmonna-t-elle.

Heureusement, June embrassait l'homme – pas sur la bouche, mais très tendrement tout de même, plus tendrement qu'elle aurait embrassé un des gars de son équipe. June en avait fait de belles mais elle ne mélangeait jamais ses histoires et le travail, cloisonnant les choses au nom de son sacro-saint sens pratique.

Heureusement, June disait au revoir à l'homme, collant longuement sa joue contre la sienne, l'attirant à elle par l'épaule dans un lent mouvement chaloupé, sensuelle comme elle pouvait l'être. Angela leva les yeux au ciel, blasée, la félicitant cependant de lui épargner un pique-nique pourri.

Et puis, quand l'homme releva la tête et se sépara de June, apparaissant en plein soleil, quelque chose d'infime se décala dans le paysage d'Angela, comme un film qui tressauterait sur la fameuse vingt-cinquième image d'habitude imperceptible à l'œil nu.

Angela recula : cet homme-là, qui lâchait la main de June, c'était John, son fils.

29

Ils n'avaient rien fait de mal, se dit Angela, écoutant sans l'entendre June lui raconter sa matinée de travail. Ils n'avaient rien fait de mal, juste un baiser sur la joue, rien qui vaille qu'elle l'interroge à ce sujet.

Après les avoir vus, elle s'était cachée un moment, regardant June traverser le parc d'un pas tranquille, puis elle lui avait couru après, faisant mine d'être en retard – c'était pour ça qu'elle avait du mal à respirer, parce qu'elle avait couru. Puis elles s'étaient assises sur la murette face au bassin miroitant piqué de jets d'eau, loin de l'enclos des enfants dont June ne supportait pas les piaillements.

« On va encore roter l'ail tout l'après-midi, fit June, enjouée. Les mecs du labo vont être contents, ils sont pas près de me réembaucher.

— Faudra acheter des pastilles à la menthe », dit Angela, d'une voix automatique.

La bouche pleine, June la considéra trente secondes, le soleil tapant sur les verres argentés de ses lunettes, puis ôta une miette du coin de sa bouche.

« Qu'est-ce qui va pas ? Tu as vu un fantôme ? Eh bien, figure-toi que les mecs ont encore senti une odeur de brûlé, là-haut au neuvième. Ça vient d'on ne sait pas où.

— C'est pas drôle, June.

— C'est pas une blague ! Les étudiants racontent qu'il y a des bruits, de temps en temps. Des bruits bizarres, des froissements, des trucs qui tombent. Et ça sent le brûlé sans raison. Comme ça, *pfuitt*, ça vient et ça part.

— Et Johnny, qu'est-ce qu'il en pense ? »

Angela bouillait, à force d'essayer de garder le couvercle. Il fallait que ça sorte, tant pis. June gratta longuement une autre miette imaginaire du bout de son ongle.

« Johnny ? fit-elle.

— Oui, Johnny, mon fils.

— Mais il n'est pas dans ce bâtiment, Johnny, les étudiants en maths sont de l'autre côté de…

— Oh merde, June, je vous ai vus tous les deux. »

Curieusement, toute sa tension se relâcha, dans une espèce de sentiment de ras-le-bol avec lequel elle avait souvent dû composer. Elle allait encore devoir engueuler June, comme elle l'avait fait de nombreuses fois depuis son divorce d'avec Adam et ses départs en vrille. Mais, et elle en était persuadée, June l'incontrôlable, avec ses liaisons multiples, ses crises maternelles, ses cuites au champagne triste, June son amie contre vents et marées n'était pas capable de la blesser. Jamais elle ne le serait.

« Je n'ai rien fait à Johnny, Angie. Tu sais bien que… Oh et puis merde, cette odeur d'ail c'est ridicule.

— Je les prendrai aux champignons, la prochaine fois. Qu'est-ce que vous fabriquiez, tous les deux, pour vous tenir dans les bras comme ça ? Quelqu'un est mort, ou quoi ? »

Comme un fait exprès, une feuille rousse venue d'un des ormes tomba sur sa jupe à fleurs. June la maniaque l'enleva aussitôt dans un geste presque anodin, mais dans lequel Angela vit, elle, une tendresse incroyable. Comme quand son amie ôtait les champignons de sa salade, car justement, elle savait qu'elle ne les aimait pas. C'était cela qui continuait malgré tout à les unir, cette connaissance exclusive l'une de l'autre.

June soupira, faisant tourner la tige de la feuille morte entre ses doigts.

« Ton fils a le béguin pour moi.

— Le béguin ? Tu te crois dans les années cinquante, ma vieille. Et je sais bien qu'il est amoureux de toi depuis qu'il a six mois, comme Luca d'ailleurs. Inutile de les encourager, ils sont cuits d'avance. Ne fais pas de charme à Johnny, j'ai vraiment détesté voir ça, Junie. (Elle réfléchit.) En fait, je crois que je déteste voir mon fils en homme. Tu comprends. »

Oui, voilà, c'était juste ça, cette certitude menaçante, qui avait perturbé sa vision tout à l'heure. C'était d'avoir sans le savoir confondu Johnny avec l'homme qu'il était déjà. Ces vingt ans, cette sensualité dont elle ne voulait rien savoir, et que June avait révélée dans une étreinte affectueuse – rien de tendancieux, finalement.

Pour Angela, Johnny était un petit garçon qui construisait pour elle toute une flotte d'avions en papier. *AngelAir*.

« Je ne sais pas, dit June, assez sèchement. Je n'ai jamais vraiment été une mère. Je n'ai jamais été capable de voir en Melusine autre chose qu'une adulte en construction. Je ne serai pas surprise quand elle portera des robes Calvin Klein et qu'elle décrochera un Oscar, ou le prix Nobel de littérature.

— Avec tout ce que tu lui as appris, elle pourra te le dédier, arrête de te déprécier comme ça.

— Elle est bien mieux à vivre avec Adam. Au moins, avec lui, elle a une enfance. Je serais incapable de lui donner ça, de lui construire une maison de poupée ou de lui raconter des histoires à la con pour dormir. J'ai même jamais été foutue d'aller lui acheter des bonbons chez ta mère. Voir les gamins plonger leurs mains sales dans tout ce sucre… (Elle grimaça.) Bref, c'est pour te dire que pour moi, John est un homme, tout ce qu'il y a de vrai, avec toutes les emmerdes que ça comporte.

— C'est-à-dire ? » demanda prudemment Angela.

Elle n'était bien évidemment pas en phase avec le point de vue de June sur la maternité et l'enfance, mais elle aimait l'écouter. Elle avait souvent entendu de quoi calmer ses propres angoisses dans le discours subversif de son amie. Il lui était arrivé plus souvent qu'à son tour d'être dévastée par l'ingratitude, la solitude invisible de son rôle de mère, devant un câlin refusé, une assiette boudée, tant de mercis oubliés, qu'elle trouvait quelques bonnes réponses chez cette vraie déçue de la maternité.

June attrapa une autre feuille morte au vol, juste avant qu'elle ne touche sa jupe.

« C'est-à-dire que je n'y peux rien, Angie, mais ton fils est vraiment amoureux de moi. Comme un homme. »

Angela eut soudain envie de vomir, devant tout ce que ces derniers mots comportaient. Une violente remontée acide s'échoua dans ses poumons, embrasant sa poitrine. Bon sang, cesserait-elle un jour d'être cette adolescente naïve qu'elle détestait ?

« Bien sûr que tu y peux quelque chose, souffla-t-elle. Arrête de jouer avec lui comme tu l'as fait tout à l'heure.

— Je ne joue pas, j'ai de l'affection pour lui. Je ne peux pas l'envoyer balader comme ça. (June lui jeta un œil par-dessus ses lunettes.) Angie, tu sais bien que je ne ferais rien de mal avec ton fils. Quoique ma conception du mal soit assez éloignée de la tienne en ce qui concerne les relations humaines.

— Oh, je t'en prie. Ne me rejoue pas le couplet de la bigote italienne face à la belle liberté scandinave. Comment ça a commencé ?

— Mais rien n'a commencé ! Rien du tout.

— Entre vous, d'accord. (Angela réprima un haut-le-cœur.) Mais pour lui, comment ça a commencé ?

— Je ne sais pas vraiment. (June haussa les épaules.) Je suppose qu'en travaillant pour moi ces trois derniers étés il m'a vue sous un autre jour.

— Bien sûr, ricana Angela, amère. Une belle femme qui commande des hommes, ça fait son impression. Voilà qui change de l'image de la mère au foyer.

— Peut-être, et c'est pour ça que c'est pas grave, Angie. Quoi qu'on fasse, les enfants se construisent contre nous, j'en suis persuadée. Si tu avais été chef d'entreprise comme moi, il serait tombé amoureux d'une artiste comme toi. Johnny m'a juste trouvée exotique, et, crois-moi, ça lui passera. Plus tard, il recherchera sa mère dans toutes les femmes. »

Voilà qui méritait réflexion, jugea Angela. Mais qui n'évacuait pas la question souterraine qui lui plombait l'estomac.

« Et si ce n'était pas mon fils ?

— Je ne me gênerais pas.

— Junie ! » cria Angela, scandalisée. Un couple assis non loin sur la murette se retourna sur elles dans un bel ensemble. June éclata de rire. « Mais Angie, Johnny est très beau, il est grand, fort, il n'a pas d'acné, une pilosité intéressante…

— June, merde !

— Et il est sensible, drôle et intelligent, ce qui ne gâte rien.

— Il n'est pas intelligent, non, pour avoir le… béguin pour la meilleure amie de sa mère. Enfin, Junie, tu es comme sa tante !

— Quelle horreur !

— Tata Junie.

— Tais-toi. »

Elles rirent toutes les deux, d'un drôle de rire creux qui cherchait sa propre légèreté comme une délivrance, un remède à une situation inconfortable. Plus loin, le couple leur tourna le dos, rassuré, s'abîmant dans la contemplation des jets d'eau sur le bassin.

« Lâche ton fils, dit June, après un moment de silence. Je n'ai aucune intention de le récupérer. Même si les conventions m'étouffent et que je déteste les barrières.

— Enfin, Junie, ce n'est pas comme si tu étais vraiment attirée par lui… »

June se tourna vers elle, ses lunettes glissant sur son nez parfait, la fine cicatrice soulignant sa pommette se perdant au coin de sa bouche en un sillon nacré.

« Bien sûr que je le suis. Et je déteste ce monde. Rien n'est jamais simple, et je n'ai pas le mode d'emploi pour y vivre. Je passe la moitié du temps à faire des conneries, et l'autre moitié à avoir peur d'en faire. Quand ma fille est née, j'ai essayé de trouver ce fameux instinct, d'avoir peur pour elle, puisqu'il paraît qu'une bonne mère vit dans la peur. En fait, je n'avais peur que pour moi – de tout rater ou au contraire de devenir quelqu'un qui m'aurait fait horreur. Melusine, elle… À peine née, elle m'avait échappé. J'avais mis au monde mon pire ennemi. Je ressentais chacun de ses pleurs comme des reproches, ça me terrorisait. (Elle secoua la tête, sous le choc de sa découverte.) Tu te rends compte, Angie, un bébé de trois jours me flanquait la trouille de ma vie ! Alors non, je n'ai jamais rien compris à la maternité. Et oui, Angie, je regrette infiniment que Johnny soit ton fils et qu'il faille respecter ça, parce que sinon, je te jure, je le rendrais heureux quelque temps. Et moi aussi. »

Sonnée, Angela n'entendait plus le clapotis de l'eau, le vent dans les arbres, le bruit des gens. Elle n'entendait rien d'autre que la voix de June, son impuissante colère. C'était comme si, au milieu de ce parc, une porte s'était ouverte sans qu'elle sache ce qu'il y avait derrière, et que June s'y engouffrait.

Angela ne disait rien. Et June fouillait dans son sac, allumait une cigarette. « Tu veux que je te dise, marmonna-t-elle, tu devrais prendre un peu le large avant d'être vraiment déçue.

— Je ne comprends pas.

— Tu donnes beaucoup, Angie, et un jour tu t'apercevras qu'on ne t'a jamais rien rendu. Les enfants ne te rendront rien, c'est à sens unique cette histoire.

— Je ne suis pas d'accord, Junie.

— Je sais. (June eut un geste du menton pour souffler sa fumée de cigarette.) Mais Nick ne t'a jamais rien rendu non plus, tu n'as plus à protéger le souvenir de votre sacro-saint mariage.

— C'est un arrangement. Ce n'est pas à sens unique. J'ai eu de l'argent, il a la paix, et des gens ont été préservés de bien des déceptions. Joey, les enfants…

— Je ne te parle pas de ça, mais des principes que tu t'appliques, et qui font que, plutôt que de t'occuper de toi, tu n'as d'yeux que pour tes enfants. Qui te quitteront, Angie.

— Je n'ai pas envie de refaire ma vie, si c'est de ça que tu parles. Ou de m'envoyer en l'air avec n'importe qui simplement parce que je le peux. »

June eut un petit rire musical, l'air de chantonner quelques notes.

« Il ne s'agit pas de n'importe qui.

— Je ne comprends pas, fit Angela, sur la défensive.

— Écoute, soupira June. Tu te souviens quand je te disais que Margaret Baylor était ton diable ?

— Ça s'est vérifié.

— Oui, eh bien. Tu veux savoir qui était le mien ? Qui a toujours été mon diable ?

— Je t'écoute. »

Sans vraiment savoir pourquoi – ou peut-être que si, au fond –, Angela avait eu le réflexe de se reculer prudemment, cherchant l'ombre sur la murette. Autour d'elles, les feuilles mortes dégringolaient toujours, par vagues sous les coups de vent sporadiques. June soupira longuement, comme si elle avait affaire à la reine des idiotes, se dit Angela. Ou pour mieux reprendre son souffle ?

« Mon diable, c'est toi, dit-elle doucement. C'est à toi qu'Adam a toujours pensé.

— Arrête, June.

— Au fond de toi, tu le sais. Il te l'a même peut-être dit, cet enfoiré, alors ne fais pas comme si c'était une découverte. Le seul truc, c'est que tu ne savais pas que je le savais. Que tu étais mon diable à moi. »

June écrasa sa cigarette sous son talon, récupéra soigneusement le mégot pour le mettre dans une petite boîte. Puis elle mit la petite boîte dans un sachet, et le sachet dans son sac. Elle semblait torturée, un peu effrayante. Angela restait comme hypnotisée. Elle songea vaguement qu'au moment où elle achetait les *bruschette* pour leur pique-nique, cette conversation n'était pas du tout prévue. Elles auraient dû parler des fantômes du Brown Building, du match de foot de Luca, hier, du chantier de l'une et des dessins de l'autre. Au lieu de cela, une étreinte furtive leur avait fait déballer les livres comptables de deux vies, avec solde de tout compte.

« June, balbutia-t-elle, je n'ai jamais rien fait qui…

— Eh bien, tu devrais, la coupa June. Tu devrais, je vais te dire. J'ai mis longtemps à accepter qu'Adam ne m'appartienne pas – tout comme tes enfants ou ma fille ne nous appartiennent pas. Tout ça, c'est ce qu'on veut bien croire pour rendre la vie avec eux plus supportable. Sinon, on aurait juste peur, tout le temps. On vivrait dans la terreur de les perdre. Et c'est ce qui finit bien par arriver. (Elle fronça les sourcils, visiblement pas sûre d'être claire.) Alors ne perds pas de temps avec tes principes. Adam et toi auriez dû être ensemble depuis le début. Tout ce qui s'est passé, ce ne sont que des accidents de la vie. »

Angela regarda ailleurs, l'arche sous laquelle se photographiaient les touristes, le couple qui discutait au bord de l'eau, le piano toujours seul au milieu de l'allée. Elle regarda sa montre. Elle voulait que cette conversation qui lui flanquait le vertige se termine. Elle avait l'impression de sauter dans le vide.

« June, dit-elle en prenant son sac, je n'arrive pas à comprendre comment nous sommes passées de Johnny à Adam. Mais je sais que tu ne pourrais pas toucher à mon fils. Et je ne ferai jamais rien avec Adam. Le rapport est peut-être là. »

June sourit, un sourire désabusé : « Il n'y a aucun rapport, c'est ce que j'essaye de te démontrer. Tous tes principes ne se valent pas, Angie. Réfléchis à ça. On devrait tous avoir droit à deux vies. On se trompe toujours dans la première. »

Elles se nettoyèrent les mains en silence dans une vasque à la sortie du parc, puis traversèrent la rue pour acheter des pastilles à la menthe – une boîte chacune de peppermints Newman's Own, avec un ours polaire sur le couvercle. « Laisse, fit June, c'est moi qui paye, tu as apporté les *bruschette*. »

Puis elle s'éloigna, sa silhouette impériale flottant dans le cadre parfait formé par les immeubles de chaque côté de la rue, ses cheveux de lin flottant derrière elle.

Dans un ultime coup de vent, elle entra dans le Brown Building, laissant derrière elle Angela et mille questions.

30

C'était un lundi qui s'achevait, il avait fait si beau.

Alors que la nuit tombait sur la baie, les lentes révolutions de la WonderWheel semblaient mélanger les parfums chauds de beignet sucré venus du sol avec l'air du ciel qui empruntait à l'océan ses effluves salés.

C'était un été qui tirait sa révérence avec grâce, laissant derrière lui la poissure d'août.

Ce soir encore, on pouvait dîner sur la terrasse. La semaine prochaine, il ferait déjà trop sombre. Angela se dit qu'en installant un vrai lampadaire plutôt que ces lampes-boules qu'elle avait placées au ras du sol, on pourrait peut-être étirer l'été jusqu'à la fin octobre. Elle demanderait à Joey. Son ex-beau-père était toujours aussi empressé, il n'avait jamais rien compris au divorce, d'autant que Nick et Angela s'entendaient parfaitement, non ?

C'était vrai. Finalement. Au début, Angela avait dû se battre contre l'idée même de haine qui, pensait-elle, menacerait forcément. Mais elle n'avait rien vu venir d'autre que des assauts soudains de mélancolie. Ces soirs-là, elle confiait la responsabilité des enfants à Nick, comme s'il lui devait bien ça, et partait à Sea Gate boire du champagne et imaginer les aménagements de sa future maison sous le crayon expert de June. Nick n'avait jamais failli. Elle ne voulait pas savoir ce qu'il faisait de Margaret l'avocate et de son fils putatif, ces soirs-là. Peut-être tenaient-ils le restaurant à sa place.

L'argent était arrivé, et puis la maison. Angela et June avaient arrêté le champagne pour passer au gros œuvre : il s'agissait de faire d'une grande villa mauresque, abandonnée depuis des années sur un carré de pelouse mitée entre Atlantic Avenue et la promenade Riegelmann, un havre de paix et de lumière. La maison appartenait à des Moscovites exilés qui, agacés par le barnum d'Astroland, avaient migré à l'autre bout de la Promenade, à Brighton Beach, qu'on appelait aussi la petite Odessa depuis que la communauté russe s'y était installée.

June avait préconisé de casser des murs, d'installer une baie vitrée et de tout repeindre en blanc. Le soleil entrait à flots, et on avait l'impression que l'océan venait se coucher à vos pieds.

Angela avala une gorgée de chianti, espérant qu'il lui tomberait direct dans les genoux et la soulagerait des tensions de la journée. Puis une autre. Rien n'y fit. Ce soir, elle avait un drôle de sentiment – un sentiment d'urgence, d'inéluctabilité, qui faisait frémir ses veines et empêchait l'alcool de faire son effet.

Tout ce qui faisait sa famille était autour de cette table, Irene et les enfants, et ça piaillait, ça riait, ça reprenait trois fois de la *pasta all'arrabiata*, mais Angela n'y était pas, trop occupée à ruminer ses *bruschette* de midi dont l'ail lui reprochait moins que les sentences de June. Elle était heureuse, merde, pourquoi fallait-il que son amie remette toujours tout en question ? Elle n'avait pas besoin d'un homme, pas besoin d'Adam, ses enfants la rendaient…

« Maman, tu ne manges pas ? »

Elle tiqua. *Et lui, là*, se dit-elle. John avait sincèrement l'air soucieux pour elle, comme d'habitude.

« Je n'ai pas faim, dit-elle. On a déjeuné tard, avec June. »

John hocha la tête, pas plus troublé que ça. Elle plissa les yeux, le regardant attentivement couper les spaghettis dans l'assiette de Rosie. « Johnny, non ! s'exclama Irene en bout de table. On ne coupe pas les spaghettis, c'est criminel. Enfin, Rosie, tu es assez grande pour les tourner dans ta cuillère !

— Ils ont le même goût s'ils sont coupés, s'insurgea la petite.

— Pas du tout, fit Irene, ulcérée. Et c'est ton patrimoine, tu comprends, ça ? Il faut respecter. Si tu veux des pâtes courtes, tu n'as plus qu'à manger des macaronis au fromage, comme les Américains.

— Maman, intervint Angela, amusée. Tu es américaine depuis plus de cinquante ans.

— Merci de me le rappeler.

— Et Rosie ne sait pas ce que c'est qu'un patrimoine, et si elle en a un.

— On ne coupe pas les spaghettis. C'est tout.

— La mère de mon pote Kevin, elle mange les hamburgers avec un couteau et une fourchette, crut bon d'intervenir Luca.

— Là, tu vois, opina Irene, triomphante. C'est pareil ! C'est n'importe quoi ! Elle sort d'où, cette pauvre femme, la mère de Kevin ?

— D'Italie. Napolitaine pur jus. »

Autour de la table, tout le monde s'esclaffa. Petit à petit, Angela redescendait sur terre, avec les siens. Elle écouta Stella se plaindre de son école, lui rappela que si elle n'y allait pas elle resterait bête toute sa vie et n'aurait rien à apprendre à ses enfants, débattit avec Luca de la nécessité de lui acheter l'un de ces nouveaux téléphones portables qui prenaient aussi des photos, et laissa John lui servir un autre verre de vin. Il était si galant, se dit-elle. D'un autre âge. Pas étonnant que même une femme de trente-sept ans comme June le trouve séduisant. Gênée, elle s'ébroua mentalement pour chasser cette idée de sa tête.

« Tu as vendu beaucoup d'affiches, aujourd'hui ? lui demanda-t-il, sirotant le reste de son chianti alors qu'Irene et les filles débarrassaient la table.

— Oui, une dizaine... Maman ? appela-t-elle Irene, comme si une pensée urgente lui traversait la tête. Où est Luca ? C'est quand même dingue que seules les filles débarrassent pendant qu'il se vautre devant la télé ! Je ne veux pas qu'elles soient élevées en trouvant ça normal.

— Je vais y aller, proposa John.

— Non, non, reste ici, s'empressa-t-elle. Je ne t'ai pas beaucoup vu, ces derniers temps.

— La reprise à l'université. C'est dur.

— Mais ça va ?

— Les cours ? Oui, oui. »

Un vent léger agita les serviettes sur la table, John se pencha pour en faire un tas avant qu'elles ne s'envolent. Il était si grand, réalisa Angela. Pourtant Nick n'était pas un géant – quant à elle, elle s'était toujours trouvée petite et grosse, le compteur bloqué à l'adolescence. À qui John ressemblait-il le plus ? À eux deux, conclut-elle, puisque Nick et elle se ressemblaient. Les cheveux d'un noir lustré étaient de son père, mais les yeux étaient à elle, brun clair tirant sur le daim. Irene aussi avait les mêmes, un peu en amande, frangés de jais, les cils plantés si serrés qu'on aurait cru du maquillage.

John se rassit, et son parfum flotta jusqu'à elle, des notes d'agrumes et de tabac.

« Tu fumes ? s'étonna-t-elle.

— Non, pourquoi ?

— J'ai cru... Une odeur, sur ta chemise.

— Non, je t'assure. »

June, se dit-elle. De nouveau, le désarroi affleura. *Non, June ne fera rien de mal.* Puis : *Même si elle en meurt d'envie.*

Elle considéra la barbe légère qui ombrait à peine les joues de son fils. Mon Dieu, comment était-ce possible, elle se sentait encore si jeune – et elle l'était à peine moins que lui, sur l'échelle d'une vie. Une génération, c'était vingt ans, non ? Eh bien June et elle étaient de la même génération que Johnny. Un peu perdue, elle avala d'un trait le reste de son chianti.

« Johnny, hésita-t-elle. Dis-moi... Qu'est-ce que tu attends de la vie ? »

Elle vit dans ses yeux au clair de lune qu'il était surpris. « À quel niveau ? demanda-t-il.

— Euh, je ne sais pas. En général.

— Ouh là, vaste question, maman ! (Il réfléchit.) Je suppose que j'attends de réaliser mes rêves de gamin. Envoyer des fusées dans l'espace ou piloter des avions.

— AngelAir ? (Elle sourit.) Tu y arriveras, j'en suis sûre.

— Ouais. J'aurai une compagnie aérienne qui fera la liaison quotidienne entre New York et l'Italie. Des supersoniques. Grand-mère pourra aller prendre ses repas à Naples et manger ses spaghettis sans les couper. »

Ils rirent tous les deux de bon cœur. La nuit était maintenant tombée jusqu'à leurs pieds, et la brise ramenait vers la terrasse les cris des fêtards dévalant les rails en bois du Cyclone. Dans ce calme relatif, le chianti faisait finalement son effet.

« Et une famille à toi ? osa-t-elle.

— J'ai déjà une famille à moi, répliqua-t-il, haussant les sourcils.

— Je veux dire… Une femme, des enfants. Ce n'est pas pareil.

— Des enfants ? Non, merci.

— Oh, tu n'es pas obligé de les faire aussi tôt que tes parents…

— Même. Je ne pense pas en avoir un jour. »

Angela sentit une vague de chaleur envahir son esprit embrumé. Qui lui avait mis cette idée dans la tête ? « Ça lui passera », avait dit June. Et si ça ne lui passait pas ? Si c'était plus sérieux qu'une simple lubie de jeune homme ?

« Tu verras bien, dit-elle simplement, tentant de se maîtriser.

— Oh, c'est tout vu ! Je veux vivre ma vie, sans entrave.

— Tu crois que vous avez été une entrave, pour ton père et moi ?

— Je ne sais pas, maman. Papa a toujours fait ce qu'il voulait, mais toi…

— Je fais ce que je veux, Johnny, se défendit-elle. Je dessine, et les gens trouvent ça suffisamment joli pour acheter mes œuvres. »

John se pencha vers elle avec empressement, encerclant son bras d'une poigne douce.

« Oui, maman, et c'est magnifique ! Mais ce que je veux dire, pardon, mais si tu t'étais consacrée pleinement à ton talent dès le début, à l'heure qu'il est on t'exposerait dans des galeries.

— Au lieu de vendre des plans de métro aux touristes au Chelsea Market, tu veux dire.

— Ils sont super, tes plans de métro ! C'est une idée géniale ! Mais maintenant, tu fais ça un peu à la chaîne, non ? »

Bien sûr, il avait raison. Angela songea à la pile qui l'attendait dans le salon (quelques Libby, quelques Twin Towers à tracer pour refaire les stocks), et à l'incapacité qui l'avait saisie devant le Brown Building, ce matin. Sa créativité formatée de lignes droites et d'ombres portées, répétées à l'infini, s'arc-boutait devant l'émotion – alors que c'est l'émotion qui aurait dû l'emmener. Si elle avait été une véritable artiste.

« OK, dit-elle, amère. Je ferais mieux de retourner vendre des bonbons. Faire de jolis sachets. » Irene avait cédé la boutique l'an dernier et coulait une retraite confortable. Les nouveaux propriétaires, qui ne doutaient de rien, avaient transformé l'endroit en fast-food. Pile en face de *Nathan's*, ces couillons. La faillite les guettait.

« N'importe quoi, maman. (John l'embrassa tendrement.) Tu as de l'or dans les mains, et tu devrais vraiment penser à ce que tu veux en faire. Pense un peu plus à toi et un peu moins à nous. On est grands, maintenant. »

Mon Dieu, ce copier-coller du sermon de sœur June, se dit-elle. Elle se sentit dépassée. Visiblement, le mal était déjà fait.

Oh et puis merde! se dit-elle un peu plus tard, alors que légèrement ivre elle frottait vigoureusement un coton sur son visage pour se débarrasser des impuretés de la journée. Demain, elle dessinerait ces fichues Libby et ces foutues Twin Towers, mais ce serait les dernières. Ensuite, elle ferait le point sur ses projets. Elle en avait plein, des projets, ils allaient voir. Il suffisait qu'elle se décide.

Elle contempla son visage nu dans le miroir. Comment avait-elle traversé toutes ces années ? Sans maquillage, elle ressemblait encore à une gamine. Dans trois ans, elle aurait quarante ans, mais aucune ride ne l'en avertissait. Dans un sens, ça lui manquait. Elle aurait voulu que des sortes de strates témoignent de son passage à l'âge adulte, attestent de la maturité atteinte.

Et puis ce corps délié par les efforts quotidiens – se lever tôt, attraper des trucs dans les placards pour préparer le petit déjeuner, s'agiter, vite, vite, devant la cuisinière, pousser les portes pour réveiller les enfants, tirer les chaises, passer le balai, oublier de déjeuner puis courir jusqu'au métro, et tout recommencer dans l'autre sens chaque soir que Dieu fait –, ses seins ronds qui commençaient à subir la gravité, sa taille fine, ses fesses toujours confortables, personne d'autre que Nick Spoleto n'y avait jamais posé la main.

Est-ce que cela lui manquait? *Non*, décida-t-elle en se tournant de trois quarts, la main sur le ventre qu'elle n'aimait pas. Elle pensa à Adam, et il ne fallait pas penser à Adam, car à chaque fois le feu menaçait, sa respiration se bloquait, et elle ne voulait pas de tout ça. Quoi qu'en dise June. Sinon, cela gâcherait tout. Ces balades qu'ils faisaient le dimanche avec les filles sur la promenade Riegelmann, ces fous rires qui les prenaient devant les autotamponneuses de l'inénarrable Joey Spoleto, et ces silences tranquilles lorsqu'ils se posaient sur un banc. Elle ne voulait rien connaître de ses conquêtes féminines, ils n'en parlaient donc pas, jamais il ne lui avait présenté une autre femme. Elle savait par June qu'il y en avait eu quelques-unes, dont une ballerine du Met absolument divine. Elle avait redouté que celle-là soit la bonne.

Elle aimait cette certitude qu'Adam était toujours là pour elle, au téléphone, pour un déjeuner en ville, une expo de peinture, un film avec les enfants. Elle aimait qu'il lui raconte son nouveau boulot d'avocat, qu'il teste sur elle ses plaidoiries. Elle aimait lui parler de ses projets – aller faire le tour de l'Italie en Vespa, ou créer une ligne de vaisselle, et elle aimait qu'il n'en rie pas.

Non, elle ne voulait pas gâcher tout ça.

Elle alla fermer les volets, restant un instant devant la fenêtre, à prendre l'air les mains sur le chambranle. Le vent léger joua avec le voile de sa chemise de nuit. L'océan était calme, le ciel bleu marine était pur. Pas un nuage. Demain, il ferait beau.

On était le 10 septembre, encore l'été.

31

« Hello, consœur ! Lâche ce feutre et viens prendre un café. »

Angela releva la tête du pochoir qu'elle farcissait d'encre noire pour figurer le socle de la statue de la Liberté. Elle était de mauvaise humeur, elle n'avait de temps pour rien. En arrivant tôt ce matin, elle s'était imaginé venir à bout de sa pile de dessins avant que le marché des artistes n'ouvre au public, mais elle s'était taché les doigts et une myriade de petites empreintes digitales noires maculait ses plans de métro. Il faudrait qu'elle aille en chercher d'autres à la station de la 8e Avenue.

« Zak, je ne peux vraiment pas », geignit-elle, insensible au sourire espiègle de l'homme qui se penchait sur elle.

Pourtant, boire un café avec Zak, c'est tout ce qu'il lui aurait fallu. Elle aimait bien ce drôle de peintre, né exactement à la même date qu'elle. Ils avaient découvert cette incroyable coïncidence le jour où June était passée en coup de vent lui souhaiter son anniversaire, avec un cadeau pourri, comme d'habitude – cette fois c'était un abonnement dans un salon ayurvédique où elle ne mettrait jamais les pieds mais, même à côté de la plaque, June mettait de la magie partout où elle passait. Et Zak avait été touché par la grâce. Il s'était approché, presque aimanté, et du coup, *bing!*, c'est pas vrai, ils étaient nés le même jour ? La même année ? Mais oui !

Mais plus tard, Angela avait trouvé la comparaison un peu saumâtre : il y avait bien une dizaine de tranches de vie d'écart entre l'artiste juif de Brooklyn et elle, l'ex-marchande de bonbons italienne de Coney Island dont le curieux hobby était de gribouiller sur des plans de la MTA. En vingt ans, Zak avait trouvé le temps d'être pèlerin en Israël, globe-trotter, fondateur de radio locale, disc-jockey, père de famille, ingénieur commercial, dépressif, agent immobilier, et finalement artiste-peintre, tout ça pendant qu'Angela regardait tourner la grande roue d'Astroland en changeant des couches – et en préparant les repas d'un mari adultère, par-dessus le marché.

Alors bon, ils n'étaient pas vraiment « confrères », Zak et elle. Le peintre remonta ses grosses lunettes rondes cerclées de noir sur son nez, prit un air contrit, puis se pencha de nouveau sur la table d'Angela : « C'est intéressant, ces empreintes. Tu devrais les vendre plus cher. Ça, c'est de la création personnelle !

— Arrête. Je suis au bord de la crise de nerfs.

— Alors il y a un problème, ma chérie. Si ton art te stresse autant que de remplir des carnets comptables, il faut changer de cap.

— Ce n'est pas de l'art. C'en était au début, mais ce n'en est plus.

— Il faudra qu'on en parle. »

Elle hocha la tête, puis retourna à son pochoir. Zak, lui, peignait des choses simples qu'il savait rendre merveilleuses – ses cuillères en argent collées sur une toile et dégoulinantes de peinture avaient connu un tel succès que même le *New York Post* en avait parlé. Zak ne resterait plus longtemps ici. On lui avait déjà proposé de mettre la main aux décors d'une comédie musicale à Broadway.

Depuis dix-huit mois qu'elle exposait et vendait au marché des artistes, Angela en avait vu passer, des jeunes créateurs. Certains, comme LouLou, qui créait des bijoux baroques à base de touches d'ordinateur, étaient ici à l'année – Angela avait offert à June une touche dièse montée sur un anneau argent, June avait trouvé la bague géniale puis l'avait perdue. D'autres, comme Capucine et ses chapeaux tourbillons, Malcolm et ses foulards en soie peints à la main, avaient maintenant leur corner chez *Macy's*.

Angela, elle, doutait que ses dessins finissent dans les grands magasins – ou alors à la librairie de l'université, pour illustrer des carnets, c'était une idée, tiens, se disait-elle, maussade. Pourtant, quand elle avait intégré le coin des artistes dans le tout récent marché couvert hyperbranché du Meatpacking District à Manhattan, elle avait eu l'impression d'entrer dans un catalogue Sotheby's. Elle ressentait ça comme un honneur. C'est Adam qui avait présenté ses œuvres au collectif des artistes, et à présent Angela doutait que seul son talent ait été pris en compte. Le président, un type un peu punk qui tordait des plaques d'immatriculation au chalumeau pour en faire des lampadaires, devait certainement un service à Adam. Les plaques étaient sûrement volées, et il lui avait fallu un bon avocat. Ça devait être ça.

Le Chelsea Market occupait l'ancienne fabrique de biscuits *Nabisco* où l'on avait inventé les Oreo, sur tout un bloc, entre la 10e et la 11e Avenue. Il fallait à Angela une heure de métro et un changement de ligne pour y arriver, mais elle adorait cet endroit.

Dans le bâtiment de brique rouge se côtoyaient le collectif des artistes, les boutiques de vêtements et les commerces de bouche – fromages, sel artisanal, huile d'olive et chocolat faisaient les délices du quartier, et au-delà. À *Lobster Place*, les touristes venaient choisir un homard vivant qu'ils dégustaient avec des gants, arrosé de beurre fondu après que la bestiole avait fait un séjour minute dans l'eau bouillante. Chez *Eleni's Bakery*, Angela venait chercher son cupcake pour le goûter – celui aux Oreo avait la cote, bien sûr, mais elle se damnait pour le glaçage au beurre de cacahuète incrusté de Reese's, qui finissait directement sur ses hanches.

Et puis il y avait le comptoir italien, ses *gelati* et ses fameuses *bruschette* atomisées d'ail. En terminant sa pile de dessins, un peu après 9 heures, Angela se dit qu'elle n'avait pas appelé June depuis leur étrange déjeuner d'hier. Souvent, elles se téléphonaient le soir, avant de dormir, pour parler de tout et de rien. Pas hier soir. Pas envie ?

Oh, et puis elle penserait à June, à Johnny et à tous les autres plus tard ! Pour le moment, elle allait ressortir ses projets de vaisselle de son carton et les étudier entre deux clients. Elle commencerait par peindre des mugs, et…

« Tiens, consœur », fit la voix de Zak. Un sublime cupcake de chez *Eleni's* apparut sur la table à côté de ses dessins, une véritable œuvre d'art dorée, blanche et noire – celui-ci devait être au citron vert, avec des petits grains de vanille de Madagascar. Elle remercia Zak mais il était déjà reparti, sortit le cupcake de sa gangue de papier-dentelle, et oui, il était au citron vert, plus tard elle se souviendrait de la pointe d'acidité sur le moelleux du gâteau, de la rondeur de la vanille, ce goût-là, mon Dieu. Et elle ne pourrait plus jamais en manger.

« Merde, qu'est-ce que c'est que ce truc... » Le stand d'à côté, celui de Moody, était équipé d'une télé, pour la bonne et simple raison que Moody dessinait des télés et ce qu'on y voyait – instantanés de séries, d'infos, d'émissions passées à la moulinette de la caricature. C'était une idée, mais ce n'était franchement pas terrible. Angela trouvait Moody un peu imbu de lui-même, comme un ex-ado surdoué qui aurait tout inventé.

Là, Moody était impressionné, ce qui changeait de son air blasé habituel. Il siffla :

« Putain ! »

Angela tourna la tête, et elle ressentirait plus tard cette fraction de seconde comme une rupture d'équilibre. C'est une drôle d'impression de voir une image familière réduite aux quatre coins d'un poste de télévision. Un peu comme si on regardait dans un périscope, et à ce moment-là, entre les épais murs sans fenêtre du Chelsea Market, Angela eut l'impression fugace d'être dans un bunker, ou un sous-marin.

Sur l'écran 16 pouces de la télé de Moody, une des tours jumelles du World Trade Center crachait une fumée noire.

En s'avançant plus près, Angela vit le trou dans la tour, le métal enfoncé. Elle avala le dernier morceau de cupcake qu'elle avait dans la bouche, s'essuya machinalement les mains sur un morceau d'essuie-tout.

« Qu'est-ce que c'est ? s'entendit-elle demander.

— Un mec qui sait pas piloter, répondit Moody. Je sais pas, je viens d'allumer. Ils disent que c'est un putain d'avion de tourisme. Foutus mecs de Wall Street avec leurs jets privés.

— C'est quelle tour ?

— La tour Nord. »

C'était comme être détachée du sol, comme si l'attraction terrestre n'existait plus : Angela flottait. La tour Nord. June travaillait dans la tour Nord… June travaillait dans la tour Nord. Il fallait prévenir quelqu'un.

« C'est un gros trou pour un petit avion », dit la voix de Zak derrière elle, parce que les gens avaient commencé à se regrouper devant la petite télé de Moody, et que chacun donnait son avis – « Une bombe, comme en 1993 ? » se demandait LouLou.

Aussi, quand le second avion frappa la tour Sud, il y eut des bouches béantes, des mains qui s'attrapent, des épaules qui se touchent – le petit groupe n'était qu'un seul cri.

« June travaille dans la tour Nord, articula Angela dans le brouhaha.

— Quoi ? fit Zak.

— June, mon amie. Dans la tour Nord. »

Elle était étrangement calme, comme si elle laissait le temps à son cerveau de digérer l'aberration qu'elle venait de voir et de la lui restituer en quelque chose d'humainement intelligible.

« Quel étage ? demanda Zak.

— Je ne sais pas. Vingt-troisième.

— Elle a dû sortir. C'est beaucoup plus haut. »

Il y eut un long moment de flottement, pendant lequel on se demanda quoi faire – fallait-il fermer le marché, rentrer chez soi, était-on en danger ici ? LouLou remballa ses bijoux, ferma ses présentoirs à clé et prit sa veste. Moody suréleva sa petite télé sur un carton pour qu'on puisse mieux voir, et s'installa les bras croisés dans son fauteuil en toile.

Mais la plupart des gens étaient maintenant sur leur téléphone portable. Comme le réseau passait mal entre les murs de l'ancienne fabrique de biscuit, ils se retrouvèrent à arpenter le trottoir dans un sens et dans l'autre, s'entrecroisant, une main pressée sur l'oreille, dans une chorégraphie de science-fiction.

Angela appela June, une fois, deux fois, dix fois. Elle trouva le numéro du Brown Building dans un annuaire accroché dans une cabine toute proche : « Non, lui répondit une voix d'outre-tombe, Mme Verhoeven-Sinclair a fini les travaux hier. Mon Dieu, mais son bureau est au World Trade Center ? »

June avait dû évacuer dans la précipitation, probablement sans son sac. On ne prend pas son sac, dans les exercices d'évacuation, c'est ce qu'on apprend déjà aux enfants dans les écoles. Le onzième ou douzième appel arriva directement sur le répondeur. *Plus de batterie*, conclut Angela. Tout le monde avait dû l'appeler en même temps. « June, supplia-t-elle. Rappelle-moi tout de suite. »

On entendait au loin les sirènes des pompiers. Angela leva les yeux au ciel : il était si bleu. Si *normal.*

« C'est le Front de libération de la Palestine », vint lui dire quelqu'un. Dans ces moments-là, tout le monde se parle, comme si on se connaissait depuis toujours.

— Je sais, mais il doit être à l'abri dans le restaurant.

— C'est le père de mes enfants, Adam.

— Appelle-le. Tu ne peux pas aller jusque là-bas. Tu ne te rends pas compte. Je vais sortir par l'arrière du tribunal sitôt que ce sera possible. Je viendrai te chercher. Je t'en supplie, retourne à Chelsea.

— Il faut que j'aille…

— Retourne à Chelsea, putain ! hurla Adam. Tu vas arrêter de n'en faire qu'à ta tête, ce n'est pas le putain de moment ! Je te jure, Angie… Fais ce que je te dis, pour une fois, une malheureuse fois dans ta vie. »

Elle encaissa sa colère, les yeux grands ouverts sur le chaos devant elle, puis toute l'adrénaline la quitta. « D'accord », dit-elle. Elle se releva lentement, le téléphone à l'oreille pour entendre la respiration d'Adam. Vit l'énorme champignon de cendres grises, au sud de l'île, les immeubles noyés sous le nuage de fumée, comme si l'horizon avait mangé un morceau de Broadway et que Manhattan avait rétréci de moitié.

Elle regarda les gens perdus, les yeux hallucinés de la foule, et puis ses pieds nus et sales, comme si elle se réveillait, un goût rance de citron dans la bouche, se demandant comment elle était venue jusqu'ici.

32

Ils se retrouvèrent le soir, au même endroit que la veille, hagards, autour d'une table dévastée. Irene avait sorti des placards du pain de mie, des bocaux de tomates confites, du salami et différentes sortes de crackers, et les enfants se passaient les assiettes en laissant des miettes partout. Aussi méticuleuse que sa mère, Melusine avait fait un petit tas avec les peaux du salami près de son assiette, et Adam posait de temps en temps sur elle un œil soucieux. June n'avait pas appelé.

John ne tenait pas en place, se levant toutes les cinq minutes pour passer des coups de fil, Irene avait fini par décoller Luca du téléviseur « Qu'on prenne un moment pour manger tous ensemble loin de ce cauchemar, avait-elle ragé. Pour faire comme si tout était normal, s'il vous plaît ! »

Une bonbonne de chianti trônait au milieu de la table, que tout le monde fixait sans l'ouvrir, chacun figé dans la certitude que le moindre geste vers la vie normale serait comme un abandon, un dos tourné à la souffrance des autres. À un moment, Adam se leva,

Ils entrèrent, allumèrent la lumière et la normalité du lieu frappa Angela. Les coussins étaient dans la bonne position, les canapés lissés, les piles de livres disposées comme d'habitude.

Ce n'est pas cet ordre, bien peu significatif, qui lui apparut comme l'évidence que June n'était pas revenue ici, mais plutôt l'absence de parfum. Le salon aurait dû sentir *Diorissimo*, que June portait depuis vingt ans, de la cuisine aurait dû s'échapper l'odeur du café, ou de quelque chose de brûlé – comme ces ignobles tacos végétariens que June oubliait dans son four. C'était ça qui rendait la maison vivante. Là, rien ne se dégageait de ce décor vide. C'était juste une belle photo sortie d'un magazine de déco.

Pendant qu'Adam montait à l'étage, Angela se demanda si c'était quand leur parfum n'était plus nulle part que les gens finissaient par être vraiment morts.

Quand ils rentrèrent, Irene avait fini le chianti avec Joey Spoleto. Il était venu aux nouvelles, heureux d'avoir entendu son fils au téléphone. La famille allait bien, il n'en finissait plus de remercier Dieu en faisant des canards dans un petit verre de *grappa*.

« Alors ? fit Irene.

— Rien, répondit Adam.

— Ne t'inquiète pas, mon garçon, June a de la ressource, dit Joey. C'est une coriace, cette fille.

— Je sais, Joey.

— Peut-être qu'elle ira chez Nick. Il accueille les gens, là-bas. Il leur fait à manger gratuitement, avec ce qu'il a.

Demain, on se réunit au Cercle pour voir ce qu'on peut faire, nous aussi. Johnny, il faut que tu viennes.

— Oui, grand-père.

— Et Luca aussi. On va... (Joey se passa la main dans les quelques cheveux gris qui lui restaient.) Je ne sais pas, on va trouver quelque chose à faire. »

Puis il partit, un peu perdu, sans les effusions d'usage. Angela était épuisée. Dans le salon, ses fils regardaient la télé, dans le noir. « Vous allez rester là toute la nuit ? » demanda-t-elle, détournant les yeux des tours qui s'effondraient, encore et encore. Ils resteraient, évidemment. Comment le leur interdire. Comment le leur reprocher. Les filles étaient couchées, à peu près préservées d'un enfer trop grand pour elle.

« Tu ne peux pas retourner à Manhattan, Adam, dit Irene.

— Bien sûr qu'il reste », chuchota Angela. Elle avait besoin de lui.

Ils se retrouvèrent tous les deux dans le dégagement sous l'escalier blanc qui menait aux chambres. Là, au-dessus d'un chiffonnier en rotin où l'on rangeait les chaussettes, trônait la photo de Central Park. Adam eut un geste de recul.

« Nom de Dieu, fit-il. Tu l'as toujours. »

Angela prit le temps de contempler l'image parfaite de ces quatre jeunes gens comme elle ne l'avait pas fait depuis longtemps. En emménageant dans sa maison, elle n'avait pas voulu l'afficher dans son salon, ou dans sa chambre. Nick lui en avait trop fait, June et Adam côte à côte n'étaient plus qu'une erreur – quant à elle-même, elle ne se supportait plus depuis qu'elle s'imaginait être le sosie ado de Monica Lewinsky. Placer le grand cadre là, dans ce dégagement, le condamnait à la discrétion sans pour autant l'exiler.

« On dirait la pochette de *Rubber Soul*, murmura-t-elle. Tu te souviens ?

— Bien sûr que je me souviens. Les banderoles, la foule. *Give Peace a Chance*. (Il lui jeta un œil furtif.) Il n'y a pourtant pas eu que du bon dans cette journée.

— Je ne sais pas. »

Elle haussa les épaules. Adam regarda de nouveau la photo, pensif.

« Je crois que, de nous quatre, tu es la seule à l'avoir gardée.

— Tu ne l'as plus ? (Elle était déçue.)

— Si, mais elle n'est pas affichée. Et toi, pourquoi… ? »

Il laissa sa phrase en suspens. Elle le dévisagea, dans la lumière diffuse qui venait du salon, comparant l'homme terriblement séduisant qu'il était devenu avec le jeune idéaliste qu'elle avait assailli de ses idées gauchistes, un après-midi de pluie sous une bâche d'Astroland. Et puis, sans qu'elle puisse y mettre la barrière habituelle, l'idée lui vint qu'elle l'aimait depuis vingt ans. Elle détourna le regard.

« Je la garde, dit-elle, parce que sinon c'est qu'on ne croit plus en rien. »

Ses jambes ne la soutenaient plus qu'à peine. Elle avait froid. Parcourue d'un frisson, elle étouffa un bâillement.

« Tu as sommeil, dit-il. Va dormir. Je vais dans le salon.

— Les garçons y sont. Viens. »

Il n'y avait rien d'équivoque dans son invitation, il dut le sentir car il grimpa l'escalier sans invoquer les convenances. Ils étaient juste épuisés, il y aurait tant à faire demain que le sommeil n'était pas négociable.

Angela s'écroula sur son lit sans même ôter ses vêtements, il fit la même chose, et la nuit les engloutit.

33

Les abords de la patinoire de Chelsea servaient de morgue de fortune. Une centaine de bénévoles s'étaient attelés à fabriquer des civières, coups de marteau sur de simples planches. La rumeur courait que des survivants sous les gravats appelaient les secours, avec leurs téléphones portables. Ce n'était qu'une rumeur. Les civières ne transportaient rien, les téléphones ne demandaient rien, les gravats ne libéraient rien. Il n'y avait rien.

La veille, le maire Rudy Giuliani, dévasté, s'était enquis auprès des responsables des opérations de secours du nombre de housses mortuaires qu'il lui faudrait commander. Incrédule, l'officier en face de lui à ce moment-là lui avait répondu que des housses mortuaires, il n'en faudrait pas beaucoup : « Vous ne comprenez pas… Les gens ont été pulvérisés. »

C'était une ville fantôme, sous une chape de poussière de béton, d'amiante et de tant d'autres choses, organiques, qu'on n'osait pas respirer. Dans ce décor lunaire, on croisait des silhouettes surréalistes, cyclistes ou piétons affublés de masques ou le visage couvert d'un bandana.

Adam et Angela avaient résolu d'aller à pied, d'hôpital en centre de soins, descendant vers le sud, tandis que John remontait en voiture vers le nord et les hôpitaux de Harlem et du Bronx.

Angela refusait d'abandonner l'idée de June, intacte, comme l'avant-veille et tous les autres jours de leur vie, mais en regardant autour d'elle, elle savait déjà que ce n'était pas concevable. Plus rien n'était humainement admissible dans ce qui les entourait. Elle suivait Adam comme s'il était la seule personne encore vivante sur cette Terre.

Elle avait vu chez lui s'opérer une mutation alarmante, depuis ce matin où ils s'étaient réveillés dans le même lit et s'étaient séparés, vite, pour ne pas laisser la torpeur prendre le dessus. La réalité semblait le frapper de plein fouet, et le guide responsable et déterminé qu'il était encore la veille ne fut plus, un bref instant au petit matin, qu'un homme terrassé : aucun téléphone n'avait sonné dans la nuit.

Plusieurs fois, en chemin vers Manhattan, il tenta de la rassurer : « On va la trouver. » Mais quelque chose dans son profil s'affaissait, son regard se durcissait, au fur et à mesure qu'ils se rapprochaient du nuage atroce.

« Elle aurait appelé, finit-elle par répondre. Elle se serait débrouillée, elle aurait appelé.

— Je sais. »

À l'hôpital Roosevelt, celui-là même où était mort John Lennon, vingt et un ans auparavant, on leur donna une liste de patients, puis une autre liste de centres hospitaliers, au cas où la personne recherchée ne figure pas sur la première. Il y avait dans ce couloir un brassage humain qui ignorait les langues, les couches sociales, et toutes les variations qui trient les gens par défaut. La douleur était unique, la terreur partagée.

Angela regarda autour d'elle, ses yeux gonflés glissant sur des silhouettes dignes, harassées, le plus souvent silencieuses. Une femme en tailleur-pantalon froissé passait des doigts tremblants dans ses cheveux courts comme si elle cherchait en permanence à les repeigner pour faire bonne figure, murmurant la liste de noms qu'elle avait devant les yeux. Et puis elle poussa un cri rauque, une sorte de sanglot sec, et sortit à toute vitesse, d'une démarche bizarrement désarticulée. Angela attrapa la main d'Adam : cette femme avait retrouvé un être cher – *tu vois, c'est possible*.

« Elle n'est pas sur la liste », dit-il. Il hésita un instant, puis demanda à parler à l'un des médecins légistes à qui il avait souvent eu affaire au tribunal. Angela voyait bien qu'user de ses prérogatives lui coûtait, au milieu de tous ces anonymes en souffrance. Et elle savait aussi que c'était pour elle qu'il passait outre ses principes, pour s'affranchir du pire tout de suite. En le suivant dans l'escalier, sa main dans la sienne, elle vacillait.

« Je sais que tu n'as pas le temps », s'excusa Adam auprès de l'homme en blouse verte qu'ils rejoignirent dans un couloir du sous-sol. Le médecin retira son calot, gratta ses cheveux blancs et drus avant de lever sur lui un regard d'un bleu limpide où vacillaient de petites ombres pourpres.

« Du temps, j'en ai bien plus que je ne devrais, répliqua-t-il. Dans cet enfer, je n'ai plus grand-chose à faire.

— Je cherche mon ex-femme, Calvin. Elle était probablement dans la tour Nord.

— Je n'ai personne pour toi ici, Adam. Je suis désolé. »

Angela frémit. Pourquoi être désolé ? Elle ne comprenait pas le sens de ces trois mots prononcés à l'entrée d'une morgue où June n'était pas. Le médecin l'examina attentivement, comme s'il jaugeait son endurance.

« Il faut que vous compreniez, leur dit-il. Ce ne sont pas des corps, que l'on m'amène ici. Tous ces pauvres gens, là-haut, n'auront jamais rien à enterrer. C'est une scène de guerre, Adam. Cherche ta femme parmi les vivants, c'est ta seule chance de la revoir. »

En ressortant de l'hôpital, Angela dut s'asseoir sur le trottoir, à l'écart du flux incessant des naufragés.

« Écoute Angie, dit brusquement Adam. Ça fait vingt ans qu'on cherche June, qu'on lui court après. Il y a finalement une logique à tout ça. Elle va réapparaître comme une fleur et comme d'habitude, elle sera ravie de nous avoir mobilisés pour elle.

— Tu ne crois pas ce que tu dis. Tu es cynique parce que tu lui en veux toujours.

— Et de quoi ? D'être June ? Pour être tout à fait franc, oui, aujourd'hui elle me fout en colère. Parce que je n'ai pas envie d'être là, avec toi, devant ce putain d'hôpital, je ne veux pas de cette idée que, même seulement pour quelques heures, ma fille soit orpheline.

— Tu aurais aimé que ça n'arrive qu'aux autres, hein ? répliqua sèchement Angela. Toi qui as tellement l'habitude de tout gérer, pour une fois les choses t'échappent ?

— J'aurais préféré que ça n'arrive pas.

— Ce n'est pas la faute de June, Adam !

— Oui mais de nous quatre, c'est à elle que ça arrive. »

Il la regarda, les sourcils levés comme devant une évidence. Il passait directement à la deuxième étape du deuil, la colère ; rien de ce qu'avait déjà fait June ne laissant de place à la première, le déni. Elle était capable de tout, même de mourir.

Une pensée traversa Angela, urgente, qui la fit se relever comme si une mouche l'avait piquée. « Je veux aller à Chambers Street. Voir Nick.

— On ne peut pas aller à Chambers Street, Angie. Ce n'est pas possible.

— J'ai besoin de voir Nick, vivant. »

Adam hocha la tête, et l'attirant contre sa poitrine, il déposa un baiser sur son front.

« Je sais. Allons à Little Italy. C'est là qu'il doit être. »

« Nick est en bas. À la cave. Bonjour, Adam.

— Margaret. »

Angela avait du mal à reconnaître en cette femme mince et épuisée la piquante étudiante au parfum de marijuana. La dernière fois qu'elle l'avait aperçue, elle traversait Chambers Street en jean et tee-shirt, une clé à la main, lui volant son mari.

Les cheveux roux de Margaret étaient remontés en un chignon épais, d'où dépassaient quelques mèches, une coiffure à l'ancienne qui rappelait celle des *Gibson Girls*. L'heure n'était pas au détail, mais Angela enregistra les fines rides au coin des yeux verts dépourvus de fard, la bouche gourmande et les pommettes hautes. C'était une belle femme, plus gracile, moins impressionnante que dans ses souvenirs.

La trattoria était envahie d'une foule mouvante et hétéroclite : sauveteurs en combinaison orange fluo, employés aux vestes blanches déboutonnées, hommes et femmes de tous âges parlant fort pour conjurer le silence de la rue. Sur le trottoir, Margaret veillait à la livraison de cageots de tomates qui glissaient sur le toboggan descendant au sous-sol. Elle portait un pantalon d'office trop large roulotté sur les chevilles, un tee-shirt kaki et de grosses chaussures sans lacets destinées à protéger ses pieds des chutes de colis, et manifestement rien de tout cela n'était à elle. « On n'a pas pu rentrer à l'appartement, dit-elle en s'essuyant les mains sur son tee-shirt. D'autres bâtiments menacent de s'effondrer. » Angela eut un sourire compatissant qu'elle n'aurait jamais imaginé avoir. Margaret détourna rapidement la tête, s'essuyant les yeux d'un revers de main. « On va faire à manger pour les bénévoles.

— Je vais t'aider pour les cartons », dit Adam. Il tourna les talons vers le camion de livraison, les laissant toutes les deux face à face.

« Tout le monde va bien chez toi ? demanda Margaret.

— Oui. La famille va bien. On a eu peur pour Nick.

— Oh. Il a voulu aller voir au plus près ce qui se passait. Quand la tour Nord s'est effondrée, il a couru jusqu'au restaurant. Je ne sais même pas comment il a fait pour y arriver, avec le nuage qui engloutissait tout. J'étais dans mon bureau, près de la Court House... (Elle eut un geste de la main pour signifier que cela n'avait pas d'importance.) Et toi ?

— Au Chelsea Market. »

Margaret hocha la tête. Toute base à une conversation normale serait donc désormais pour chacun de dire où il était, à ce moment-là. Il y eut un silence, troublé par les va-et-vient des livreurs de tomates. Près d'elle, Adam déposa un carton de bouteilles d'huile d'olive, et le fracas du verre fit sursauter Margaret, l'effroi traversant brièvement ses yeux verts.

« On a perdu June, dit Angela sans réfléchir.

— Elle est… ?

— On ne sait pas où elle est. »

Margaret se frotta le bras, comme saisie de froid. « Je vais descendre voir Nick », dit Angela. Puis elle fendit la foule du restaurant, tête baissée.

Quand elle le vit, de dos, occupé à fendre ses cartons avec un gros cutter de tapissier, une bulle d'affection énorme, imprévisible, lui coupa presque la respiration. « Oh, Nick… »

Il se retourna, les yeux fiévreux, et elle fut dans ses bras comme si rien ne s'était jamais passé depuis qu'ils avaient quinze ans et qu'elle était la petite fiancée du bel Italien de la montée B6 du Mayflower. Poser sa tête sur sa poitrine, s'accrocher à son cou, leurs deux corps assortis, tout avait un sens, comme les sanglots qu'elle ne cherchait pas à refréner et qu'il apaisait par des « chut, bébé ». Il n'y avait pas cet amour majeur entre eux, pas ce désir-là – elle l'avait compris depuis qu'elle avait rencontré Adam, et que Nick avait fumé ce putain de pétard avec Margaret, mais il y avait cette fraternité que même les erreurs et les trahisons n'avaient jamais altérée. Ce n'était pas un hasard s'ils se ressemblaient autant physiquement : ils étaient chacun le pendant de l'autre, le revers de la même histoire, deux fruits d'une génération grandie dans un HLM au bord d'une fête foraine.

Nick prit la tête d'Angela entre ses mains chaudes, puis répéta ce qu'il lui avait dit la veille, effaré.

« Angie, j'ai vu des gens sauter des tours.

— Je sais, Nick.

— Qu'est-ce qui nous arrive, bébé ? »

Toute la nuit, alors qu'elle dormait auprès d'Adam, elle avait chassé ces images, son inconscient leur opposant celles de ses petites sœurs couturières italiennes de la Triangle ShirtWaist Factory, plongeant sur le trottoir, les mains jointes dans un flot de coton et de dentelles.

Et cette conversation qui tournait en boucle dans un coin de sa tête, un jour avec June devant le Brown Building :

« À quoi pensaient-elles en sautant ? À quoi peut-on penser, à ce moment-là, quand nos pieds quittent la corniche ? Est-ce qu'on s'élance, est-ce qu'on se laisse tomber ?

— Je ne sais pas, Angie. Peut-être que tu te dis que tu pourras voler. Que pour toi ce sera possible. »

Peut-être que June avait réussi à voler. « Il ne faut pas y penser, dit Nick. Il faut s'occuper de ceux qui cherchent. Leur donner à manger. C'est le seul foutu truc que je suis capable de faire. »

Ils restèrent un long moment dans les bras l'un de l'autre, au milieu des cageots de tomates et des bouteilles d'huile d'olive, dans cette cave de Little Italy où le soleil glissait par la trappe, dérisoire zone de vie au milieu du chaos.

34

Irene avait mis la table sur la terrasse, sortant une belle nappe brodée de grappes de raisin et ses serviettes assorties, des assiettes de porcelaine blanche et les couverts en argent de la ménagère capitonnée. Elle avait astiqué chaque fourchette, chaque couteau avec du bicarbonate, fait tremper les verres en cristal dans du vinaigre blanc, s'affairant à repasser le moindre pli de la nappe du plat de la main.

Dans le four, un plat de lasagnes gratinait, des bulles de mozzarella se formant tranquillement à travers la vitre comme un feu crépitant dans une cheminée. Sur la table, deux bouteilles de chianti avaient été débouchées pour laisser le vin respirer.

Irene avait mis du rouge à lèvres assorti à une jolie robe imprimée de coquelicots, ses cheveux argentés étaient relevés en chignon. Angela était stupéfaite.

« Va te changer, *amaretta*, dit Irene. Et toi, Adam, il y aura bien une chemise de Johnny qui t'ira.

— Maman…

— Ce soir on dit merde aux terroristes, Angie. On envoie ce Ben Laden se faire foutre. On va leur montrer qu'ils ne nous auront pas. Morris, s'il te plaît, viens rencontrer ma fille. »

Un homme apparut sur le pas de la porte, pas très grand, un peu enveloppé dans un élégant costume anthracite. Ses cheveux blancs éclairaient un visage bronzé, une petite barbe immaculée, des yeux clairs. Angela ne l'avait jamais vu. Elle regarda Adam, cherchant par réflexe une explication qu'il ne saurait pas lui fournir.

« Voici Morris, poursuivit Irene, la voix légèrement tremblante. Je l'ai rencontré il y a quelques années au Cercle des Ours polaires. Cinq ans, exactement. (Morris opina.) Morris est devenu mon ami.

— Ton ami ? souffla Angela.

— Mon… *petit ami.* Je ne sais pas comment vous dites maintenant. (Elle eut le geste gracieux de poser son index au coin de son œil, réprimant peut-être une larme.) Si je te présente Morris aujourd'hui, *amaretta*, c'est parce que la vie est fragile. Et qu'il peut se passer n'importe quoi. Enfin bref, vous voyez. »

Il y eut un grand silence, traversé par les cavalcades des filles dans la maison. Angela les aperçut furtivement, Stella, Rosie et Melusine, vêtues de robes du dimanche comme pour aller à la messe – elles n'y avaient jamais mis les pieds. Du coin de l'œil, elle vit aussi Adam se détourner, sans doute gêné… Est-ce qu'il riait ?

« Morris, je te présente ma fille, Angela. »

Angela eut conscience de ses traits tirés, de ses cheveux mal coiffés, de son jean poussiéreux et de son tee-shirt sale. Morris s'approcha, un peu timide, lui saisit gentiment les bras et finit par l'embrasser comme du bon pain. « Ça alors », balbutia-t-elle. Et puis elle sentit un orage salvateur éclater quelque part derrière ses poumons, un crépitement remonter le long de sa gorge – et elle libéra un rire impétueux, ne maîtrisant plus rien dans cette virée braque de l'existence.

Adam riait déjà, le visage dans les mains, et ils furent là tous les deux à relâcher la tension, à chasser le démon, attirant toute la famille dans la cuisine pour voir ce qu'il s'y passait, les enfants ébahis, les adultes lâchant prise à leur tour.

Morris était médecin retraité, il prônait la bonne chère pour le moral, et les baignades dans l'eau glaciale de l'océan l'hiver pour la vigueur. Son verre à la main, Angela mit du temps à admettre que sa mère, qu'elle n'avait jamais connue qu'en madone repentante, victime expiatoire d'une union violente et – certainement – assassine, puisse être capable de jurer comme un charretier contre les terroristes, et d'avoir très probablement des relations sexuelles hors mariage – des relations sexuelles tout court. Cela la dérangeait profondément, alors elle but beaucoup, posant sa main sur le bras d'Adam, désespérant de sentir l'ivresse la gagner. Mais il aurait fallu beaucoup de *grappa* pour éloigner les fantômes de la journée, disparus sous les décombres ou chancelant dans des couloirs d'hôpitaux.

De temps en temps, Adam disparaissait pour téléphoner, et sa main retombait, seule, vide sur la table en attendant qu'il revienne. Cherchait-il June ? Avait-il engagé des détectives ? Car il avait ce pouvoir, n'est-ce pas ?

« Le centre islamique du Queens a reçu des menaces, annonça Adam en se rasseyant. Leur répondeur explose sous les messages haineux. Une femme a été malmenée, son foulard arraché... »

Comme Angela ne réagissait pas, il prit sa main sous la table et elle sembla revenir à la vie. « Franchement, je m'en fous, lâcha-t-elle. C'est la guerre, non ?

— Et ce n'est que le début, fit la voix de Morris quelque part.

— Angie, c'est exactement ce que veulent les terroristes, dit Adam. Il ne faut pas rentrer dans ce jeu-là...

— Dit le grand prêtre du maintien de l'ordre, railla Angela. Moi, tout ce que je sais, c'est que June est probablement sous un tas de gravats, alors... »

Du coin de l'œil, elle vit Johnny se lever brusquement et s'enfuir dans la maison. Elle eut un mouvement de recul, comme sous l'effet d'une gifle. Mon Dieu, n'y avait-il pas pire souffrance qu'une souffrance cachée ? Et elle, au lieu de soutenir son fils, de préserver ses enfants de la haine, voilà qu'elle devenait cette femme aigrie, recroquevillée dans sa terreur égoïste – celle de ne jamais retrouver son amie alors qu'il y avait tant à faire.

Elle vit les verres scintiller sur la table à la lueur des bougies, entendit la conversation s'animer autour d'elle. À qui fallait-il en vouloir ? On avait besoin d'identifier l'ennemi, pour ne pas devenir fou.

Angela serra la main d'Adam. « D'accord, dit-elle d'une voix forte. C'est toi qui as raison, maman. Il faut avancer.

— Oui, *amaretta*. Avançons pour ne pas mourir. Faisons des projets. Tiens, Morris et moi allons nous marier.

— Ah bon ? fit le médecin, ravi.

— Oui, un jour. Et vous les enfants, quels sont vos projets ? Adam ?

— Ah, vaste question. Probablement défendre des narcotrafiquants et m'en mettre plein les poches, plaisanta-t-il. Ou me trouver un O.J. Simpson pour devenir célèbre.

— Dites-moi, Adam, intervint Morris, plus grave. En tant qu'avocat… Pourriez-vous défendre ces terroristes ? »

Adam réfléchit et, le connaissant bien, Angela savait que ce n'était pas pour trouver la réponse, mais pour pouvoir l'expliquer correctement. « Non, dit-il, comme elle l'avait prévu. Non, Morris, je ne pourrais pas. Je n'ai pas de problème avec la culpabilité de mes clients, d'une manière générale. Je ne cherche pas à tout prix les circonstances atténuantes. Je n'accepte pas mes affaires par compassion, ou parce que c'est un challenge à relever. Simplement, personne n'a à être seul devant l'institution judiciaire. C'est mon rôle d'être là, de chercher la nature profonde du crime. (Il eut un sourire froid.) Mais quand le crime n'a pas de nature, qu'il est juste la passion du crime, là, ça me pose un problème. »

Angela doutait qu'il se soit bien fait comprendre, mais elle, elle savait ce qu'il y avait à l'intérieur d'Adam.

« Bien, dit Irene après un silence. Et toi, *amaretta*, quels sont tes projets ? »

Apaisée par la nuit enveloppante, par la chaleur de la main d'Adam caressant la sienne, sous la table où vacillaient les flammes des bougies, elle décida de jouer le jeu. « Moi, eh bien… Je vais créer une ligne de vaisselle. Aller acheter de la faïence en Italie, et la peindre. J'ai un ami, Zak, qui va m'apprendre d'autres techniques.

— Vraiment ma chérie ? C'est une idée merveilleuse ! »

Tu vois, June, se dit Angela. *Je n'exposerai sans doute jamais au MoMA, mais je vais faire des trucs bien.*

Un peu plus tard, dans la cuisine, elle interrogea sa mère, essayant comme elle de mettre le cataclysme entre parenthèses : « Maman, tu crois que je n'ai pas assez d'ambition ? » Irene, qui était en train de remplir le lave-vaisselle, s'interrompit et la regarda longuement.

« L'ambition, dit-elle. Quelle ambition ? La seule ambition qui vaille est d'être heureuse de se lever le matin, et ça, ça n'a pas de prix. Tant de gens ne se réveilleront pas demain. (De nouveau, elle toucha du bout du doigt le coin de son œil.) Ne peut-on pas se contenter d'aimer ce qu'on a ? Tu sais ce que disait notre ami John Lennon : "La vie est ce qui vous arrive pendant que vous êtes occupé à faire d'autres plans." »

Angela hocha la tête. John Lennon avait aussi demandé que l'on donne une chance à la paix. Que dirait-il, quel guide serait-il aujourd'hui si un fou ne l'avait pas assassiné ?

« Tu es heureuse, maman ? demanda-t-elle, les larmes affleurant de nouveau.

— Oui, je le suis.

— Pourquoi as-tu attendu aussi longtemps pour me présenter Morris ?

— Je voulais être sûre, chérie. (Irene s'essuya longuement les mains dans un torchon.) Tout comme toi, tu devrais être sûre, depuis le temps.

— Sûre de quoi ? demanda Angela, méfiante.

— J'ai vu vos regards, à toi et à Adam. Vos mains.

— Ce n'est pas le moment, maman.

— Justement, si. C'est furieusement le moment.

— Adam est mon ami. Mon meilleur ami.

— Bien sûr, rit doucement Irene. Et cette comédie dure depuis des années. »

Angela aurait voulu protester, mais rien ne vint. Elle était fatiguée de se défendre d'Adam – auprès de June, auprès d'elle-même, et maintenant auprès d'Irene. Elle resta simplement là, plantée comme une gamine devant sa mère. Irene lâcha son torchon et lui caressa la joue. « N'attends pas la fin du monde, Angela. »

Un peu plus tard, quand Irene et Morris furent repartis, les enfants couchés, Johnny introuvable – sans doute était-il reparti à Manhattan, chercher June –, Angela retrouva Adam sur la terrasse. Il était là, son long corps ployant sous la fatigue, les yeux fermés, la tête entre les mains. Elle avança silencieusement, s'imprégnant de lui petit à petit, son parfum s'exhalant de son col déboutonné, les manches de sa chemise remontées à la saignée de ses coudes, le désordre de ses cheveux bruns.

Il leva un regard brouillé sur elle. Elle eut peur de trembler mais ne vacilla pas, sa robe légère frissonnant autour de ses cuisses, son gilet serré autour de sa poitrine, quand elle lui dit : « Viens, on va se coucher. »

Il hésita, ses sourcils froncés creusant les deux rides profondes qu'elle connaissait si bien, alors elle lui tendit la main et il la suivit à travers la maison.

Ils passèrent devant la photo de Central Park, et elle pria pour avoir la force de ne pas se retourner et d'être happée, une fois de plus, par la vision d'innocence qui s'étalait sur le mur.

« Angie », murmura-t-il en refermant la porte, mettant une barrière entre eux et le monde, ces journées terrifiantes, cette soirée étrange, et le lendemain qui frapperait bien trop tôt. Elle sentit son cœur s'affoler, sa respiration se bloquer quand il se pencha sur elle, prenant sa bouche avec une telle douceur qu'elle se sentit fondre. Une chaleur intense la submergea alors qu'elle s'accrochait à ses épaules, la pièce sombre tanguant autour d'eux.

Au fond, elle n'avait jamais attendu que *ça*, depuis le jour où elle l'avait vu, assis sur le canapé à fleurs de l'appartement exotique des Spoleto. Elle avait tout encaissé, les mariages, les trahisons, les divorces, avec une facilité incompréhensible, parce qu'elle *savait* que si elle le voulait, un jour elle aurait *ça*.

C'était écrit quelque part dans son contrat avec Dieu, avec la vie ou quelle que soit l'absurdité par laquelle on était sur Terre, entre une naissance et une tragédie.

Elle enfouit sa main dans la chemise d'Adam, caressant les poils de son torse, cherchant son cœur, et l'intimité de ce geste, peut-être encore plus forte qu'un baiser par le sentiment de propriété qu'il délivra, l'affola. À bout de souffle, elle se dégagea, continuant à caresser de ses lèvres le visage d'Adam – dans son corps, son esprit, la lutte s'était engagée. Deux versions d'elle-même se disputaient la nuit qui suivrait ces baisers, l'une en proie à un douloureux désir d'abandon, l'autre appelant à la retenue.

Décontenancé, Adam serra doucement de ses mains chaudes les bras fragiles qui l'avaient lâché. Il tremblait autant qu'elle. Dans la pénombre, elle percevait les éclats de son regard fiévreux sous les sourcils sombres. « Tout va bien, Angie, lui dit-il.

— Je t'aime, Adam, murmura-t-elle. Je t'aime, mais cette fois… (Elle secoua la tête, en proie au doute, aux souvenirs aussi.) Cette fois je veux être sûre que c'est moi qui décide. Pas les circonstances.

— Je comprends.

— Je suis désolée.

— Ne le sois pas. Pas avec moi, chérie. »

Il la serra dans ses bras avec précaution, comme une enfant rétive. Angela s'abandonna contre lui, en confiance comme elle ne l'avait jamais été avec personne. Il lui planta un baiser sur le sommet de la tête, respirant l'odeur de ses cheveux au passage. « Tout va bien, répéta-t-il. On va se calmer. Viens, il faut dormir. »

Il l'attira sur le lit, ôtant son gilet au passage, puis elle se nicha dans ses bras et perdit conscience de ce qui l'entourait.

35

Lorsque Nick avait ouvert la porte du *Rendez-Vous*, sur Chambers Street, la vision était irréelle. Tout, depuis une semaine, était resté en l'état, mais le ciel qui avait fini par s'éclaircir sur Downtown dispensait une lumière froide sur la scène : le sol, les tables, les assiettes, tout jusqu'aux morceaux de pain dans les corbeilles, les petites boîtes d'allumettes sur le bar et les *cannoli* débordant de crème, serrés sur leur présentoir, était recouvert d'une poussière grise, cendres et confettis de papier mêlés.

« Même chose dans le magasin de fringues d'à côté, dit-il à Angela quand elle arriva à la trattoria. Les piles de pantalons, les vestes sur les cintres… (Il secoua la tête, incrédule.) On dirait quelque chose comme Pompéi. C'est figé, tu vois ?

— Qu'est-ce que tu peux y faire, pour le moment ?

— Rien, absolument rien, bébé. Impossible de rester là-bas. À chaque fois qu'un bâtiment menace de s'effondrer, on fait évacuer tout le monde, y compris les équipes de secours. Ça les ralentit. »

Il jeta un coup d'œil à Angela, par-dessus le comptoir débordant de cartons de pizza. Elle ne répondit pas. Depuis ce matin, l'avis de recherche de June avait rejoint ceux qui recouvraient les poteaux, les abribus et les panneaux dressés exprès devant la chapelle Saint-Paul, où les équipes de sauvetage se relayaient pour prendre un peu de repos. L'ensemble que formaient ces affichettes était surréaliste. On y voyait des gens heureux, des sourires, des beaux vêtements, des événements joyeux. Par un réflexe d'autodéfense, les New-Yorkais avaient choisi des photos de mariage et de fête pour appeler au secours.

Sur son avis de recherche, June Verhoeven-Sinclair – 1,75 mètre, silhouette mince, cheveux blonds, cicatrice sur la joue droite – fixait l'appareil d'un air moqueur. Angela n'avait jamais vu cette photo auparavant. C'est Johnny qui l'avait imprimée.

Elle croisait à peine son fils, n'arrivait pas à lui parler. Le surlendemain des attentats, il s'était rendu au Javits Center, dans Hell's Kitchen, où l'on accueillait les bénévoles qui venaient de tout le pays. On demandait des charpentiers, des électriciens, des ouvriers du bâtiment. Johnny s'était proposé pour ses compétences en informatique, mais il donnait aussi un coup de main au déblaiement du périmètre noir qu'on appelait maintenant Ground Zero.

Une semaine après, on ne cherchait plus de corps. C'était devenu un chantier de démolition. Le bilan s'établissait à 293 morts.

Et des milliers de disparus.

Les camions-bennes qui commençaient à transporter vers la décharge de Fresh Kills les millions de tonnes de débris étaient autant de corbillards. Dans ce cauchemar de métal dont le feu n'avait pas voulu, on triait des effets personnels – des photos qu'on dépliait avec soin, des cartes de toutes sortes qui remplissaient des caisses entières – et des débris humains.

Angela priait pour que son fils n'ait pas eu le courage de se rendre à Fresh Kills.

Elle était allée au Brown Building demander les noms des collègues avec qui son amie avait effectué le chantier. Adam en avait retrouvé deux qui étaient dans la tour Nord ce jour-là – sains et saufs. « Elle n'était pas encore arrivée au bureau », avait dit l'un deux. « Elle était peut-être au *Windows on the World*, avait hésité l'autre. Elle donnait souvent ses rendez-vous là-haut. »

Là-haut, dans le restaurant des cent-sixième et cent-septième étages, personne n'avait pu survivre. Mais June aurait appelé, se disait Angela, têtue. Elle aurait trouvé le moyen de faire ses adieux.

Alors, parce que rien n'avait jamais retenu June, parce qu'il fallait la lâcher, et parce que ne penser qu'à June revenait à dédaigner tous les autres, Angela avançait, déchargeant des cartons de farine, coupant des tomates en dés, emballant des pizzas dans la trattoria de Nick. Joey et ses amis du Cercle des Ours polaires les emmenaient par brouettes sous les tentes dressées en bordure de Ground Zero. On ne comptait plus les restaurants qui faisaient la même chose, les bénévoles qui charriaient des bouteilles d'eau, servaient des soupes chaudes toute la nuit et débarrassaient les ordures aux petites heures du matin.

Les terroristes avaient fait ce qu'aucun politicien n'avait réussi à faire : rassembler cette population pressée, éclectique, qu'étaient les New-Yorkais.

Mais le silence n'existait plus. Un son lancinant montait de Downtown, vingt-quatre heures sur vingt-quatre. Angela avait mal à la tête, la gorge sèche en permanence.

« C'est bon », lui dit Nick en regardant sa montre. Dans leur langage codé, elle savait ce que cela signifiait. Par un accord tacite, elle partait un peu avant que Margaret n'arrive, après sa journée au tribunal où les affaires continuaient – pour Adam aussi, d'ailleurs, qui avait repris le chemin de la prison de Rikers où il visitait des détenus coupés du monde dévasté. Tous les soirs, il venait la chercher pour rentrer à Coney Island où Irene s'occupait des enfants. Adam ne voulait pas que Melusine retourne à Manhattan – pas maintenant. Et puis il rentrait chez lui, seul, dans son appartement de SoHo. Ils n'avaient pas reparlé de la nuit où ils avaient failli basculer.

Cette fois, Adam était en retard, retenu au tribunal par un dossier délicat. Elle regarda le message sur son portable. « Je vais rester un peu », dit-elle à Nick. Il la regarda, interdit, puis haussa les épaules. « Comme tu veux, bébé. »

Angela s'installa sur une banquette, étendit ses jambes ankylosées par des heures de station debout, soupira. Margaret n'était vraiment plus un problème.

Plusieurs fois, elle avait cru reconnaître les traits de Nick sur le visage de l'un des jeunes hommes qui donnaient un coup de main à la trattoria. Était-ce celui-ci, à l'allure d'étudiant, qui passait le matin déposer les journaux ? Nick lui donnait une tape sur l'épaule et il repartait en vitesse sur son vélo. Ou celui-là, l'aide-cuisinier très discret qui ne mettait jamais un pied en salle ? Tous deux étaient bruns, pas très grands, beaux garçons.

Comment s'appelait-il ? Il devait avoir l'âge de Luca, seize ou dix-sept ans. Alors non, se raisonnait-elle, il n'était certainement pas ici, mais dans l'une de ces écoles privées où ses propres enfants n'avaient pas pu aller.

Et puis elle culpabilisait : en imposant son arrangement à Nick, qui se résumait en gros à de l'argent contre l'effacement de la double vie de son mari aux yeux de la *famiglia*, elle l'avait condamné à escamoter son fils illégitime. Bien sûr, dans un délai raisonnable, il pourrait présenter Margaret comme sa toute nouvelle, surprenante et récente compagne, sans que personne ne trouve à y redire – après tout, Joey Spoleto sortait avec la caissière du Dante's Inferno depuis des années et Irene allait se remarier avec l'inattendu docteur Morris. Mais le fruit de la liaison antédiluvienne de Nick Spoleto et Margaret Baylor aurait tout juste droit à une existence de bâtard des classes supérieures.

Elle en était là de ses réflexions lorsque Margaret entra, typique New-Yorkaise en tailleur et baskets. En voyant Angela amorphe sur la banquette, l'avocate marqua un temps d'arrêt, sembla chercher quelqu'un du regard. Peine perdue, Nick était parti ravitailler les tentes de Ground Zero. La salle était vide.

« Rude journée ? fit Margaret.

— Elles le sont toutes », répondit Angela en se redressant.

L'avocate posa son sac, fit un signe vers l'arrière-cuisine. « Je vais me changer », dit-elle, et Angela se fit la réflexion qu'un boxeur aurait pu dire la même chose en arrivant à l'entraînement. Et elle n'était pas sûre d'être prête à monter sur le ring, elle, poids négligeable face à cette femme qui avait la même aura qu'Adam – et qui avait déjà gagné sur tous les plans.

Mais lorsque Margaret réapparut, presque banale dans son jean usé et son tee-shirt des Yankees trop large, son ego reprit du poil de la bête : débarrassée de son décorum, ses tailleurs de marque ou son joint de marijuana, cette femme n'avait rien de fatal.

À la voir toujours là, sur sa banquette mal éclairée, Margaret hésita, puis elle murmura quelque chose et d'un pas résolu alla déboucher une bouteille d'un doré translucide, et remplit deux petits verres.

« Du *limoncello*, dit-elle en s'asseyant face à Angela. Bon, autant le dire tout de suite : je suis désolée.

— Et tu ne peux pas savoir à quel point », rétorqua Angela.

Dans le silence qui suivit, elle revit le banc de Central Park, le canapé d'Adam, la couverture fourrée en hâte dans le vide-ordures. De cela, Margaret ne saurait rien. Elle ne saurait pas que de ce jour-là, elle avait été la responsable de ses propres années de disgrâce, celle qu'on cache, qu'on n'épouse pas, celle dont le fils est un bâtard. Que leurs deux vies auraient pu commencer avant – Margaret avec Nick, Angela avec Adam, et que peut-être June aurait été moins fêlée, et que peut-être, peut-être, elle serait toujours là. Depuis une semaine, cette construction mentale s'imbriquait aussi logiquement que les éléments de June dans une cuisine de bateau et tendait à faire de Margaret la coupable souterraine de tous les maux de leurs vies à tous les quatre, la bande de Central Park. « *Margaret est ton diable…* » Il fallait qu'elle évacue le démon.

« Comment peut-on faire une chose pareille, Margaret ? Comment peut-on prendre le mari de quelqu'un d'autre ?

— Tu sais que ça arrive tout le temps ? se braqua Margaret. La bonne question c'est pourquoi on accepte d'être la deuxième, la maîtresse. Parce que ici, on ne parle pas d'un adultère à deux balles, d'un cinq-à-sept pour se dégourdir la libido, on parle d'années de vie interdite et de compromis. Et c'est moi qui ai vécu tout ça, Angela.

— Toi, tu savais à quoi tu t'engageais. Moi, j'ai été trahie. »

Pas de mise en jambes courtoise, aucun avertissement : elles s'étaient précipitées toutes les deux tête la première dans la bagarre, les coups retenus depuis si longtemps ne demandant qu'à être lâchés.

Le souffle court, les joues brûlantes, Angela se renfonça dans la moleskine de la banquette. Cela allait beaucoup trop vite. Ce serait contre-productif si elles ne se calmaient pas. Elle avala une gorgée de *limoncello*, et le dégoût la submergea aussitôt. Cette acidité douceâtre, écœurante, cette charge sucrée sur la langue, ronde, épaisse, lui remontait dans le nez et avait une odeur de cendres. Elle grimaça, chercha l'ombre de la petite lampe vénitienne qui éclairait la table en bois rouge. Le souvenir enfoui d'un cupcake au citron vert piqué de vanille, dans sa jupe de papier plissé, remonta dans sa gorge. Elle dut lutter pour avaler, puis repoussa son verre.

« Ça ne va pas ? fit Margaret, méfiante.

— Si. C'est bon. La fatigue. Les nerfs. Pourquoi n'as-tu pas abandonné, si c'était si difficile ? »

L'avocate fut surprise par la question qui fusait. Elle arrondit la bouche et resta ainsi, les yeux dans le vague, à réfléchir avant de répondre.

« Il faut que tu comprennes, dit-elle en découpant ses mots.

— Ne me sers pas tes plaidoiries d'avocate, la prévint Angela. Je sais comment vous pouvez retourner la tête d'un jury.

— Non, je vais te le dire avec mes mots de maîtresse, très simplement : il faut que tu comprennes que Nick et moi, ça a été une rencontre… (Elle plissa les yeux, regardant Angela bien en face.) Les gens tombent parfois amoureux les uns des autres en dehors du Mayflower de Coney Island, et de tous les plans qu'on avait montés pour eux dans la montée B6 ou je ne sais pas quoi. C'est ça qu'il faut que tu comprennes. C'est ce qui était en train de se passer. On n'avait pas de projets de vie, on était jeunes, mais on s'aimait et Nick voulait te le dire. Ça n'aurait pas été si compliqué. Et puis c'est arrivé.

— Ma grossesse. Notre enfant.

— Oui. Il ne s'agissait plus seulement d'une petite amie avec qui on rompt, mais de toute une famille. C'est que vous êtes durs, vous autres, avec cette religion de la famille.

— Ou arriérés, ironisa Angela.

— Franchement, Angela. Tu n'avais que seize ans, Nick un peu plus. Vous a-t-on donné le choix ?

— J'ai déjà entendu ce discours, rassure-toi. Et j'aime mon fils. »

Margaret écarta les mains, comme si elle jetait l'éponge. « Je t'en prie, ne me dis pas que tu ne t'es jamais sentie prise au piège, dépossédée de ton jugement. »

Dans son coin, Angela bouillait. *C'est de ta faute*, avait-elle envie de hurler une bonne fois pour toutes. Mais l'ignorance de Margaret lui donnait du recul. Et bien sûr, elle avait raison. Elle était une femme, comme elle. Elle savait les interrogations qui, en creux, construisent une épouse, une compagne, une mère.

« Dis-moi que toi et Nick, vous vous aimiez, poursuivit Margaret. Pas comme un frère et une sœur, mais comme deux personnes poussées l'une vers l'autre par un grand mystère, même si vous n'avez absolument rien en commun, et pas seulement une montée d'escalier. Dis-moi que tu comptais les heures quand il n'était pas là. Et que quand vous vous êtes séparés, tu as tant souffert que tu avais l'impression que ton cœur, tes poumons allaient lâcher.

— Non, murmura Angela. J'étais simplement en colère.

— Moi, j'ai essayé de partir, plusieurs fois. Mais tout me ramenait vers Nick. (Margaret eut un petit rire amer.) Une fois, je suis même retournée jusqu'en Irlande pour faire un enfant avec un autre.

— Quoi ? »

Angela sentit tout son sang dégringoler dans ses pieds. « Ton fils ? » Le visage de Margaret s'illumina. « Oui, Jake. Il va avoir dix-sept ans. Il est à l'école Julliard. Un jour, il sera le plus grand acteur du monde ! Tu sais ce que c'est, nos enfants sont les plus…

— Ce n'est pas le fils de Nick ? »

Margaret la regarda, incrédule.

« Qu'est-ce que… Mais non, Jake n'est pas son fils. Pas biologiquement parlant. (Elle eut une moue ironique.) Nick a été intransigeant là-dessus : les enfants, c'était toi, et seulement toi.

— Mais je croyais que... »

Angela était perdue. Adam s'était trompé – mais lui avait-il assuré le contraire ? –, elle s'était trompée, mais surtout, Nick n'avait jamais nié.

Pourquoi ?

« Peut-être parce qu'il ne voulait pas le rejeter, réfléchit Margaret, aussi choquée qu'elle. Par un principe absurde, il n'a pas voulu des liens du sang, mais il s'est investi au point d'être le seul père que Jake ait connu. (Elle regarda Angela, sourcils levés sur ses beaux yeux verts.) Il se croyait préservé de la plus grande trahison qu'il aurait pu t'infliger. Mais à un moment, il n'a pas pu prétendre que Jake n'était pas son fils... Tu sais, Nick est un homme bien, malgré tout. »

Angela détailla longuement Margaret, ses yeux plissés par la fatigue, ses petites rides au coin de la bouche, ses cheveux devenus blond vénitien attachés en queue-de-cheval. Elle sut que depuis la fraternité illusoire de cet après-midi de Central Park où en chantant *Imagine* ils entraient pleins d'espoir dans l'âge adulte, Margaret avait autant souffert qu'elle.

Elle se souvint de June avec Adam, leur flirt, leur première nuit imaginée, leurs disputes, leur mariage, et de cette douleur insidieuse qui ne la quittait pas, elle, Angela, comme un organe caché pendant tout ce temps-là.

« J'ai compris, dit-elle à Margaret. Je ne sais pas encore s'il est question de pardon, mais j'ai compris. »

Quand Adam arriva, le soleil s'était couché, mais la ville bruissait encore, comme engloutie dans un nuage sonore où se mêlaient sirènes, métal hurlant et murmure humain.

Angela l'attendait sur le pas de la porte de la trattoria, fiévreuse, indifférente aux gens qui se bousculaient, entrant et sortant de la salle éclairée comme en plein jour.

« Tu es là », dit-il. Et cet air interrogateur qu'il avait, comme à chaque fois qu'il tombait en arrêt devant elle. Elle sentit son cœur exploser. « Viens, dit-elle. On ne rentre pas ce soir. Emmène-moi chez toi. »

36

Elle avait tant soufflé le chaud et le froid avec lui qu'il était désabusé. Elle le comprit quand il ouvrit la porte, après avoir tranquillement cherché la clé dans ses poches : il ne s'attendait à rien de particulier. Il n'avait pas cherché à lui prendre la main dans la voiture, ni à se rapprocher d'elle dans le vieil élévateur grillagé qui montait vers son loft.

Adam jeta sa clé sur un meuble, alluma la lumière. Tout dans la grande pièce témoignait de la présence habituelle de Melusine. Des dessins au mur, des piles de livres sur la table basse. Sur un des tabourets du bar, un sac à dos fleuri était ouvert, d'où dépassait une paire de rollers de petite taille. Depuis que June lui avait abandonné la garde de sa fille, Adam faisait de son mieux.

Il ôta sa gabardine, desserra sa cravate en soupirant de fatigue. En le regardant faire ce geste si commun, si masculin, Angela sentit son ventre se serrer. Elle tendit le bras vers le mur et appuya sur l'interrupteur pour éteindre la lampe. Seules les lumières de l'immeuble d'en face et le halo diffus des enseignes qui montait de Broadway éclairaient la pièce.

Adam s'était figé. Angela prit son élan.

« Je ne veux plus me marier, lâcha-t-elle.

— Je me suis fait à l'idée.

— Je suis indépendante financièrement.

— Vraiment ? Tant mieux.

— Je ne veux plus d'enfants.

— Bon. »

À bout d'arguments, et comme il ne semblait pas vouloir débattre, elle lança.

« Et peut-être que ça ne va pas me plaire.

— Quoi donc ?

— Cette nuit avec toi. Ici.

— Angie, on a dormi je ne sais pas combien de fois ensemble, mais si tu veux…

— Je ne te parle pas de dormir. »

Elle le vit passer la main dans ses cheveux, haute silhouette qui depuis vingt ans dominait ses pensées et dont elle n'avait jamais été aussi proche.

« OK, dit-il. Je ferai de mon mieux. »

Sur la défensive, il ne bougeait toujours pas. Alors elle respira longuement son parfum, fermant les yeux, laissant le feu l'envahir. Et dans un mouvement qu'elle ne chercha pas à théâtraliser, elle laissa tomber sa veste en molleton à ses pieds – c'était une de ces vestes de survêtement à capuche, gris chiné, rien qui soit digne d'un strip-tease. Mais tout de même : Adam n'avançait pas d'un centimètre. Dans le clair-obscur de la pièce, elle le vit se gratter le menton lorsqu'elle ôta son tee-shirt, puis il tendit une main vers elle quand elle manqua de se prendre les pieds dans son jean.

Mais il ne la toucha pas. Son sang bouillait dans ses veines, frappait ses tempes, l'aveuglait presque totalement. Ses vêtements formaient un petit tas à ses pieds. Qu'est-ce qui clochait ?

« Adam, je suis là devant toi.

— J'ai vu. Tu es la plus belle femme du monde. Mais je pense que tu vas reprendre tes affaires et faire ce que tu fais d'habitude, alors je lutte comme un fou. »

Elle sourit et s'approcha de lui, tremblante. « Pas cette fois, murmura-t-elle en caressant sa joue rugueuse.

— Je ne sais pas, dit-il sur le même ton. Tu m'as demandé de te laisser décider. C'est ce que je fais.

— Je t'aime, Adam.

— C'est ce que tu dis toujours.

— Et si on arrêtait de parler ?

— Je suis d'accord. »

Elle se colla contre lui, goûtant le contraste étrange de ses vêtements contre son ventre nu. Les mains d'Adam se posèrent enfin sur elle, caressant son dos, passant sous les attaches de son soutien-gorge, et elle se dit : *C'est maintenant, c'est ici.* Elle avait peur, parce que c'était lui. Peut-être était-ce plus facile quand on n'était pas aussi amoureux, pensa-t-elle. Peut-être s'amusait-on davantage. C'est pour ça que les gens le faisaient tout le temps. Elle se sentait si naïve.

Il sentit sa peur, craignit sans doute de la perdre une fois encore, car il resta là, à la caresser tendrement, debout au milieu du couloir, les lumières de Broadway dansant sur ses épaules nues. Angela, elle, n'était plus de ce monde. Son esprit voguait dans une temporalité distendue, entre douce nostalgie du temps perdu et urgence du temps à rattraper. Son corps l'avait abandonnée.

Puis Adam se mit à chuchoter à son oreille et elle entra dans une sorte de transe – mon Dieu, mais c'était *ça*, c'était *ça* l'amour dont on parlait depuis la nuit des temps. « Je t'aime, Miss Cyclone, lui disait-il. Je t'aime depuis le premier jour... Toujours pour moi... Rien que toi mon amour... » Elle ne comprenait pas tout ce qu'il lui disait, tant son cœur résonnait dans sa tête.

Et puis il y eut sa bouche, cette douceur, oh Seigneur, et il la soulevait de terre et elle s'envolait dans ses bras, s'entendant rire comme au manège. « Il y a un lit par là-bas, dit-il, si tu veux bien venir avec moi ? » et Angela rit encore.

Elle explora avec surprise les contours de son grand corps nu, le trouvant tellement différent de ce qu'elle connaissait, mais si familier à la fois. Il la laissa venir à lui, gagner sur son territoire petit à petit, et elle n'eut plus aucune crainte de ce qui allait enfin se passer.

Lorsqu'il força doucement son dernier rempart, après lui avoir une dernière fois demandé la permission – « Oui, Adam, oui... » –, il prit sa tête entre ses mains et, dans ses yeux où brillaient les dernières lueurs de Manhattan, elle retrouva les seize ans qu'elle avait perdus.

Elle s'éveilla en pleine nuit, mue par une folle certitude : June était vivante, quelque part. *« On devrait tous avoir deux vies, on se trompe toujours dans la première. »* Voilà ce qu'elle lui avait dit, ce jour où leur monde était encore intact, au pied du Brown Building d'où les petites couturières avaient fait le saut de l'ange. *« Peut-être que tu te dis que tu pourras voler. Que pour toi, ce sera possible. »*

Le souffle court, contemplant Adam endormi, elle eut la sensation qu'un appel d'air avait ouvert une fenêtre sur une chose possible : voilà ce que cherchait June, et ce qu'elle n'avait jamais obtenu – l'amour, la confiance, le lâcher prise. Ici tout entravait June la fantasque, June la passionnée. Elle avait besoin de sa seconde vie.

Elles avaient tellement tout partagé, jusqu'à leur amour pour cet homme qui était là, dans ce lit, que plus rien n'était vivable. Qu'il fallait faire table rase, s'effacer, recommencer ailleurs. Elle était partie, c'est tout. *« C'est toi, mon diable. »*

Angela pensa à Margaret, à cette trahison remâchée qui cachait en fait un profond sacrifice, elle pensa aussi à son fils, John, et à cette tentation que June rageait de devoir combattre. Tous ces sentiments passionnels qui vous bouffaient la vie. Ce désir de magie qu'on cherche à assouvir.

Elle embrassa le point palpitant du cou d'Adam, longuement, presque rageusement. Elle avait trouvé la magie. Elle l'avait attendue si longtemps.

June, elle, la recherchait encore dans un monde trop formaté pour elle. C'est pour ça qu'elle pliait vingt fois les papiers d'emballage des paquets de cigarettes, les notices de médicaments, qu'elle alignait des petits cailloux, si concentrée, si minutieuse – pour se retenir de tout envoyer valdinguer.

Jusqu'à ce que deux avions le fassent à sa place.

Alors elle était partie.

« Oh, tu ne dors pas ? grogna Adam.

— Non.

— À quoi tu penses ?

— À rien.

— Tu ne regrettes rien ?

— Non !

— C'est bien. »

Il soupira, sombrant de nouveau. Les journées étaient si longues. « Adam ?

— Mmh.

— Je me disais. On pourrait peut-être recommencer ? En fait, je ne sais pas si ça m'a vraiment plu. »

Il rit doucement et l'attrapa sans ménagement pour l'allonger sur lui, et elle pria pour qu'à cette heure de la nuit, dans Manhattan, beaucoup d'autres amants se dévoilent, dans ce rire arraché au ciel, pour donner du sens au chaos.

37

Irene fit ce qu'elle avait dit : elle épousa Morris, un jour de décembre, alors que la neige recouvrait New York.

Coney Island avait entamé son hibernation, Astroland s'était figé comme sur une de ces vieilles cartes postales qu'on vendait chez Scopolone, entre un carton de chianti et une pyramide de *gnocchi*. Personne n'achetait jamais ces cartes postales – à qui les envoyer au pays qui soit encore de la famille ? Les Italiens de Brooklyn étaient ici depuis si longtemps.

Dans l'arrière-boutique qui accueillait parfois des repas de fête, on en était à la *grappa*. Irene rayonnait dans les bras de Morris, sa tête posée avec légèreté sur son épaule, suivant ses pas dans une chorégraphie hypnotique. De la sono crépitante s'échappaient les accords veloutés de la voix de Frank Sinatra :

Quand j'avais dix-sept ans
c'était une très bonne année…
Mais maintenant les jours sont courts
Je suis à l'automne de l'année

Et je pense à ma vie comme à un vin ancien
De bons vieux fûts
Du bord jusqu'à la lie
Il se verse doux et clair...

Autour d'eux, les enfants qui jouaient aux grands dansaient par deux, changeaient de partenaires, indifféremment filles ou garçons, formant une grappe piaillante. Angela et Nick contemplaient la scène, un peu en retrait.

« Mon Dieu, jamais je n'aurais pensé jeter un jour du riz sur ma mère.

— Oui, c'est bizarre. Le jour où mon père se marie avec la caissière du train fantôme, je leur jette des spaghettis. Cuits. Avec de la sauce, putain. Elle est vraiment trop bête. Je détesterais avoir comme belle-mère une femme qui porte des crucifix roses sur un truc en dentelle. (Il arrondit la bouche pour souffler la fumée de sa cigarette.) Martina se prend pour Madonna. »

Angela rit. La Martina en question, toute en guipure beige, riait aux éclats avec Joey, dont le crâne lisse luisait sous les lumignons.

« Pourquoi n'as-tu pas amené Margaret ? » demanda Angela après une gorgée de prosecco. Nick lui jeta un coup d'œil, sembla hésiter, avala une gorgée lui aussi.

« Elle est malade, dit-il d'un ton léger.

— Vraiment ? Oh, je t'en prie, Nick. Si tu attends mon autorisation, je te la donne. Présente-la à Joey, il est temps.

— Il va bien falloir. (Encore un coup d'œil.) Elle est vraiment malade, c'est pas qu'une excuse. Elle vomit tous les matins. »

Angela posa des yeux ronds sur sa mine à la fois ravie et un peu craintive. « Nick ! C'est vrai ?

— Margaret est enceinte, opina-t-il.

— Mais c'est pas vrai, c'est une manie chez toi ! (Elle rit doucement ; on aurait dit qu'il avait peur de se prendre une claque.) C'est bien, Nick. Je suis contente pour vous. Vraiment. Et pour Jake.

— Eh oui, dit-il après un silence. La vie continue, c'est ce qu'on a tous décidé... Regarde. » Il eut un mouvement du menton vers Stella qui, à onze ans, flirtait avec un gamin à peine plus grand qu'elle, passant ses bras autour de son cou pour le préserver de la grappe vociférante.

« Qui c'est ? demanda Angela, sidérée.

— Le petit-fils de Scopolone. Le fils de Marco, tu sais ?

— Celui qui habitait dans la montée B6 ?

— Il y habite toujours.

— Nick, il ne faut pas qu'elle fasse ça ! »

Nick rit doucement. « Oui, c'est une connerie. Mais ils deviendront peut-être juste amis. »

Il y eut un mouvement dans l'assistance – ils étaient une bonne trentaine, la famille et les membres du Cercle des Ours polaires. « À la plage ! » cria Joey Spoleto, brandissant bien haut son verre. Et tout le monde se rua dans le soleil froid de l'après-midi, se débarrassant en route des costumes empesés et des robes de gala, qui vinrent joncher le sable recouvert d'une pellicule argentée.

Angela vit Irene apparaître en maillot de bain au milieu du tas de satin tire-bouchonné à ses pieds, prendre la main de Morris torse nu et courir dans l'océan, hurlant de bonheur quand l'eau glacée lui mordit les pieds. « Ils sont vraiment dingues, dans cette tribu », dit Adam, frissonnant dans son dos. Amusée, elle le regarda, toujours aussi élégant, toujours aussi à côté. « Viens, on y va !

— Sûrement pas. J'arrête là mes efforts d'intégration.

— Tu n'es pas drôle.

— Je suis sinistre, c'est vrai. Mais je promets de tremper un pied dans l'eau le jour de notre mariage.

— Jamais de la vie », sourit-elle.

Mais au fond, elle ne savait pas. Peut-être un jour. Pour le moment, elle apprenait à profiter de chaque instant avec lui, sans autre ambition que le bonheur du jour qui se lève, dans une lente renaissance. Elle appliquait en cela les préceptes d'Irene, qu'elle voyait s'ébattre dans l'océan bleu marine, sous les regards ravis de ses petits-enfants restés prudemment en retrait sur la plage.

Angela prit le bras d'Adam, levant la tête pour voir son profil se découper sur le ciel filandreux d'un hiver à Coney Island, son regard porter loin. Bientôt, ils iraient en Italie – au printemps, peut-être. Et là-bas, c'est elle qui le demanderait en mariage. Peut-être.

Le lendemain, ils retournèrent sur la plage avec Melusine, grimpèrent sur les rochers, à l'endroit précis où des années plus tôt, Angela et June fumaient des cigarettes en refaisant le monde – le leur, celui dans lequel elles allaient entrer.

Parce qu'il était temps, avait dit Adam. Pour Melusine, pour eux-mêmes, il le fallait.

Angela n'avait pas partagé ses folles certitudes avec lui. Pas parce qu'elle craignait qu'il ne la prenne pour une idéaliste déconnectée, mais parce que la possibilité d'une seconde vie ne regardait que June et elle. C'était leur ultime communion.

Elle ne lui avait rien dit, pas même quand John avait fait ses bagages, quelques semaines plus tôt.

« Où vas-tu ? avait-elle demandé à son fils, étrangement calme.

— Ailleurs, avait-il répondu. Voir autre chose. Vivre autre chose. Ne t'inquiète pas, maman. »

Peut-être, se disait-elle quand elle avait reçu ses cartes postales d'Australie, peut-être que June était penchée sur son épaule, qu'elle vérifiait qu'il ne fasse pas de fautes, qu'elle ajoutait une virgule ici ou là pour faire plus joli. Et qu'elle était heureuse.

Plus haut, à Manhattan, Ground Zero traçait un carré sombre, palpitant. Le déblaiement ne serait terminé que six mois plus tard. À cette occasion, on réciterait les noms des 2 977 personnes qui avaient perdu la vie le 11 septembre – ici, mais aussi au Pentagone à Washington, et dans l'avion que les passagers héroïques du vol 93 avaient précipité dans un champ de Shanksville, Pennsylvanie.

Parmi elles, 1123 ne seraient jamais identifiées. Angela avait obtenu d'Adam que le nom de June Verhoeven-Sinclair ne figure pas sur la liste. Sans comprendre, mais sans résister non plus, il avait fait les démarches nécessaires. June serait la 1124e, celle qui n'était pas là. Celle qui n'était nulle part.

En haut des rochers, le granite giflé par les vagues s'était creusé, formant un petit promontoire.

Ils se tinrent là tous les trois, un moment sans rien dire, à regarder le ciel orageux dégringoler dans la mer.

Adam se pencha sur Melusine, murmura quelque chose à son oreille. En le voyant faire, Angela se dit qu'elle ne l'aimerait jamais autant qu'à ce moment-là, que toutes les angoisses, toutes les tempêtes qui viendraient ne seraient jamais aussi fortes que cette image de lui. Que tout se calmerait, toujours.

La petite fille prit le bouquet de fleurs blanches que son père lui tendait et, d'un geste gracieux, le jeta à l'océan.

En touchant l'eau, les camélias s'épanouirent en un soleil virginal, tournoyèrent un instant, puis le papier qui les entourait se déplia – et la photo de quatre jeunes gens, beaux, purs, pleins d'espoir, un jour de décembre à Central Park, vogua vers le large, par petites vagues douces et tranquilles.

Angela prit le bras d'Adam, et sourit au vent.

Peut-être que tu te dis que tu pourras voler.
Que pour toi, ce sera possible.

Remerciements et pensées

Je ne m'étendrai pas sur la genèse de ce livre, il me faut maintenant lui laisser vivre sa vie… Je voudrais simplement remercier New York d'avoir fait de moi une romancière. I love you.

Mille mercis à mes éditeurs, Caroline Lépée, cheville ouvrière (clin d'œil, haha…) de ma nouvelle carrière, Philippe Robinet et toute l'équipe de Calmann-Lévy, qui m'ont accueillie avec tant de bienveillance. Comme je n'arrive toujours pas à y croire, il faudra me répéter souvent que je suis écrivain, s'il vous plaît.

Je vous remercie, vous, lecteurs et libraires qui avez aimé La Drôle de vie de Zelda Zonk *et* Hanna, *et l'avez fait savoir. Vos messages me remplissent d'une joie enfantine, et m'ont donné la légitimité de continuer à écrire.*

Et puis bon, je remercie mes chats, Lebowski et Mia Wallace, de faire de moi un être contemplatif ; et mon imbécile heureuse de chienne, Waffle, de me forcer à prendre l'air ; je lui dois un nombre incalculable de pages écrites dans ma tête en marchant (les chéris, c'est bon, vous êtes imprimés dans un livre).

Merci la vie.

À toi, « unbreakable » Andrea, qui aurait peut-être aimé cette histoire.

À toi, Danielle, ma marraine chérie, dont le sourire manquera tant à la lecture de ce roman…

Avec tout mon amour.

Photocomposition Belle Page
Achevé d'imprimer en mars 2017
par Firmin Didot
pour le compte des éditions Calmann-Lévy
21, rue du Montparnasse 75006 Paris

PAPIER À BASE DE FIBRES CERTIFIÉES

CALMANN LÉVY s'engage pour l'environnement en réduisant l'empreinte carbone de ses livres. Celle de cet exemplaire est de :
700 g éq. CO_2
Rendez-vous sur www.calmann-levy-durable.fr

N° d'éditeur : 4119462/01
N° d'imprimeur : 140498
Dépôt légal : avril 2017
Imprimé en France.